Afterglow

PHIL STAMPER

Tradução Sandra Martha Dolinsky

Afterglow

GAROTOS BRILHANTES

© FARO EDITORIAL, 2024
TEXT COPYRIGHT © 2023 BY PHIL STAMPER
ILLUSTRATIONS BY MAY VAN MILLINGEN
THIS EDITION PUBLISHED BY ARRANGEMENT WITH TRIADA US.

Todos os direitos reservados.
Nenhuma parte deste livro pode ser reproduzida sob quaisquer meios existentes sem autorização por escrito do editor.

Diretor editorial **PEDRO ALMEIDA**
Coordenação editorial **CARLA SACRATO**
Assistente editorial **LETÍCIA CANEVER**
Tradução **SANDRA MARTHA DOLINSKY**
Preparação **JOÃO PEDROSO**
Revisão **BÁRBARA PARENTE**
Adaptação de capa **VANESSA S. MARINE**
Diagramação **VANESSA S. MARINE**

Dados Internacionais de Catalogação na Publicação (CIP)
Jéssica de Oliveira Molinari CRB-8/9852

Stamper, Phil
   Afterglow : garotos brilhantes / Phil Stamper ; tradução de Sandra Martha Dolinsky. — São Paulo : Faro Editorial, 2024.
   256 p.

   ISBN 978-65-5957-510-7
   Título original: Afterglow

   1. Literatura infantojuvenil norte-americana 2. Homossexualidade I. Título II. Dolinsky, Sandra Martha

   24-0410   CDD 028.5

Índices para catálogo sistemático:
1. Literatura infantojuvenil norte-americana

1ª edição brasileira: 2024
Direitos de edição em língua portuguesa, para o Brasil, adquiridos por FARO EDITORIAL
Avenida Andrômeda, 885 - Sala 310
Alphaville — Barueri — SP — Brasil
CEP: 06473-000
www.faroeditorial.com.br

Para Caitlin.
Nem mil agradecimentos serão suficientes.

• A história até agora •

GABRIEL + HEATH + REESE + SAL

G   Hora da atividade!!!!!
Correndo o risco de ser sentimental demais...
digam uma rosa e um espinho do verão.

H   owwnn, gabriel tá ficando sentimental!!!

espinho: voltar de Daytona para um apartamento novo, a conclusão do divórcio dos meus pais e não morar mais na praia

rosa: voltar de Daytona com um namorado gostoso

(você, reese)

(caso eu precise deixar claro)

também! me reconectar com a minha prima diana foi ótimo

R   para ser justo, você beijou vários garotos na Flórida, né, então valeu aí por deixar claro 😳

Esse é meu espinho. Mas teve muitas rosas... adorei aprender a costurar, acho que meus designs ficaram bem melhores em Paris e... tive a chance de morar em Paris, que é, falando sério, a cidade mais legal das que a gente visitou.

G   Ei, mas Boston foi divertido! Minha rosa foi descobrir que sou capaz de fazer amigos que não são vocês. Eu não sabia que era hahahaha. Meu espinho foi voltar, e ainda faltam seis meses e meio meses para eu descobrir se entrei na faculdade estadual de Ohio.

S   Pró: Descobri que gosto mesmo de política... mas não só da política da capital. Contra: Meu colapso impressionante.

H   são rosas e espinhos, não prós e contras

você não sabe brincar

G   A rosa bônus é que ainda somos amigos depois de um verão maluco desse. Mas é um espinho também, porque a gente não manteve muito contato.

E isso meio que me assusta, já que este provavelmente vai ser nosso último ano morando na mesma cidade... para sempre.

CAPÍTULO 1

REESE

Outubro sempre foi meu mês favorito. A mudança se insinua ao meu redor — a brisa fica um pouco mais fria, as árvores mudam de cor, minhas alergias finalmente diminuem e a temporada de futebol do ensino médio começa a todo vapor.

Tá, tá bom. Na verdade quem curte isso mesmo é Heath. Para mim, representa o início da temporada de eventos esportivos com cantina, quando posso comer batata frita com queijo toda sexta à noite.

Depois do verão em Paris, voltei com novas e estranhas responsabilidades. Como guru geral de arte, já me encarregaram de criar o design do baile deste ano. Tenho matérias novas também, uma mais desafiadora do que a outra. Além disso, pela primeira vez na vida, carrego o título de namorado.

Sou o namorado de alguém, penso enquanto visto uma blusa grossa de tricô. *Sou o namorado* de Heath!

Lá fora, ouço o barulho do cascalho seguido de três buzinadas agudas — é o código de Heath para *te amo*. Mais especificamente, para "te amo, mas não vou até a porta buscá-lo".

Coloco os óculos de sol, digo tchau para mamãe e mami e saio pela porta, rumo ao sol poente.

No instante em que entro na caminhonete, sinto o cheiro do desodorante de Heath, e sei que, se estivesse em pé, meus joelhos tremeriam. É maravilhoso, ridículo e perigoso o poder que esse garoto perfeito tem sobre mim.

— *Mi amor* — diz ele, com um péssimo sotaque francês, em vez de oi.

Morrendo de vergonha alheia, digo:

— Acho que você quis dizer *mon* amour.

Ele se encolhe e diz:

— Ah, é. É isso que eu ganho por tentar impressionar meu namorado viajado.

— E *ainda assim*, continuo atraído por você — digo, lançando uma ponta do cachecol sobre o ombro.

Vamos indo para a escola desse jeito: fazendo piadinhas internas e dizendo coisas em nosso próprio idioma que não fariam o menor sentido para quem ouvisse. Dois meses depois, tudo com Heath ainda me parece novo e provisório, mas ao mesmo tempo antigo e seguro.

Olho para ele, mas seus olhos estão fixos na rua.

— No que está pensando? — pergunta ele.

— Sinceramente? Que ainda não parece real nós dois juntos. — Fico em silencio por um instante. — Mesmo depois de tanto tempo.

Ele para a caminhonete e me agarra com suavidade por baixo do braço. Inclina-se enquanto me puxa, e nossos lábios se encontram. É um beijo rápido, mas firme também. E me diz uma coisa: *estou aqui e não vou embora.*

— Isso pareceu real? — pergunta ele.

Meus lábios ainda formigam.

— Está parecendo mais real a cada segundo — respondo.

— Ótimo — diz ele, abrindo um sorriso radiante.

Seguimos o resto do caminho quase em silêncio, até que vamos nos aproximando da escola. Pelas janelas abertas da caminhonete ouço ecos fracos de nosso grito de guerra sendo tocado pela banda e, quando entramos no estacionamento, ouço a comoção da multidão. Absorvo a energia deles e minha frequência cardíaca dispara de empolgação.

Gabriel, Sal, Heath e eu andamos muito ocupados desde o início do ano letivo. Heath com a musculação, Gabriel com seu novo Grupo de Defesa dos Direitos LGBTQ+ e Sal com o conselho estudantil, por isso, em alguns dias, até nosso grupo de conversa fica em silêncio.

Mas no jogo de reencontro desta noite, nós quatro seremos inseparáveis.

• • •

Heath e eu entramos no campo de mãos dadas, e observo atentamente os arredores. Em Paris, ninguém olharia para nós, mas aqui em Gracemont, Ohio... As coisas são meio diferentes.

Passamos por um monte de pessoas, pais que conheço, antigos professores... dou até um sorriso educado para a zeladora do ensino médio. Ela olha para nossas mãos dadas antes de olhar para meu rosto, e quando sinto minha respiração ficar presa na garganta, ela me dá um olhar que só pode ser interpretado como: *"Ulalá!".*

Fico vermelho e conduzo Heath para as arquibancadas.

— O pessoal está ali, mas já, já alcanço vocês — diz Heath, andando para trás e apontando para alguns amigos do beisebol. — Vou dar um oi para eles primeiro. Quer que eu traga alguma coisa da lanchonete quando voltar?

Batatas fritas com queijo, respondo mentalmente. Mas aí, lembro que se eu comer agora, também vou comer no terceiro tempo, quando começar a ficar entediado, e minha barriga vai doer.

— Só uma Sprite? — digo, pouco convincente.

Ele semicerra os olhos.

— Tá bom. Batatas fritas com queijo e uma Sprite chegando.

Vou até as arquibancadas, e a brisa fresca em minha mão que acabou de soltar a dele meio que me deixa com saudade de Heath. Sacudo a cabeça. Depois de querer tanto, ter alguém confunde a cabeça da gente, e xingo meu cérebro bobo por ser tão clichê.

— Reese! — grita Gabriel enquanto desce os degraus com o celular na mão. — Dá um oi para Matt!

Meio desorientado, eu me inclino contra a cerca de arame, forço um sorriso e aceno para o sujeito do outro lado da ligação por vídeo.

— Sal está lá em cima — diz ele. — Já volto, o sinal está péssimo.

Atravesso a multidão e finalmente vejo Sal, com cara de tédio, navegando em alguma rede social. A luz do celular se reflete suavemente no rosto dele. Passo por alunos do primeiro ano, me sento ao lado dele e o cutuco de leve com o ombro.

— Oi, Reese — diz ele. — Cadê o Heath?

— Com os amigos do beisebol — digo. — Por que Gabriel escolheu justo agora para ligar para o namorado?

— Porque estão apaixonados — diz Sal, e sacode a cabeça.

Ficamos sentados ali, sem conversar direito, só rolando a tela do Instagram. Todo mundo está vestindo moletons da escola, jaquetas do time ou a rara combinação de camiseta e shorts do adolescente do meio-oeste que jura que "nunca sente frio". Mas Sal está de camisa e calça, e eu de jeans e com um suéter fashion.

— Já teve a impressão de que não nos encaixamos aqui? — pergunto por fim.

Ele suspira.

— Todo santo dia.

Ficamos sentados em silêncio depois disso, enquanto a multidão ao nosso redor ganha vida. Acompanhamos os movimentos: ficamos em pé quando toca o hino nacional e torcemos quando nosso time recebe o pontapé inicial e avança em direção à linha de 40 jardas, cantando o grito de guerra.

Até que Sal me cutuca. Vejo um sorriso em seu rosto quando me viro, mas seu olhar está focado em algo distante. Gabriel e Heath, rindo, abrem caminho pela multidão para chegar até nós, com refrigerantes gigantes e tantas batatas fritas com queijo que estão quase caindo de suas mãos.

Sentam-se ao nosso lado e, por mais "estranho" que tenha me sentido minutos atrás, eu me sinto em casa quando Heath me entrega meu refrigerante e passa o braço por meus ombros. Gabe instantaneamente conta que sua irmã conseguiu entrar com bebida em um jogo da faculdade estadual de Ohio, e nós ouvimos atentamente entre mordidas e a obrigatória torcida aleatória.

Durante tantos anos, nós quatro rejeitamos de propósito atividades como esta, mas agora que nossos dias aqui estão contados, é como se tivéssemos o desejo de aproveitar ao máximo este ano.

Gabriel e Sal riem tão alto de alguma coisa que estão começando a lacrimejar. Enquanto isso, Heath tenta me dar batatas fritas com queijo na boca e pinga um pouco em meus lábios — talvez de propósito —, e aproveita a desculpa para me beijar até limpá-los.

Muitas coisas mudaram neste verão, mas nós quatro retomamos o ritmo que tínhamos desde a pré-escola. Posso me sentir deslocado em Gracemont, Ohio, mas bem aqui, cercado por meus amigos, fico me perguntando como pude um dia sentir que este não era meu lugar.

CAPÍTULO 2

HEATH

O jogo de futebol na volta às aulas é sempre um dos meus eventos favoritos, principalmente porque é a única vez que consigo convencer *todos* os outros a ir em um evento esportivo. Mas, este ano, nem precisei tentar convencê-los. Não é difícil fazer Reese participar de qualquer evento que tenha uma lanchonete, mas este ano é diferente. Será que foram os meses longe de Gracemont que os fizeram sentir falta de tudo isso?

A atmosfera está elétrica e parece que toda a comunidade de Gracemont está aqui. E passo o máximo do tempo que posso com o braço em volta dos ombros de Reese.

Sim, eu sei que o futuro está chegando como um trem de carga. Mas a transição de amigos para algo a mais com ele foi tão suave quanto a blusa de lã de Reese que estou tocando. Passo o tempo todo atento. Conheço os riscos de ser gay assumido em uma cidade pequena, mas agora ninguém nos segura. Quem nos confrontaria? Com a paixão de Gabe, a habilidade retórica de Sal, o talento puro de Reese e minha capacidade de bancar o guarda-costas, somos intocáveis.

Já treino musculação de três a quatro vezes por semana depois da escola, para estar em forma na temporada de beisebol. Os testes e treinos demoram para começar, mas para um atleta de alto nível como eu, a temporada nunca acaba.

— Olhe lá, é seu pai — diz Reese. — Esqueci que ele sempre vem ao jogo de reencontro.

Dou uma risada.

— Ele não perderia por nada. É como um reencontro da turma da escola todos os anos.

Procuro pela multidão e encontro meu pai conversando com o treinador Lee.

— Ele está conversando com o treinador — digo. — É melhor eu interromper antes que papai me inscreva em mais atividades ou alguma coisa assim.

— Pelo amor de Deus! — implora Reese. — O beisebol já está ocupando todo seu tempo livre, e a temporada ainda não está nem perto.

Dou-lhe outro beijo, desço da arquibancada e vou até a pista de cascalho que circunda o campo de futebol. Uma explosão de aplausos se eleva antes que eu possa dizer oi. Todo mundo olha; pela comemoração no campo e pelo fato de a banda estar tocando o grito de guerra repetidamente, acho que acabamos de marcar.

Depois que a comoção diminui, aperto a mão do treinador Lee.

— Oi, treinador — digo.

— Heath, estávamos falando de você — diz papai.

— Espero que só coisas boas — digo, porque parece algo que se tem que falar quando alguém diz que está conversando sobre a gente.

É uma fala típica de adultos, mas que não significa nada. Quando o rosto do treinador se ilumina, porém, vejo que respondi corretamente.

— Claro! Eu estava falando com seu pai sobre seu progresso fora da temporada. Ouvi dizer que você tem se esforçado muito nas gaiolas de rebatidas e contei a seu pai que você foi o único a comparecer em *todas* as aulas de musculação do técnico-assistente Roberts. É sorte da Vanderbilt por ter você.

Fico vermelho.

— Olha, ainda falta muito.

Papai coloca a mão em meu ombro.

— Não seja tão modesto. Você se esforçou muito, estou bem orgulhoso.

— Nós também — diz o treinador. — Bom, vou indo. A fila na lanchonete diminui e preciso de um cachorro-quente agora mesmo. Vejo vocês em breve.

Enquanto ele se afasta, papai dá um leve aperto em meu ombro. Eu o encaro e sorrio, mas ele está olhando para um grupo de ex-alunos dele, mais velhos.

— Você se importaria de dar um oi para uns amigos meus do beisebol? — pergunta papai, com um brilho de esperança nos olhos; e completa em voz baixa. — Ando evitando eles porque sei que vão perguntar da sua mãe. Mas se você for comigo, talvez eles mudem um pouco o foco. Sabe como é, todos acham que Gracemont tem um futuro jogador da liga principal nas mãos pela primeira vez na história da escola.

Coro. Por alguma razão, o primeiro pensamento que me vem à mente é se já houve algum jogador de beisebol abertamente gay na MLB; mas antes que minha cabeça siga por esse caminho, meu pai já está me levando até seus amigos.

Conheço todos, claro. Alguns ficaram por aqui depois do ensino médio, outros se mudaram, mas fazem questão de voltar todos os anos. Mas graças à linguagem comum do beisebol, tenho sido o principal tema de conversa nos últimos três anos.

"Qual foi mesmo sua média de rebatidas no ano passado?" (385)

"Eu sabia que um dia você seria um grande jogador. Sabe o que dizem sobre arremessadores destros que rebatem com a esquerda, não é? (Sim, rebater com a mão não dominante me dá uma alavancagem melhor, o que significa que estou perto de ter a melhor média de rebatidas.)

"Vanderbilt não foi muito bem contra o Tennessee na última temporada, né?" (Não mesmo.)

Respondo a todas as perguntas da melhor forma que posso, e cada vez que olho para ele, meu pai está com um enorme sorriso. Felizmente, ele nunca foi muito exigente como pai de atleta, mas quando o sinto apertar um pouco mais forte meu ombro, começo a suar de ansiedade em volta do pescoço.

— E aí? — pergunta Reese, e sinto meu corpo se derreter quando ouço sua voz. — Os rapazes estão acabando com a sua batata, achei melhor avisar. Olá, sr. Shepard!

— Ah, pessoal, este é Reese, o namorado de Heath — diz papai, e se volta para mim e acena para que eu volte para as arquibancadas. — É melhor você voltar antes que roubem suas batatas.

Os amigos de papai riem, eu me despeço e volto com Reese.

— Achei que você estava precisando de um resgate — diz Reese. — Muito papo sobre beisebol?

Respiro fundo e o puxo para perto de mim enquanto expiro.

— Vai ser um longo, longo ano.

CAPÍTULO 3

SAL

Nunca fui fã desse momento de volta às aulas. É um evento sempre cheio de ex-alunos de várias idades, mas com exatamente o mesmo alto nível de embriaguez. Pelo que ouvi dizer, a associação de ex-alunos (parece algo oficial, mas é só um grupo de coroas no Facebook) dá uma festa regada à cerveja em uma fazenda perto de onde Heath morava, e convidam todos os ex-alunos da Gracemont High.

A cereja do bolo do fim de semana para os alunos atuais, porém, é o baile, no sábado. Não vou a um desses desde o primeiro ano, quando nós quatro entramos no ginásio da escola, dançamos sem entusiasmo as oitocentas músicas de Bruno Mars da *playlist* do DJ e juramos a nós mesmos que nunca mais iríamos.

Substituímos o baile por nossas próprias tradições: uma grande fogueira na casa de Heath com nossa própria *playlist*, uma maratona de filmes, *qualquer coisa* que nos afastasse do ginásio. Juramos que nunca mais voltaríamos lá.

Infelizmente, metade de nós voltou, por necessidade. Reese e eu entramos juntos no baile.

— Eu me sinto um espião — diz Reese, baixando os óculos escuros.

Dou de ombros.

— Mas *somos* espiões.

O conselho estudantil planeja todos os nossos bailes, mesmo sendo o presidente, não posso me meter na organização do baile de volta às aulas. Tem que ser realizado no ginásio da escola; usamos o mesmo DJ e o mesmo fotógrafo nas últimas duas décadas; a única coisa que podemos escolher é o tema.

Deixamos que os calouros cuidem do planejamento, e o tema deste ano é – por algum motivo desconhecido – "Nascido nos EUA".

Passamos por baixo dos balões e serpentinas vermelhos, brancos e azuis; Reese faz anotações sobre a decoração, as bebidas, a comida, a música, tudo. Como ele e eu somos os líderes do planejamento do baile de formatura, queremos evitar coisas que deem vergonha alheia demais. Portanto, estamos aqui em missão de reconhecimento.

— Não quero julgar, mas está difícil — digo, o que faz Reese rir.

— Comigo você pode julgar — diz Reese. — Mas temos que estar aqui, já que vamos dar um baile incrível este ano. Precisamos ver essas escolhas e fazer o oposto, para que nosso baile seja o melhor que esta escola já viu.

— Pelo menos, não dá para ser pior. Lembra o primeiro ano, quando alugaram aquele barco no lago Erie e todo mundo ficou enjoado?

— Claro que lembro! Mas, sem dúvida, podemos fazer melhor que isto — diz Reese, indicando os arredores. — Afinal, fiz curso de design em Paris e você foi a eventos chiques na capital com o senador.

Sentamo-nos nas arquibancadas na lateral do ginásio. Somos os únicos sentados – além dos dois calouros se agarrando lá no alto.

— Que amadorismo! — digo a Reese, apontando para os calouros. — Gabe e eu sabíamos que tínhamos que nos agarrar *embaixo* das arquibancadas, onde ninguém fosse ver. Ou descer o corredor; eles sempre deixam a sala da banda destrancada.

— Sabe, ano passado, uma frase como essa teria me deixado com muito ciúmes — diz ele, dando um tapinha no peito. — Mas eu cresci.

Dou de ombros.

— Desculpe, mas se você tivesse nos contado antes da sua paixão por Heath, Gabe e eu poderíamos ter sido um pouco mais discretos.

— O problema era comigo, não com vocês. Mas agora, posso beijar Heath quando eu quiser, então, tudo bem. Falando nisso, podemos acabar de anotar e voltar para a casa de Gabriel?

Experimentamos as bebidas (ponche de vários sabores, atentamente vigiados por um professor, para garantir que ninguém tente batizá-los) e as comidinhas (bolachas e pretzels sem marca) e anotamos.

Uma voz nos chama:

— Por que estão de óculos escuros aqui dentro?

Quando me viro, vejo Lyla nos olhando com desconfiança, de braços cruzados. Ela coloca uma mecha do cabelo preto e liso atrás da orelha; é uma veterana que está no conselho estudantil conosco, de modo que não vejo problemas em deixá-la participar do plano.

— Estamos fazendo anotações para o baile. Quero chegar à próxima reunião com uma lista completa de tudo que há de errado aqui. Assim, poderemos consertar tudo para nosso baile.

— Você está nessa também? — pergunta ela a Reese.

— Hum... sim. Oi, Lyla.

Ela arranca os cadernos de nossas mãos e os joga no chão, perto da arquibancada.

— O que está fazendo?! — pergunto, corando.

Ela me pega pelo pulso e me puxa para a pista de dança.

— Tentando fazer vocês dois aprenderem a se divertir — diz ela.

Reese e eu vamos para a pista de dança, sob o flash de luzes da cabine do DJ. Sinto a vibração da música sob meus pés e meu corpo começar a se mexer no ritmo. Reese se aproxima arrastando os pés, mas acaba se entregando à música.

Outras pessoas começam a dançar também, a maiora alunos do segundo e do terceiro ano que conhecemos do conselho estudantil. Pelo visto, alguns veteranos vem, sim, a este baile. E a música está ficando melhor. E ninguém mais parece se importar com as comidinhas ou a decoração.

Então, Reese e eu tiramos os óculos escuros e dançamos.

CAPÍTULO 4

GABRIEL

— Não acredito que eles pagaram vinte dólares para ficar no baile uns quinze minutos — diz Heath, e eu dou uma risada.

— Eu me diverti no primeiro ano — digo —, mas você sabe que eu nunca recuso uma fogueira.

— Eu também! — diz Heath, batendo no joelho. — Nunca entendi a razão de tanto alvoroço. Tudo bem que com aquela *playlist* do Bruno Mars parecia que estávamos em uma parada do orgulho hétero, mas nós quatro conseguimos nos divertir em qualquer lugar.

Olho para meu celular.

— Por que os rapazes não mandaram mensagem? Achei que fossem nos contar tudo de ruim que achassem lá.

— Reese me mandou uma mensagem, mas só disse "alguma coisa nesse tema 'Nascido nos EUA' parece meio racista, mas não consigo identificar o que é".

— Faz sentido — digo. — Que pena que não pudemos fazer isto na sua casa antiga, Heath. Minha fogueirinha nem se compara com as suas.

Heath sorri; mas a luz do fogo reflete em seu rosto da maneira certa e vejo uma pontinha de tristeza. Claro que ele está triste; está preso em um apartamento pequeno se adaptando à vida sem a mãe. Ele adorava dar festas e fazer fogueiras, e agora, é como uma chama abafada.

Mas ele bate papo comigo enquanto estamos sentados perto do fogo, esperando que os outros dois terminem a missão de espionagem.

— Como está indo com seu pai? — pergunto, meio que interrompendo sua conversa fiada sobre seu projeto de iluminação avançada.

— Ah, está indo tudo bem — diz, arrastando nervosamente os pés descalços na grama. — Melhor do que eu imaginava, na real. Claro, sinto falta do espaço, mas já estou começando a me acostumar. Papai colocou umas prateleiras suspensas para os meus troféus e coisas acadêmicas; colocamos em porta-retratos fotos da família, minhas com minha prima Diana, e de todos nós, e espalhamos pelo apartamento.

Ele suspira, olhando para meu pobre projeto de fogueira.

— Não é o mesmo, claro, mas já é alguma coisa.

— Coloco outro pedaço de lenha? — pergunto.

Mas o celular de Heath toca. É Reese, então ele atende.

Reese é quem fala mais, como fica claro por todos os "A-ham" e "Hmmm" e "Uau" com que Heath responde. Presumo que ele esteja a caminho. Mas se fosse esse o caso, por que ele simplesmente não mandaria uma mensagem?

Depois de alguns minutos excruciantes, ele desliga.

— Não precisa pôr mais lenha no fogo — diz ele, rindo. — Acho que vamos dançar.

Heath e eu entramos pela porta dos fundos do ginásio, que Sal segura enquanto Reese, ansioso, fica vigiando. Assim que entramos, respiramos aliviados.

— Desculpa a demora — diz Heath. — Gabriel teve que passar a calça.

Reese ri.

— Ninguém aqui liga para o atraso, mas obrigado pelo esforço.

Vamos para a pista de dança; vou escrutando a multidão em busca de rostos familiares. Claro que em uma escola pequena como a nossa, todos os rostos são familiares. Aceno para Cassie, uma menina do primeiro ano que é uma das únicas participantes do Grupo de Defesa dos Direitos LGBTQIA+ que criei. Cassie me pede para dançar com ela depois e concordo rapidamente enquanto ela volta para a mesa de bebidas.

Vejo Heath e Reese pertinho um do outro, dançando devagar, dois para lá, dois para cá, com sorrisos brilhantes no rosto. Já se passaram alguns meses, mas meu coração ainda se derrete por eles.

— Quer dançar? — pergunta Sal, e quando olho para ele, confuso, diz: — Dança normal, não aquilo que aqueles dois estão fazendo.

Rio, e passamos as músicas seguintes arrastando os pés de um lado para o outro. Música vem e música vai, e cada uma é um sucesso absoluto – obviamente, julgamos mal o DJ durante nosso primeiro ano. A música seguinte começa devagar, e imediatamente reconheço o ritmo mais lento.

Foda-se, penso. Olho para Sal e sinto aquela familiaridade que me sugou durante anos e que quase arruinou meu relacionamento com Matt antes mesmo de começar oficialmente.

Mas Sal sorri, e isso me conforta. Ele pega minha mão e coloca o braço em meu ombro, casual e sem esforço.

— Se achar muito estranho, podemos parar — diz ele.

Sacudo a cabeça.

— Não é estranho. Precisamos trabalhar nesse negócio de ser só amigos.

— Não se preocupe, não vou tentar nada, prometo. Sei que você preferiria que Matt estivesse aqui.

— Talvez ele consiga vir para o baile — digo, meio animado com a ideia. — Sei que ele adoraria ver todos vocês.

— Até eu?

Sorrio.

— Sim. Ele sabe que você estava passando por um momento difícil.

O ritmo acelera de novo, nesse meio-termo estranho em que a gente tem que decidir se dança devagar uma música rápida ou rápido uma música lenta. Ele solta minha mão e minha cintura, mas continuamos arrastando os pés, um ao lado do outro.

— Ele é muito fofo! — diz Sal. — Tipo, muito mesmo. Que inferno, sabe, como foi que você conseguiu alguém assim?

— Que *inferno*? — digo, debochando de sua absoluta incapacidade de dizer palavrões que foi incutida nele pela mãe. — Sinceramente, não sei. Acho que só segui seu conselho e me arrisquei.

— Você vai arrasar na faculdade.

— E você vai arrasar na... no que quer que acabe fazendo.

Heath entra na conversa.

— Adoro essa música! Reese a colocou em uma das *playlists* de festa que ele tem.

Vemos isso como um convite para abrir o círculo e incluir Reese e Heath, e dançamos os quatro juntos.

— Gente, eu amo vocês! — diz Heath.

Sal se vira para mim e diz:

— Ele andou bebendo?

— Ele me trouxe de carro até aqui, então espero que não — respondo.

— Qual é! Não preciso de álcool para curtir um baile. — Ele aponta para a mesa de bebidas. — Já experimentaram o ponche? E os pretzels? Perfeitos.

— Acho que ele está zoando — diz Reese —, mas dá para ter certeza.

Heath revira os olhos.

— Só estou dizendo que ninguém dá a mínima para essas coisas. Olha, todo mundo está se divertindo só pela companhia. Podemos ir à Waffle House depois daqui?

— Tem certeza de que ele não bebeu nada? — insiste Sal.

Suspiro.

— Cale a boca e dance!

• Garotos Dourados •

GABRIEL + HEATH + REESE + SAL

R | Tô com uma ressaca do caramba e a gente nem bebeu nada.

G | *Esse* é o poder de um bom baile...

H | 😂😂😂
😵😵😵😵😵

R | S, você pegou os cadernos??? Acho que deixamos todas as anotações do baile no ginásio.

S | Não vamos precisar. Se a gente conseguiu se divertir tanto numa festa com balões meio murchos e ponche havaiano, vamos conseguir fazer um baile de formatura pra ninguém botar defeito.

R | É isso aí! Agora, só precisamos de um tema.

CAPÍTULO 5

SAL

Reese estava certo, há mesmo algo mágico em Paris. A arquitetura é impressionante, a comida é incrível e é surpreendente como conseguimos nos comunicar bem mesmo sendo um grupo de adolescentes estadunidenses bagunceiros viajando nas férias de inverno para estudar francês.

O recesso de inverno chegou sorrateiro. Os últimos meses desde que voltamos para casa foram cheios de reuniões, lição de casa e inscrições em faculdades. Bom, isso para os outros; eu me inscrevi em uma das faculdades que minha mãe quer que eu frequente. Só por via das dúvidas. Afora isso, ando fingindo muito me inscrever em faculdades, evitando contar a verdade a ela o máximo possível.

Mas, aqui em Paris, essas pressões estão a milhares de quilômetros de distância.

O auge do inverno vem chegando, mas o clima aqui está ameno, perfeito (atribuamos isso à mudança climática). Estou com uma blusa de lã por cima da camisa, mas não precisei usar o casaco de lã nem uma vez durante toda a viagem. Os dias ensolarados renderam ótimas fotos, o que é importante para a ansiedade da turma; Reese e eu alegramos nosso grupo de mensagem em todas as oportunidades possíveis.

A magia de Paris desaparece um pouco quando se está aqui em viagem escolar. Somos conduzidos como gado – do hostel a um museu, de um monumento a uma cafeteria e de volta ao hostel –, e isso faz a viagem parecer coisa juvenil em comparação com nossas experiências do verão. Sem contar que me dá claustrofobia.

Mas consegui roubar alguns momentos de independência. Como aqui, no saguão do hostel; passei a manhã tomando café e conversando com a recepcionista para praticar meu francês.

— Hoje é seu dia de folga, não é? — pergunta ela. — O que vai fazer?

— É — respondo em um francês apressado. — Vou conhecer a escola que meu amigo Reese frequentou no verão passado.

— Seu sotaque é muito bom — responde ela em inglês.

Sorrio; queria que Reese estivesse aqui para ouvir o elogio dela. Ele passou a semana inteira – na verdade, o ano letivo inteiro – falando dessa cidade como se tivesse morado anos aqui, e isso me provocou certa amargura. Enquanto eu estava preso na rotina de Washington, Reese viveu totalmente independente, fazendo vestidos *e* amigos. Os amigos mais próximos que fiz foram Josh e April, os outros dois estagiários que trabalharam comigo, mas não mantivemos contato.

Acho que nenhum de nós tem muitas lembranças positivas daquela época, por isso, não temos muita vontade de relembrar o passado.

Estamos todos hospedados neste hostel para jovens no bairro de Belleville, em Paris. É bastante limpo e bom, sem dúvida, mas mais apertado que as dezenas de dormitórios das faculdades que visitei com minha mãe. Até agora, a viagem tem sido legal, mas limitada. Por mais que eu goste de ter uma agenda rígida, é chato não poder escolher aonde ir nem o que fazer.

Mas hoje, as coisas mudam.

— Como é que você já está assim todo arrumado? E de gravata-borboleta! — pergunta Reese quando chega ao saguão.

Ele está com uma blusa de tricô *off-white* por cima da camiseta que usou ontem à noite.

Quero dizer que não durmo bem desde antes do verão; que independentemente do fuso horário em que me encontre, às vezes acordo de madrugada suando frio, sonhando que pisei na bola em outro grande evento do senador.

Mas se eu dissesse isso, talvez tivesse que dizer também que sinto falta daquela adrenalina. Da sensação de estar desperto e fazendo algo significativo, em vez de, sei lá... aula de cálculo. Em comparação, até esta viagem a Paris me parece monótona.

— Hoje é nosso dia de aventura — digo. — E sem gravata-borboleta não tem aventura

— Já vivi *muitas* aventuras sem gravata-borboleta. Mas, falando nisso, está na hora. Temos só umas horinhas, e preciso levá-lo a todos os meus lugares favoritos — diz ele, dando um tapinha no caderno que tem na mão. — E estou louco para mostrar meus projetos à professora Watts. Espero que ela tenha algum intervalo entre as aulas, quero muito surpreendê-la!

Eu me levanto, dobro o jornal francês que estava fingindo ler e o acompanho porta afora. Está frio, mas o sol é cegante. Paramos para colocar os óculos de sol antes de seguir para o metrô.

Usamos o celular para nos guiar pelo labirinto que é a cidade. Tantas estradas diagonais e vielas tornam fácil se perder, mas é reconfortante serpear pelas ruas estreitas daqui. Cada uma tem seu próprio charme: luzes de Natal em uma, lojas vintage em outra, um caminho de paralelepípedos na terceira. E quanto mais nos afastamos do hostel, mais livre me sinto.

— Estou começando a entender por que você gosta tanto desta cidade — digo a Reese quando finalmente estamos no metrô.

Ele olha para mim com um leve sorriso no rosto.

— Adoro isto aqui, mas também estou com saudades de casa. — Ele suspira. — Esta viagem está mais difícil.

— E qual seria o motivo? — digo, com voz cantada, e lhe lanço um olhar penetrante. — Está com saudades de Gracemont? Ou de suas mães? Ou talvez... de uma pessoa em particular?

— É — ele suspira —, estou com saudades de Heath. Brega, né?

— Quantas mensagens, ligações e videochamada vocês fizeram esta manhã?

— Mandei quatro mensagens hoje, mas é o aniversário dele, por isso vamos ligar, por vídeo e tudo, e usar todas as outras formas de comunicação possíveis. — Ele revira os olhos. — Falando em mensagens... se bem me lembro, no verão passado, *você* foi o único que sumiu do grupo durante semanas. Parecia que estava em outro planeta.

— Parecia mesmo que estava em outro planeta. Um estranho planeta político.

— Para onde você quer voltar? — pergunta ele.

Sinto meu corpo congelar. Quero voltar para Washington? Não. Mas quero voltar para o mundo real, o mundo da política? A resposta, claro, é sim.

Desde que voltei para Gracemont, tenho tirado boas notas, feito todas as tarefas no prazo, liderado o conselho estudantil, mas a única coisa que me deu um pouco de alegria e emoção foi a ideia de planejar o baile de formatura com Reese. Mas já estamos com problemas de orçamento. Juntamos dinheiro há anos, mas, *mesmo assim*, não temos o suficiente.

— Sabe o que eu quero? Quero sentir de novo o que senti em Washington. Ou que aconteça alguma coisa que tenha pelo menos metade da importância que teve aquele período. Tenho inveja de você, Reese. Você se divertiu tanto aqui, descobriu exatamente o que queria fazer da vida e, quando voltou, *tudo* que queria o estava esperando.

— Está se referindo a Heath? — pergunta ele, e confirmo. — Nunca pensei que você fosse romântico. Sabe, acho que o verão passado mudou você.

— No bom sentido?

Ele dá de ombros.

— Ainda não sei.

Levantamos e descemos do metrô; vou pensando nas muitas maneiras em que estou diferente. Estou muito acostumado a pensar no futuro, mas, por alguma razão, não consigo parar de pensar no verão passado. E pensar no passado está atrapalhando meu planejamento do futuro.

Reese vai me conduzindo por seu antigo reduto. O café onde ele sempre parava para tomar um *espresso*, a loja com aquele manequim que ele desenhou no primeiro dia em Paris e, por fim, a Riley Design, a escola que Reese frequentou no verão passado.

Mas assim que chegamos, fica evidente que há algo errado.

— Eu... tenho certeza de que é aqui — diz Reese, com voz trêmula.

— Talvez tenham se mudado para outro lugar — sugiro.

Passo sob o toldo e olho a relação de salas, mas a lista foi apagada. O primeiro, segundo e terceiro andares estão disponíveis para locação. Saio de baixo do toldo e volto até Reese, que está olhando algo no celular.

— Não acredito que não fiquei sabendo! — diz ele, mostrando-me a lista dos *campi* internacionais da Riley Design. — No site diz que fecharam a escola de Paris.

Cai o silêncio sobre nós. As mãos de Reese, ainda segurando o celular, tremem levemente; passo um braço em volta de seus ombros.

— Você está bem? — pergunto.

— Tudo que fiz foi aqui, estava aqui. Meus designs estavam pendurados no corredor do terceiro andar. Aprendi a costurar na sala 304. A professora Watts fez de mim um designer melhor na sala dela. Todo aquele verão estava contido neste prédio, e agora, é como se eu não tivesse nada para mostrar.

— Que pena, Reese. — Eu o puxo para mim e digo, suspirando: — Sei como você se sente.

CAPÍTULO 6

GABRIEL

Não sei se minhas pernas estão tremendo de nervosismo ou por causa do clima. Está *frio* hoje, com uma máxima que mal chega aos quatro graus e os ventos no lago Erie não são brincadeira. Estou sentado em um banco, olhando para a água, mas fico virando o tempo todo para ver se ele está aqui.

Matt mora no centro da Pensilvânia, mas ele e a família passam as férias de inverno com os primos em Indiana. Ele sugeriu que nos encontrássemos no meio do caminho, e sua família concordou em fazer um *pit stop* aqui, o que significa que nosso namoro à distância será muito mais próximo... durante as próximas horas, pelo menos.

Já faz quatro meses que não pego na mão de Matt. Faz quatro meses que não beijo seus lábios macios e gentis. E se tiver que esperar mais um minuto, acho que vou enlouquecer. E com uma espera de três meses e meio ainda pela resposta sobre minha inscrição na faculdade estadual de Ohio, tenho desenvolvido bastante a paciência na psicoterapia.

Mas a impaciência por saber que ele estará aqui a qualquer segundo não pode ser racionalizada.

— Ei! — grita uma voz atrás de mim, e a sensação de alívio é imediata. — Será que é o *gostoso do meu namorado à distância* ali naquele banco?

Dou um pulo e me viro; o sorriso de Matt é tão grande que quero correr para ele. Mas também estou meio paralisado, talvez de frio. Mas tudo bem, porque ele já está correndo em minha direção, e seu cabelo louro-avermelhado balança a cada passo. Em segundos, seus lábios estão nos meus, seus braços estão em volta de meu corpo e sua presença me faz derreter por completo.

— Graças a Deus era você mesmo — diz ele, rindo. — Seria muito arriscado se eu gritasse aquilo para um estranho.

Enquanto descanso a testa na dele, reviro meu cérebro em busca de uma resposta sarcástica. Mas, no fim das contas, tenho que me contentar com a única coisa que meu cérebro quer dizer:

— Estava morrendo de saudades.

— Eu também — diz ele, e me puxa para outro beijo. — Não me leve a mal, eu amo nossas ligações por vídeo, mas não dá para passar as mãos em seus cabelos assim, não dá para ficar todo embrulhadinho no seu abraço.

Ele me abraça com mais força e dou um beijinho em seu pescoço.

— Estava com saudades dos *seus* braços. Seus abraços são maravilhosos, pena que não nos abraçamos muito mais em Boston. Como está indo sua travessia pelo país?

— Da Pensilvânia até Indiana não é exatamente uma travessia pelo país — diz ele, rindo. — Não acredito que você veio dirigindo de Gracemont a Sandusky para passar o dia comigo! Estou muito feliz, mas você deve estar cansado.

— Não, foi legal — digo, e um sorriso surge em meus lábios. — Não costumo dirigir tanto e faz tempo que não venho para cá. Nem acredito que meus pais me deixaram vir sozinho, mas também, apelei para o sentimento de culpa. O que ajudou foi o fato de mamãe e papai terem namorado à distância durante alguns anos depois da faculdade também.

Ele ri.

— Funcionou, porque estou aqui com meu namorado na linda Sandusky, Ohio, e vamos aproveitar ao máximo este dia.

A margem do lago Erie é linda e me faz pensar em todas as vezes que os rapazes e eu fizemos nossos pais nos trazerem ao parque de diversões aqui perto, em Cedar Point. Essas miniviagens eram sempre especiais, mesmo que durassem poucas horas.

— Dá para ver os brinquedos daqui — digo, indicando as montanhas-russas ao longe. — Aquela é irada. Os pés da gente ficam balançando e ela passa por cima da água. E aquela é a Millennium Force; é tão rápida que, uma vez, fui com os rapazes na chuva e ficamos com os braços cheios de manchas vermelhas por causa dos pingos que batiam forte.

— Nossa, deve ser incrível. — Ele suspira. — Mas preciso confessar: é vergonhoso, mas tenho medo de montanha-russa. Só de pensar em ir já passo mal.

Fico surpreso.

— Sério? Você parece o tipo de pessoa que não tem medo de nada.

Enquanto caminhamos, ele me abraça pela cintura e me puxa para mais perto. É meio estranho andar unidos pelos quadris, arrastando os pés para manter os passos alinhados. Ele está olhando para a frente, com uma expressão meio triste. Fico pensando se eu disse algo que o aborreceu.

— Tenho medo de muita coisa — diz ele. — Mas não coisas tipo fantasmas.

— Fantasmas são coisas assustadoras, eu não julgaria. De que mais você tem medo?

— Ultimamente, eu andava com medo disto. Passei a semana inteira com medo de que este momento não fosse especial. De que não trouxesse de volta os mesmos sentimentos, ou de que fosse estranho ver você pessoalmente depois de tanto tempo. Mas não foi o que aconteceu.

— Namoro à distância é difícil — digo —, mas, para mim, estamos arrasando.

— Concordo plenamente. — Ele desce um pouco a mão e eu a pego. — Ver você agora faz tudo valer a pena, sabe? Ver, tocar você... tudo isto.

Estamos sozinhos neste parque, então roubo outro beijo. Ficamos abraçados, balançando para a frente e para trás. Não sei quais pensamentos estão passando por sua cabeça, mas os meus parecem bem confusos. Meu pulso acelera quando penso no pouco tempo que temos juntos. Minha respiração fica mais curta e a dor em meu peito volta.

Olho-o nos olhos, e ele dá um sorrisinho que derrete minhas entranhas.

— Tudo certo? — pergunta.

— Agora sim. — Devolvo o sorriso. — Antes de eu vir, meu pai me disse que quando ele e minha mãe namoravam à distância, eles se encontravam e tudo parecia estar no lugar. Que nem tudo tem que ser físico, claro, mas que poder estar no mesmo ambiente, na mesma página, é tão especial que ninguém que não tenha passado por isso conseguiria entender.

— Acho que agora eu entendo — diz Matt, puxando-me para outro beijo. — Bom, itinerário de hoje: primeiro, há uma loja de Natal linda na cidade; poderíamos andar por ali e, se você quiser, encontrar com minha família para almoçar.

Hesito um pouco, pois sei que isso é um grande passo. Conheci seus pais e a irmã mais nova por vídeo, mas pessoalmente, no meio de um encontro? É um grande passo para nós.

Só para dar sorte, dou mais um beijo em seus lábios.

— Acho ótimo. Eu estava torcendo para conhecê-los de verdade nesta viagem.

• • •

De mãos dadas, passamos pelos corredores estreitos da loja de Natal cheios de decorações; tudo cheira a pinho e, embora estejamos no meio de dezembro ainda, eu me sinto entrando no espírito natalino.

Não pretendo comprar nada, mas não consigo deixar de olhar atentamente para todas as decorações – as placas cafonas, estatuetas excessivamente religiosas, globos de neve e tudo o mais.

Viramos uma esquina e um Papai Noel animatrônico gigante começa a dançar uma música de Natal. Matt e eu damos um pulo para trás.

— Puta merda! — diz Matt. — Desculpe, mas é que esses brinquedos animatrônicos me assustam. Quem vai querer comprar um Papai Noel dançante de tamanho real?!

— Eu *não* esperava algo tão demoníaco em uma loja de Natal — digo, rindo, e passo o braço por sua cintura. — Não se preocupe, vou tentar protegê-lo de mais decorações dançantes.

Ele finge que vai desmaiar.

— Oh, meu cavaleiro de armadura brilhante!

Percorremos os corredores, até que paro diante de uma prateleira com uns enfeites pequenos e deslumbrantes. Pego um em forma de óculos de sol. Não combina com a loja, é estival demais para o inverno, mas algo nele me atrai.

— Uau! São como aqueles óculos de sol que pareciam de néon que você sempre usava em Boston — diz Matt. — Olhar para eles me faz lembrar daqueles dias quentes e ensolarados em que tínhamos que arrecadar doações na rua.

— Tenho esses óculos há muitos verões — digo.

Penso em Boston, claro, mas também em Sal, Heath e Reese, todos sentados em nossa toalha de piquenique no campo de beisebol. Penso em todas as vezes que fomos à piscina na casa da tia de Sal; ou à casa de Heath fazer campeonato de *cornhole*; ou à festa anual de Quatro de Julho da família de Reese. Durante uma década, os verões foram só para nós, mas agora é bom ter novas memórias às quais recorrer, especialmente memórias felizes com Matt.

— Posso comprar isso para você? — pergunta ele. — Assim, você terá algo para se lembrar de mim quando estivermos separados nas grandes festas de fim de ano em família. No mínimo, vai se lembrar da vez em que fomos atacados por um Papai Noel animatrônico.

— Não precisa — digo, rindo.

Mas ele já está marchando em direção ao caixa todo orgulhoso, com o enfeite na mão.

E mesmo que esteja me deixando só por um minuto, meu coração dói enquanto ele se afasta.

CAPÍTULO 7

REESE

Como uma escola simplesmente desaparece?

Ok, o prédio é este; se eu passasse por aquelas portas trancadas, subisse pelo elevador dos fundos e descesse no terceiro andar, acabaria encontrando a sala da professora Watts. Mais ao fundo, chegaria ao ateliê. As *salas* continuam aqui... mas agora todas vazias?

— As portas estão abertas — diz Sal. — Ainda há um segurança lá dentro. Quer perguntar a ele o que aconteceu?

Hesito, porque só o que quero é desaparecer em meu diário ou ligar para Heath. Não posso nem mandar uma mensagem para ele agora. Mas...

— Não, tudo bem. Não importa.

Importa, sim, digo a mim mesmo.

— Importa, sim — diz Sal, ecoando meus pensamentos. — Você estava muito animado para voltar e visitar seus professores. Até trouxe seu caderno de esboços com os designs que fez este ano. Não sei, acho que eles deveriam ter avisado aos alunos que iam fechar.

Meu telefone vibra. Olho as mensagens.

obg pelas mensagens de niver bb!
já me sinto mais velho e sábio
chega de mim! se divirta muito na sua escola hoje

Dou um grunhido e digo:

— Que vergonha! É como se todo meu verão não houvesse acontecido.

— Não concordo. — Sal me pega pela mão e me leva pela rua. — Vamos àquela cafeteria de que você gostava.

Enquanto caminhamos, penso no que dizer a Heath. Ele não daria bola, claro. Quer dizer, daria bola, *sim.* Ligaria por vídeo na mesma hora para fazer eu me sentir melhor, mas não quero sua caridade nem sua preocupação. *Especialmente* porque já estou mal de não estar lá no aniversário dele.

A vergonha me atormenta; quando estamos chegando à cafeteria, digito uma mensagem:

Foi tão legal que esqueci de tirar fotos! Te amo!

Guardo o celular e ignoro o zumbido em meu bolso. No verão passado, quando fiz um passeio pela cidade, fiquei afastado de tudo. Eu não tinha plano internacional e só usava Wi-Fi para mandar mensagens ou fazer ligações. Mas nesta viagem, minhas mães gastaram muito com um plano internacional de uma semana, o que eu gostava...

Até agora, pois não quero mais falar com ninguém.

— Um *espresso* e um cappuccino, por favor — pede Sal em francês, e me dá uma piscadinha. — Vá se sentar e deixe o resto comigo.

Vou me sentar e deixo o resto com Sal.

Sal, que tem notas melhores que eu nas aulas de francês.

Sal, que é sempre elogiado por seu sotaque perfeito.

Sal, que teve um verão que *realmente importou*.

Respiro fundo algumas vezes e recordo a mim mesmo que não é culpa dele. Ele está tentando ajudar; por isso, dou um sorriso amarelo quando ele chega com os cafés.

— Pode me mostrar seus esboços? — pergunta Sal.

— O quê? — digo, antes de tomar um gole de meu *espresso*. — Não, ainda não estão prontos.

— Ah, qual é, você nunca nos mostra nada. Estava louco para mostrá-los à sua professora, agora mostre para mim.

Suspiro e tiro o caderno de capa mole da bolsa. Passo as páginas, tentando encontrar um que esteja pronto; um que esteja certo. Mas nada se destaca. As silhuetas são muito parecidas, os designs muito básicos; o estilo é ultrapassado, mas não o suficiente para ser retrô.

Nada me parece certo.

— Nhoinc! — diz Sal, tirando o caderno de desenho de mim.

— Você falou *Nhoinc*? — digo, zoando.

— Achei que um efeito sonoro seria apropriado. Você não ia me mostrar o caderno, precisava de dramatismo. Não sou eu que faço as regras.

Ele vira as páginas até o meio do caderno.

— Que legal!

Apesar da brisa fria, sinto o calor tomar minha face. Ele observa os outros *looks* em silêncio. Analisa cada design, mas não faz seus comentários ríspidos – sua marca registrada. Sinto vontade de puxar o caderno e devolver o *Nhoinc*, mas acabo ocupando as mãos com minha xícara de café vazia.

— Reese, isso não se parece em nada com o que você me mostrou antes. Não é o esboço de um vestido fofinho da vitrine de uma loja. É...

— Eu disse que não estavam prontos! — interrompo.

— ... totalmente original. Muito criativo. Alguns são elegantes, outros extravagantes. Por que este aqui tem um telefone?

Ele aponta para o esboço de um vestido que é, admito, uma das coisas mais bizarras que já criei. É justo e franjado, mas em vez da franja tradicional, tem dezenas daqueles fios telefônicos antigos, espiralados. E o adorno de cabeça é o fone do telefone ao qual os fios se conectariam.

— Então... é que umas semanas atrás, tive que tirar as decorações de Natal do porão das minhas mães. Enquanto estava lá, encontrei uns telefones antigos em uma caixa com as coisas da minha avó; tinha uns cabos que ligavam o fone ao aparelho. — Dou uma risada. — É bizarro, eu sei, mas vi aquilo e pensei: 'não seria legal se eu transformasse isso em um vestido?'. Seria muito difícil de executar, porque a franja tem que ser muito leve e saltitante, e esses cabos são meio rígidos. Mas acho que se eu tivesse vários cabos, e bolasse uma estratégia, e talvez se apertasse minha cintura...

— Espere aí — diz Sal. — Apertar a cintura? Reese... para quem você desenhou esses vestidos?

Fico tenso. De todos os rapazes, nunca pensei que Sal seria o primeiro a quem eu contaria.

— Acho que quero tentar ser uma *drag queen*.

• Garotos Dourados •
GABRIEL + HEATH + REESE + SAL

H: kkkk, obg pelas mensagens de aniversário pessoal
é amor demais da conta

G: Merda! Desculpa! Era pra eu ter mandado quando chegasse a Sandusky.
Mas feliz aniversário!

S: Feliz 18 anos, Heath! Compra uns bilhetes de loteria para quando a gente voltar?

R: Só quero ressaltar que mandei mensagem no privado. Vocês são uns lixos.

H: ALÉM DO MAIS o reese me deu um bolo de aniversário
então vocês precisam melhorar mesmo

G: quer que eu cante feliz aniversário por áudio?
Você sabe que eu mando

H: pelo amor de deus não

S: O que vai fazer nesse grande dia?

H: um monte de coisa!
inclusive tenho que ir mas to com saudade gente

CAPÍTULO 8

HEATH

De algum jeito, acabei sozinho nesta merda de cidade de novo. Reese e Sal estão batendo perna na França, Gabriel está em Sandusky dando uns amassos no namorado, e normalmente isso me deixaria com inveja.

Mas sou um novo Heath. Talvez tenha algo a ver com Reese, ou Diana e Jeanie, a nova família com que me conectei no verão em Daytona. Ou talvez tenha algo a ver com o fato de fazer dezoito anos hoje.

Só que mesmo assim, deitado na cama, jogando uma bola de beisebol para o teto e pegando-a de volta *sem parar*, estou meio solitário, sim. Acho que sentir solidão é um pouco mais saudável que sentir inveja, mas é um saco também. O travesseiro ao meu lado meio que cheira a Reese; talvez seja só minha imaginação, mas queria que estivéssemos nos braços um do outro de novo.

Uma pontada de arrependimento pulsa em meu peito por ter mentido para os rapazes sobre meus grandes planos totalmente inexistentes para hoje, mas uma mentirinha inocente não deve fazer mal. Se Reese soubesse que eu estaria aqui morrendo de tédio, ficaria preocupado comigo. Ele está muito empolgado com a viagem e sei que não posso atrapalhar.

— Heath? — pergunta meu pai antes de entrar em meu quarto. — Como está indo?

Jogo a bola para cima de novo e a deixo cair na palma da minha mão.

— Tudo bem, só entediado.

— Está a fim de ir às gaiolas de rebatidas de novo hoje? Acabei de ligar, tem vagas para a tarde toda.

Eu me sento e giro o ombro, para aliviar a dor insistente que estou sentindo.

— Claro. Treinar é sempre bom.

— É mesmo! E você não tem treinado muito desde que nos mudamos para esta droga de apartamento. — Ele enxuga a testa. — Quer dizer, eu adoro isto aqui, não me interprete mal, mas você sabe... a gente gostava de ter mais espaço.

Ele está estranho, sem dúvida, e fico imaginando se é porque tem uma surpresa de aniversário para mim. Ele sempre fica assim quando tenta guardar segredo. Ou talvez, por causa de toda a agitação do ano letivo, ele simplesmente esqueceu de comprar alguma coisa.

Ele sai; pulo da cama e coloco uma das minhas muitas camisetas da Gracemont High School.

Eu me ofereço para dirigir, já que todo meu equipamento de beisebol está na minha caminhonete, e em poucos minutos estamos na rua, prontos para o trajeto de vinte minutos até as gaiolas de rebatidas.

— Essa carroça com certeza está andando mais suave do que antes, hein? — diz papai, e percebo que deve ser a primeira vez que ele entra no meu carro desde que voltei de Daytona.

— Não vou mentir, acho que foi o dinheiro mais bem gasto da minha vida, apesar de ter consumido a maior parte do que ganhei trabalhando no fliperama da tia Jeanie. A gente vive dizendo que a prefeitura precisa restaurar aquela avenida, a Jordan Road, né? — Caio na risada. — Tinha vezes que eu estava com Reese na caminhonete, aí a gente passava numa lombada e ele saía voando. Ele chegava até a deixar o cinto bem apertado, mas não adiantava. Ainda bem que não vai mais rolar.

— Mais uma razão de ter sido um ótimo verão para vocês dois.

— Mas olha eu aqui de novo, o esquisitão sozinho enquanto os outros estão vivendo experiências incríveis.

Merda. Tá bom, talvez eu esteja com um pouco de inveja.

— Que chato, amigão — diz ele. — Eu sei que já foi difícil ficar longe de seus amigos o verão todo, e aí agora ter que ficar longe deles no seu aniversário também? E no primeiro aniversário em que você está namorando.

Fico corado.

— Tá bom, tá bom, já deu. Gabriel volta hoje à noite, e o resto do pessoal em poucos dias. Sério, não é nada demais.

Ficamos em silêncio por alguns minutos enquanto nos aproximamos de Mansfield, onde ficam as gaiolas de rebatidas. No semáforo, coloco uma música no celular e o deixo no porta-copo para amplificar o som. Quando olho para cima, vejo meu pai triste, mas nem imagino por quê.

— Desculpa por... por eu não ter condição de mandar você para Paris ou nada divertido assim.

Dou de ombros.

— Eu nem faço aula de francês...

— Você entendeu. Você mesmo teve que pagar o conserto da caminhonete; não tem nem rádio no carro, nem alto-falantes para pôr música.

— Está tudo quebrado e custaria centenas de dólares para arrumar. Mas, sério, não se preocupe com isso.

Desaceleramos para entrar no estacionamento e paro em uma vaga algumas fileiras atrás das gaiolas de rebatidas.

— Sei que não temos dinheiro suficiente para esbanjar assim, mas... tenho uma surpresa de aniversário que talvez compense.

E mesmo tendo tentado não ficar sem jeito com toda essa conversa, minhas orelhas se arrepiam ao ouvir isso.

— Três horas de treino de rebatidas por minha conta — diz ele.

Tento não deixar a decepção transparecer no meu rosto; eu já havia deduzido que ele pagaria a conta. Mas, enquanto nos dirigimos à porta, ouço uma menina chamar meu nome. E essa voz me remete direto à praia.

Papai ri e diz:

— Para você *e* para a sua prima Diana.

...

Depois de horas de abraços e gritos desnecessários, Diana e eu entramos. É um espaço bem vazio, mal iluminado com lâmpadas fluorescentes. Na frente, há uma vitrine cheia de cartões antigos de beisebol, bolas autografadas e outras recordações, e atrás da vitrine está Dave, meu primeiro treinador de beisebol quando eu era criança.

Ele acena para nós, e Diana e eu seguimos para as gaiolas de rebatidas, nos fundos. O local é comprido e retangular, perfeito para gaiolas de rebatidas, mas estreito demais para qualquer outro tipo de comércio. Largo a mochila no banco em frente às duas gaiolas e pego uns bastões.

— Dave, tem um capacete para ela? — pergunto. — Eu ia emprestar o meu, mas acho que minha cabeça é um pouco maior.

— Está dizendo que meu cérebro é pequeno? — pergunta Diana, fingindo se ofender, e eu coro quando Dave se aproxima com o capacete na mão.

Diana entra primeiro, olha para o cano da máquina de arremesso e se encosta timidamente na lateral da gaiola.

— Isso aí vai ficar atirando bolas em mim? — pergunta ela com voz tímida.

Dou uma risada.

— Basicamente. Mas não se preocupe! Não é muito rápida. E não vai acertar você, então pode se aproximar.

Quando ela se aproxima, a máquina lança uma bola. Ela grita e se debate descontroladamente, e acerta a bola sem querer, fazendo-a voar.

— Acertei! — berra. — Uau, doeu. É para doer?

— Normalmente, não. É que você não segurou direito. — Mostro a ela como posicionar melhor o bastão nas mãos. — Se recuar muito, não vai acertar. Chegue um pouco mais perto, segure firme e tente de novo.

Ela pega o jeito depois de um tempo, mas antes de terminar o primeiro set de vinte bolas, sai da gaiola.

— Sua vez — diz. — Como vão as coisas?

Coloco meu capacete e entro.

— Perfeitas — digo, e rebato uma bola direto para a máquina.

Giro o ombro direito, dolorido.

— Você e Reese ainda...

Abro um sorriso.

— Sim, melhor do que nunca. Estou morrendo de saudades dele.

— Estou chateada porque não vou conseguir conhecê-lo hoje, mas quando seu pai se ofereceu para me trazer até aqui, não pude recusar.

Acerto outra bola, mas muito para a esquerda. Péssima.

— Foi ideia do meu pai? — pergunto. — Achei que você tinha implorado para ele.

— Eu ia mandar entregar um bolo para você, mas gostei muito mais da ideia dele. Minha escola só acaba semana que vem (pois é, que inferno, né?), mas Jeanie deixou que eu dissesse que estava doente para poder passar um fim de semana prolongado aqui.

— Obrigado, D.

Começo a sentir cãibras nas mãos, mas continuo. Normalmente, isso acontece quando eu me distraio daquilo que estou fazendo. Quanto mais minha experiência no beisebol se torna inconsciente, menos racionalizo em campo; menos me preocupo em perder a bolsa de estudos ou...

— Aah! — grita Diana, quando giro para fugir de uma bola que roça de leve meu braço.

— Estou bem — digo depressa, ignorando a ansiedade que toma meu peito.

Se eu houvesse levado a bolada direto no braço, teria doído, mas provavelmente não teria causado nenhuma lesão. Provavelmente, mas...

— Diana. — Ela entra na gaiola comigo e me empurra para a parede, para que não sejamos atingidos por outra bola. — Só pode entrar uma pessoa por vez aqui.

Ela revira os olhos.

— Você disse que essas coisas não iam acertar a gente! Tudo certo aí? Você está com cara de assustado.

— Estou bem — digo. — Não foi nada.

Tomamos nossos lugares de novo, Diana firmemente fora da "armadilha da morte", como ela a chama. Acerto mais alguns arremessos e logo retomo o ritmo. Não me distraio, não mais.

O treinador me disse que a bolsa da Vanderbilt é quase garantida, mas só vou saber oficialmente em meados de maio, depois que receberem minhas estatísticas da primeira metade da temporada. Mas, independentemente das estatísticas, a bolsa depende de eu poder usar meus membros. O que significa que até mesmo a menor lesão pode comprometer tudo.

— Desembuche, Heath, ou vou entrar aí e ficar na frente da máquina.

Ela cruza os braços.

Suspiro e aperto o grande botão vermelho, na parede do fundo, para parar a máquina.

— Obrigado por querer se fazer de mártir, mas sei que você está blefando. — Dou um sorriso. — É que é tudo meio assustador. Tenho uma pilha de inscrições para a faculdade que precisam cobrir um valor exato e têm que vir na hora certa. A de beisebol da Vanderbilt é meu objetivo há muito tempo, e um movimento em falso, um osso quebrado, ou *qualquer coisa*, e vai tudo por água abaixo.

— Entendo — diz ela, e aprecio esse raro momento genuíno com Diana.

Penso em Sal e Reese, perambulando por Paris enquanto conversamos. Todos eles têm planos B para os planos B, mas eu não: tenho uma única chance e, ao contrário deles, não posso permitir que nada atrapalhe.

— Eu sei — digo.

E embora eu ame meus amigos e Reese, fico muito feliz por ter alguém que entende esse meu lado também.

CAPÍTULO 9

GABRIEL

— Não acredito que já temos que nos despedir — diz Matt. Estamos encostados no carro do meu pai, os dois com o coração apertado. — Ainda bem que conseguimos nos ver, e acho que você causou uma boa impressão na minha mãe.

— Sério? — pergunto, e me enrosco nele.

— Sério! Quando você foi ao banheiro, ela ficou falando do Grupo de Defesa LGBTQIA+ que você montou. A escola em que ela leciona é superliberal, mas, mesmo assim, eles têm dificuldade de arranjar pessoas que coordenem esse tipo de coisa.

Dou de ombros.

— A mãe de Sal, que é vice-diretora da escola, tem me dado muito apoio. Acho que eu não teria conseguido sem ela.

— A maioria das pessoas nem teria tentado — diz ele, e me abraça com mais força.

Estamos enrolando, e nós dois sabemos disso. Se eu não pegar a estrada logo, vou violar meu toque de recolher, mas tudo que quero é mais um minuto com ele. Mais um beijo. Mais um abraço. Até ouvir sua voz é diferente pessoalmente.

Ele me solta e eu abro a porta do carro o mais devagar possível.

— Odeio dizer adeus. Foi um dia perfeito.

— Precisamos marcar uma data logo para a nossa próxima ligação por vídeo. É minha vez de escolher o que vamos fazer. O que acha de cozinhar? Podemos escolher uma receita fácil para fazer juntos por vídeo e depois ter um jantar romântico.

— É que assim... eu mal consigo assar calzone sem queimar, mas tudo bem. Vai ser um desastre.

— Talvez, mas essa é a graça. — Ele pousa os lábios nos meus, levemente.

— Gabe...

— Fala...

Ele sorri, e eu passo o dedo pelo contorno de seu queixo.

— Nada. É só que eu gosto de dizer seu nome.

E eu gosto de ouvi-lo dizer meu nome. Para todos, ainda sou Gabriel. Inspirado pela pessoa impulsiva e divertida em que Sal me transformou, no verão adotei o apelido que ele usava para mim e virei Gabe. Mas não sei como conciliar minhas duas vidas, ainda não.

— Meus pais vão me matar se eu não for embora *agora* — digo por fim. — Desculpe.
— Imagine! Não quero que você se meta em encrenca. — Ele me dá um último beijo. — Até a próxima vez?

• • •

Entro no carro do meu pai e saio devagar da vaga. Em poucos minutos, estou na estrada de novo, acelerando contra o sol poente, fazendo a longa viagem de volta. Por um lado, estou realizado. Acabei de ver meu namorado, e foram apenas noventa minutos dirigindo.

Mas o outro lado, o mais obscuro, está crescendo. Sinto a ansiedade e a insegurança chegando e, antes que eu perceba, estou praticando as técnicas de respiração que minha psicóloga me passou.

Mecanismos de enfrentamento.

Não consigo nem definir o que preciso enfrentar. Tive um dia bom. Um dia *ótimo*.

— Siri, ligar para Sal.
— Ligar para Sal — responde ela.

E simples assim, é como se eu estivesse pegando meu paninho de novo. Desde o que aconteceu no verão passado – quando quase estraguei meu relacionamento com Matt por cair na velha rotina com Sal, –, nós nos aproximamos. Mas, ao mesmo tempo, respeitamos nossos novos limites.

Sal e eu temos uma amizade muito forte agora. E enfatizo a palavra *amizade*.

— *Bonjour* — diz ele.
— Ah, merda. Esqueci totalmente que você estava em Paris. Atrapalhado demais, né?

Ele ri.

— Tudo bem. Voltamos para o hostel. Reese está mandando oi.
— Diga que eu mandei oi também. Foi tudo bem hoje?
— Bom... depois a gente conversa sobre isso. — Sinto o constrangimento em sua voz. — O que aconteceu? Alguma crise?
— Talvez eu só queira conversar com meu melhor amigo enquanto volto para casa depois de ver meu namorado! — digo, meio na defensiva. — Mas não, você tem razão, estou meio que surtando. Foi muito difícil me despedir dele.
— É a primeira vez que vocês se veem desde o verão, não é surpresa que esteja surtando. Vocês mal puderam passar tempo juntos.
— Mas é justamente isso — digo. — Quando vamos ter tempo para ficar juntos? A gente nem sabe quando vai se ver de novo! Ele está tão longe!

Sal suspira.

— É por isso que chama namoro à distância, querido.

Aperto o volante com mais força.

— Não seja condescendente comigo.

Sei que ele tem boas intenções, mas, às vezes, seu tom brusco realmente me irrita. Antes do verão passado, talvez eu não reclamasse, mas agora sim. A dinâmica de poder mudou entre nós de um jeito bom, e acho que estamos em pé de igualdade; sem falar que, depois de ouvir gritos dos moradores de Boston durante o verão todo, não sou mais o covarde de antes.

— Desculpe, Gabe — diz ele com delicadeza. — Sei que é difícil para vocês, mas já se passaram meses e vocês continuam firmes. Ainda estão investindo no relacionamento e podem fazer funcionar; é só um começo difícil.

— É, tem razão. Nós sabíamos que não seria fácil e, sabe de uma coisa? Hoje foi perfeito.

— Conte do seu dia perfeito, então — diz Sal. — Vou dar um fone para Reese, ele vai querer saber de tudo também.

— Gabriel! — diz Reese. — As luzes vão se apagar em dez minutos, vá direto aos detalhes interessantes.

Dou uma risada e descrevo meu dia com Matt, desde o passeio por Sandusky até o encontro com os pais dele, além dos tantos beijos roubados quanto possível. Quando eles têm que desligar, fico repetindo os bons momentos para mim a caminho de casa e ponho uma *playlist* com todas as nossas músicas favoritas para senti-lo perto de mim, mesmo que ele não esteja aqui fisicamente.

Sei que podemos fazer dar certo.

• Mensagens •
GABRIEL + MATT

Cheguei. Obrigado de novo por tudo hoje. 🖤 | G

M | Oi amor. Que bom que você chegou bem.

Sei que tá... difícil, para dizer o mínimo, mas te ver hoje me fez perceber a sorte que tenho por viver isso com alguém como você.

Se começar a implorar agora a seus pais, talvez eles deixem você vir me encontrar em Pittsburgh um dia. Fica quase no meio do caminho.

Seria demais! Vou tentar, mas meu pai não gosta que eu dirija pra muito longe.

Da próxima vez quem sabe a gente consegue ficar mais tempo junto também, né? | G

Ou talvez você poderia vir a Gracemont para o baile!

M | Sim! Seria muito legal. Vamos dar um jeito, prometo.

Te amo.

CAPÍTULO 10

SAL

Hoje temos o último tempo livre na cidade, mas um pouco mais contido. Estamos em um bairro turístico de Paris, onde não faltam lojas para ver e, se quisermos, comprar lembrancinhas para nossos amigos e familiares.

Ignorando as lojas bregas com enfeites e chaveiros, Reese e eu damos uma olhada em algumas butiques na área para que ele possa se inspirar um pouco mais. Em grande parte da viagem foi ele quem assumiu a liderança; afinal, ele *morou* aqui. Mas também, depois de ver como ficou arrasado pelo fechamento da escola, não me incomodei de deixá-lo decidir. Já vi todas as atrações turísticas, já tomei meu cappuccino, então, estou contente.

Mas só… contente. É assim que me sinto em relação a tudo em minha vida pós-Washington.

— Quer passar em algum outro lugar? — pergunta Reese.

Dou de ombros.

— Tanto faz.

Ele me leva até um banco, onde sentamos e nos preparamos para ficar observando as pessoas. Ainda me surpreende pensar que estou a milhares de quilômetros de casa. Meu cérebro se afoga em pensamentos: devo deixar o interior? Devo ficar? Devo desistir de procurar outras opções e tentar me estabelecer em Washington? Tipo, tentar *de verdade*?

São tantas opções que meu cérebro entra em curto-circuito toda vez que penso nisso.

— Sal — diz Reese, estalando o dedo diante de meu rosto. — Sally. Sallerson. Acorde!

— Ãh?

— O que está rolando? Nós dois andamos meio esquisitos durante toda a viagem; eu sei meus motivos, mas e você? Você arrasa aqui. Eu morei em Paris, mas você se encaixa aqui muito mais do que eu.

— Só porque sou melhor em francês, não significa que me encaixo melhor.

Ele me olha feio, e não o culpo por isso.

— Desculpe — digo. — Ando tentando ser menos babaca ultimamente.

— Nossa, está conseguindo. — Ele dá um sorriso debochado. — Mas vou dar um desconto, já que, obviamente, você está preocupado com alguma coisa.

Fico mexendo na gola do meu casaco enquanto olho para a calçada à frente.

— Não consigo parar de pensar no futuro — acabo confessando. — E... ainda não contei à minha mãe que não quero fazer faculdade. Nenhuma.

— Por que não? Você vai se sentir melhor se simplesmente se abrir.

— Não é tão fácil. Eu não tenho como argumentar, não tenho um plano definido. Não sei o que quero fazer! Não posso simplesmente chegar e dizer: não vou para a faculdade, simplesmente não é para mim. O que vou fazer, então? Ah, carambola, vou pensar nisso mais para a frente.

— Ah, carambola? — zoa Reese, e me bate com o ombro.

— Você entendeu. Fico pensando que se eu conseguisse elaborar um plano, ou fazer uma apresentação, talvez minha mãe...

— Você *não* vai contar para sua mãe com um PowerPoint!

— Por que não? Foi assim que eu me assumi para ela. — Jogo as mãos para o alto e suspiro. — Como *você* sugere que eu conte, então?

— Diga que você não sabe o que quer fazer. Nenhum de nós sabe o que quer fazer. Gabriel está dividido entre, tipo, umas seis opções. Eu quero fazer design, mas estou sempre mudando a área; e Heath...

— Além do beisebol, o que mais ele quer fazer? — pergunto.

— Eu... não sei.

Ficamos sentados em silêncio um tempo. Acho que Reese sente um pouco de vergonha por não saber o que o namorado quer fazer da vida. Mas eu também me sinto mal. Somos todos melhores amigos, e toda vez que falamos sobre faculdades, ele só fala de beisebol.

— Talvez ele esteja tão confuso quanto nós — digo, mas ele não fala nada. — Mas você tem razão; preciso contar à minha mãe. Talvez ela me ajude a descobrir. Ela anda bem melhor ultimamente, mas tenho medo de contar e ela voltar a ser como antes, sempre apavorada achando que está a poucos segundos de descobrir que o filho é um fracasso.

Reese pega minha mão e a aperta firme.

— Peça ajuda para sua mãe. É para isso que ela serve.

Reese, claro, poderia dizer às suas mães que decidiu fundar um culto à morte que elas provavelmente diriam: "Claro, querido, o que você quiser, estamos com você cem por cento, precisa de nosso cartão de crédito emprestado?".

Mas minha mãe não é assim. Ela já me mostrou repetidamente que seu amor é condicional e, embora esteja muito melhor nos últimos tempos, tenho medo de que isso estrague todo o progresso que fizemos.

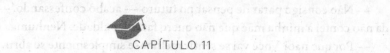

CAPÍTULO 11

REESE

Poxa, a coisa não está *nada fácil* para Sal agora. Sei que a mãe dele é meio durona, mas estamos terminando o ensino médio, será que temos mesmo que saber exatamente o que queremos fazer pelo resto da vida?

E como está chegando cada vez mais perto o momento de ele ser o orador da turma, deve sentir muita pressão por isso também. Em todas as formaturas, desde que entramos no ensino médio, os oradores fazem discursos grandiosos sobre o futuro. Todos anunciam com orgulho que faculdade vão fazer, que carreira vão seguir, e deixam todos se sentindo uns esquisitos sem futuro.

Na verdade, Sal seria um orador de turma fantástico.

A insegurança dele ameniza a minha. Bom, não contei a ninguém, exceto a Sal, que quero ser *drag*. Nem sei como começar, para ser sincero. Posso costurar eu mesmo minhas roupas, mas só o que fiz até agora foi criar umas camisas com base nas que já possuo. Nunca experimentei um vestido; nunca usei maquiagem...

Viro-me para Sal e vejo o toque de iluminador na bochecha, a base leve pelo rosto, e lembro que ele tem um estojo de maquiagem completo em casa.

— Desculpe mudar de assunto, mas podemos passar em mais uma loja?

— Claro, qual? — diz ele.

— Pode me ajudar a escolher umas maquiagens? — pergunto, ignorando a oscilação em minha voz. — E não conta para os outros. Ainda não, pelo menos.

Ele concorda, e então atravessamos a praça até chegar à loja de cosméticos.

Um dos feedbacks que a professora Watts me deu ano passado, na escola parisiense que *existia*, foi que alguns designs meus pareciam ter sido feitos para *drag queens*. Não é uma grande surpresa, visto que quem me inspirou e me fez querer criar vestidos foi primeiro o programa *RuPaul's Drag Race*, depois umas *drag queens* que sigo com meu Instagram alternativo, que uso para todas as minhas inspirações de design. Nos últimos meses, comecei a seguir cada vez mais, e não só drag queens; também designers famosos de drags, fabricantes de perucas, empresas de maquiagem e afins. E meio que me apaixonei por esse mundo.

Então, sim, quero ser estilista, mas para *drag queens*. Talvez até para mim mesmo. Mas para trabalhar com a arte *drag*, provavelmente vou precisar me virar com maquiagem.

Entramos, e fico meio impressionado com tudo que há na loja. Maquiagem, séruns, cremes e fileiras e fileiras de latinhas com vários líquidos. Sério, nem sei por onde começar.

— Posso ajudar? — pergunta uma mulher em inglês, percebendo (corretamente) que somos turistas.

— Meu amigo é aspirante a *drag* e quer escolher umas maquiagens — responde Sal em francês. — Pode ajudá-lo a encontrar a base certa?

Ela agarra minha mão, e vejo Sal ir para as partes mais coloridas da loja. Ela começa com uma série de recipientes de base líquida de tamanhos diferentes, e testa cuidadosamente cada um nas costas da mão para me mostrar a cor. Depois, leva a mão a meu rosto para comparar a cor com minha pele.

— A base líquida é mais suave, e é especialmente boa para *drags*; tem longa duração, dura a noite toda.

Ela passa uma em meu rosto e espalha. A seguir, me dá o pincel para eu passar do outro lado do rosto, guiando minha mão.

Penso no que ela quis dizer com durar a noite toda e me pergunto que tipo de *drag* quero ser. Será que eu seria capaz de desfilar? Ou de algum dia me apresentar em uma balada? Talvez o Reese de Nova York consiga, mas o de Gracemont não tem muitas opções.

— Como fica nas fotos? — pergunto. — Sou novo demais para a cena noturna, pelo menos nos Estados Unidos.

Ela ri.

— Não se preocupe, fica suave e é perfeita para fotografia. E também parece mais natural — diz ela. — Seu rosto aguentaria mais, mas é bom para começar. Como uma tela em branco.

— Obrigado — digo.

Sal volta com uma cesta cheia de coisas coloridas.

— Escolhi umas paletas de sombras de que talvez você goste. Esta tem muito azul, que parece ser seu estilo.

— A paleta mais escura realçaria seus olhos claros — diz a vendedora. — Tenho uma amostra aqui atrás.

Juntos, eles começam a pintar meus olhos, dando à sombra um gradiente suave que vai de um azul mais escuro até um turquesa claro. Meus olhos ficam verdes brilhantes, e mesmo sem cílios postiços e sobrancelhas desenhadas, sinto algo se acender dentro de mim, uma personalidade mais ousada emergir.

A vendedora pega amostras de batons e passa no pulso para comparar.

— De quais gosta mais? — pergunta. — Qual é sua estética?

— Ele ainda não tem — diz Sal, mas eu rapidamente o interrompo.

— Meio retrô. Gosto de fazer vestidos estilo *mod*, mas quero compor com tons neutros nos lábios e, talvez com outra cor nos olhos, um rosa-claro cintilante. Talvez precise de algo mais escuro nos olhos. Basicamente, quero ficar parecido com a Twiggy.

Ela ri meio vagamente. Talvez não tenha entendido minha referência à icônica modelo dos anos 1960, mas faz o que eu peço e, mesmo sem peruca, vejo que dá certo. Escolhemos os produtos e vamos ao caixa.

— Não sabia que você pensava tanto nisso — diz Sal.

Dou de ombros e pego o removedor de maquiagem.

— Nem eu, na real. Acho... melhor tirar isto antes de voltarmos. Ainda não estou preparado para fazer minha estreia como *drag* no ônibus para o aeroporto Charles de Gaulle.

— Faz sentido — diz Sal.

Pago a maquiagem e coloco a sacola na mochila para que ninguém veja onde andei fazendo compras. Não que sinta vergonha, mas é que ainda estou explorando a coisa. Até agora, esse tema estava só entre mim e meu perfil alternativo do Instagram.

Dou adeus à minha *drag* depois de me olhar no espelho uma última vez – o sorriso em meu rosto é inegável. É o mesmo tipo de emoção que sinto quando crio um vestido novo ou quando trabalhava no projeto final na escola de design.

Pego o celular e tiro umas selfies, mas não sei bem para quê. Será que vou postar em minha conta *drag* do Instagram? Compartilhar no grupo? Talvez um dia, mas, por enquanto, esse sorriso é só para mim.

Depois de remover cuidadosamente a maquiagem do rosto, voltamos para o ponto de encontro, onde alguns colegas nossos já estão esperando.

Digo a Sal:

— Obrigado por me ajudar e por manter segredo por mais um tempinho. Acho que entendo o que você disse sobre a faculdade: se não está preparado para falar sobre algo, não está e pronto.

— Quando voltarmos, se quiser, posso ajudá-lo a treinar. — Ele dá de ombros. — Até você decidir contar aos outros. Também lhe mostrar os tutoriais de maquiagem que uso.

Passo o braço pelos ombros de Sal e lhe dou um beijo na bochecha. Às vezes ele é irritante, mas me sinto muito melhor por termos conversado sobre isso. A Riley Design de Paris pode ter acabado, mas o que fiz naquele verão não foi em vão.

Chegamos ao ônibus e me viro para olhar a cidade uma última vez. Talvez eu não volte para cá tão cedo – talvez nunca volte –, mas devo muito a esta cidade.

— Pensei uma coisa — digo. — E se o tema de nosso baile de formatura girar em torno de Paris? *Uma noite em Paris*, ou algo bem clichê assim.

— Aposto que todo mundo vai gostar. Decoração dourada e preta, luzinhas penduradas, só glamour cosmopolita. — Ele sorri. — Tenho que ver o orçamento, mas se você cuidar da decoração, posso cuidar do planejamento do evento. Podemos falar disso na próxima reunião do conselho estudantil.

Aceno com a cabeça e, por mais tolo que pareça, curto cada momento enquanto me despeço de Paris.

CAPÍTULO 12

HEATH

— Sei que você me avisou que aqui em Gracemont era chato, mas há algo para fazer que não envolva beisebol? — pergunta Diana enquanto saímos das gaiolas de rebatida pela segunda vez durante a estadia dela.

— Ah, foi mal. Você tem razão. Não está sendo uma viagem divertida, não é?

— Calma, Heath, faz só vinte e quatro horas. Mas meus braços estão doendo e não aguento mais ficar nessa armadilha mortal. — Ela suspira. — Que outras coisas vocês têm nesta cidade? Tem, tipo, algum cinema *drive-in*?

— Fica fechado no inverno.

— O que dá para fazer aqui que não posso fazer em Daytona?

Paro para pensar um pouco e percebo que não há muitas opções. As partes encantadoras de Ohio são aquelas que os turistas geralmente não curtem: os campos, os parques... Não temos uma praça central charmosa com lojinhas bonitas. Temos fábricas vazias, um centro com pouco mais que uns *fast-food* e postos de combustível.

— Quer dar outra volta de carro? — pergunto.

É tudo que posso oferecer.

— Cara, vocês de Ohio adoram dirigir, hein? — Ela ri. — Tudo bem, mas só se você me deixar escolher a *playlist*.

Dou um sorriso.

— Combinado.

Antes de sair do estacionamento das gaiolas, mando uma mensagem para Gabriel: *oi g! Vou dar uma volta de carro com a d quer vir junto?*

Passo o telefone para Diana para que ela me informe quando Gabriel responder.

— O que você faz com todo o tempo que sobra? — pergunta ela com certo sarcasmo depois de ler minha mensagem.

— Como assim?

— Você deve economizar horas abreviando as mensagens assim e mandando sem revisar.

Olho feio para Diana, mas ela apenas ri.

— Não me faça levá-la direto para as gaiolas de novo! — digo.

Saímos. Meu ombro está doendo por causa do treino e da musculação e, por isso, dirijo com a mão esquerda no volante. Pensando bem, não dei muito descanso a meu corpo desde que voltei de Daytona. Como estou acostumado a uma programação bastante intensa da liga de verão, sinto necessidade de compensar isso.

Ela fuça em meu celular.

— Posso ver suas *playlists*?

— Meu gosto é aleatório, ok? — Hesito. — Pode olhar, mas sem julgar.

— Não prometo nada — diz ela, e começa a ver uma *playlist*. — Reese fez tudo isto?

— Ele faz as melhores *playlists* — digo, e noto que um sorriso surge em meu rosto.

Ele sempre fez *playlists* para nós, para tudo: de rap superanimado para animar a caminho da escola, de cantores e compositores mais calmos para momentos emocionais, grandes sucessos para os bailes...

— Então, Reese fez *playlists* especiais para vocês durante anos e você nunca soube que ele te amava?

— Ele faz *playlists* para todos nós.

— Metade dessas músicas são românticas, Heath. Você é tão tapado. — Ela ri. — Vou pôr uma das minhas. Passando de carro por essas fazendas desoladas parece que estamos nos créditos finais de um filme, e eu tenho uma *playlist* toda *vibes* para situações assim.

Ela larga o celular no porta-copos. Depois que Gabriel finalmente responde, vamos buscá-lo. É familiar parar na frente da casa dele.

— Diana! — diz Gabriel, entrando no carro. — Que bom finalmente conhecê-la!

— Gabe! — diz Diana. — Você ainda atende por Gabe? Soube que você meio que se reinventou durante o verão, e achei ótimo.

Ele ri.

— Não; ontem eu vou a ser o Gabe por um tempinho, mas sou Gabriel de novo agora.

— Acho que vou me reinventar depois da formatura — diz Diana. — Acho que não quero continuar trabalhando no fliperama de minha mãe para sempre, sabe?

— Você vai sentir saudade dos cachorros-quentes de graça — digo.

Ela suspira.

— Só não sei se minha mãe vai aguentar.

Olho para ela brevemente e noto que está falando sério. Durante o verão, ela não tinha planos para quando acabasse o ensino médio, mas parece que isso está mudando. Quero ter uma conversa mais profunda com ela, mas acho que com Gabriel no banco de trás não faz sentido.

Eles ainda não sabem dos meus planos; não é grande coisa, na verdade, mas paro no posto de combustível e os convenço a comprar uma bebida quente. Pego um cappuccino com excesso de cafeína e açúcar da máquina – o favorito meu e de Reese –, Diana pega um chocolate quente gigante e Gabriel um café gelado. (Ele anda gostando *muito* de café desde que voltou de Boston; aparentemente Matt o deixou viciado.)

— Então, Gabriel... como foi a viagem? — pergunto, e o silêncio que se segue pesa na caminhonete. — Não foi legal?

— Não, foi legal, sim — diz ele, e suspira. — Mas já estou com saudades.

— Por que você não está saindo com Sal? — pergunta Diana.

Dou um soquinho no braço dela.

— Seja menos direta, por favor.

— Estou apaixonado por Matt, não por Sal. — Ele ri. — Eu era muito dependente de Sal, mas agora temos limites, é uma coisa nova entre nós. — Ele para um pouco, e consigo ouvir o sorriso em sua voz. — Finalmente as coisas estão boas entre nós. Saudáveis.

— Você tem que aprender a ficar longe antes de...

— *Diana* — digo. — Deixe de ser intrometida!

Gabriel ri, e Diana finalmente abandona o assunto.

Vou pegando estradas secundárias e mostrando a ela as muitas partes interessantes de Gracemont, Ohio, incluindo minha casa antiga. Dou mais algumas voltas até chegar à Jordan Road.

— Este é meu lugar favorito — digo, mas ninguém responde. O que não é totalmente surpreendente, visto que estamos flanqueados por dois campos vazios bem arados. — É perfeito na primavera. Ou no verão. São campos de milho enormes e, quando crescem, na primavera, ficam tão altos que não dá para ver nenhuma daquelas casas lá longe. E quando o sol se põe, dá para ver todas as estrelas no céu. É um silêncio mortal. — Desligo o motor. — Sigam-me.

Pego umas mantas atrás de meu banco e as jogo na caçamba da caminhonete. Estamos todos agasalhados, mas Diana é a menos preparada para essa frente fria, então imediatamente se enrola nas mantas. E ficamos na traseira da caminhonete com nossas bebidas na mão.

— Sei que não é grande coisa agora. Está nublado e é o meio do dia, mas vai por mim, este lugar é especial.

— O tipo de lugar especial onde você pode ser honesto sobre qualquer coisa, certo? — diz Gabriel.

— Certo — respondo.

Diana se enterra ainda mais em seu casulo de manta.

— As coisas com Matt estão muito boas — diz ele. — Eu realmente o amo. Temos conversas ótimas e ele cria encontros elaborados pelo FaceTime para nós. Mas já estou com saudade. Você deve estar sentindo muito a falta de Reese agora, não é, Heath?

— Claro — digo. — Está sendo horrível.

— Pois então imagine namorar alguém e sentir isso o tempo todo. Estou tentando me dedicar às coisas da escola, ou ao Grupo de Defesa LGBTQIA+, ou a *qualquer coisa* que ajude a esquecer que me sinto sozinho. — Ele enxuga uma lágrima. — Mas, às vezes, parece que nada ajuda.

— Sinto muito, Gabriel — diz Diana, pousando a mão enluvada no joelho dele, e eu me xingo por não conseguir reconfortar meu amigo melhor do que uma completa estranha. — Nem todo mundo consegue namorar à distância. Mas acho que você acaba se acostumando. Acha que vão fazer a mesma faculdade?

Minhas mãos começam a ficar dormentes, mas não por causa do frio. A percepção que venho tentando ignorar há tanto tempo está começando a se impor.

— Acho que é possível. Matt e eu nos inscrevemos na Pitt, mas não é a nossa primeira escolha. Minha família quer muito que eu faça a faculdade estadual de Ohio, e eu também. A estadual não fica *tão* longe da Pitt... mas acho que namorar à distância na faculdade deve ser ainda mais difícil.

Meu coração se acelera e começo a tremer. Ando evitando entender isso faz muito tempo.

— Faz sentido — responde Diana. — Ainda acho que não vou fazer faculdade, mas todos os meus amigos que foram agora estão sugados pela vida no campus, pelas aulas, e nunca têm tempo para ninguém fora desse novo mundo. Mas quem pode culpá-los?

Não posso mais ignorar isso, não é? Depois da formatura, se tudo der certo, irei para o Tennessee. Reese estará em Nova York e, com certeza, vamos nos esforçar muito para que dê certo.

Mas... e se não conseguirmos?

• **Garotos Dourados** •
GABRIEL + HEATH + REESE + SAL

Pousei | S

G | BEM-VINDO
avisa quando pegar as malas
a gente tá no estacionamento

H | ouvindo música francesa

R | Merda. Encontrou minha playlist da Céline?

Mas ela é franco-canadense não é? | S

H | pelo amor de deus só vem de uma vez

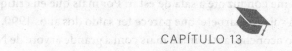

CAPÍTULO 13

SAL

Na última semana, desde que voltamos para Ohio, descobri a única coisa que curou minha insônia recente: jet lag extremo. Paris fica poucas horas à frente, mas acho que entre o cansaço da viagem e a diferença de fuso horário, tenho dormido todos os dias.

Não vejo os rapazes desde que foram nos buscar no aeroporto, mas isso não é de se estranhar. Com os eventos familiares, mal nos vemos durante as férias de inverno, exceto para a festa que damos toda véspera de Natal, que, por acaso, é hoje à noite.

Tenho aproveitado o tempo sozinho, apesar de sentir falta dos dias de inverno quando Gabe e eu nos aquecíamos. Mas prefiro que Gabe esteja feliz e minha cama vazia do que aquilo que tínhamos... ou que eu achava que tínhamos.

Mas preciso de uma distração dos rapazes e de minha mãe. Por isso, vim à casa de tia Lily.

A casa de minha tia não mudou muito com o passar dos anos, mas noto algumas coisinhas diferentes cada vez que venho. Há alguns anos, ela parou de encher a piscina onde os rapazes e eu costumávamos passar o verão; precisava de manutenção e ela não queria mandar consertar. O que acho justo.

Ano passado, o revestimento externo começou a cair.

Hoje, percebo que o resto da casa está encardido em comparação com a casa de mamãe.

Certa vez, perguntei a mamãe sobre isso e ela apenas disse: "Sal, você vai aprender que as pessoas são diferentes, que têm prioridades diferentes, e tudo bem. Minha irmã tem o guarda-roupa mais maravilhoso do estado, garanto, mas ela é capaz de deixar a casa desmoronar". Ela sorriu e acrescentou: "E se você olhar meu armário, vai achar que sou o oposto!".

Se isso for verdade, acho que tenho o melhor dos dois mundos: todos sabem o quanto meu guarda-roupa é importante. E meu quarto é impecável.

— A que horas você tem que ir à casa de Gabriel para a festa anual de Hanucá? — pergunta tia Lily.

— Gabe a chama de natucá — corrijo, com uma risada. — Não temos hora marcada, mas devo sair daqui a uma meia hora.

— Perfeito. Temos tempo para fofocar e trocar presentes. — Ela semicerra os olhos dramaticamente. — Espero que me dê algo bom.

Eu rio enquanto ela me conduz até a sala de estar. Por mais que eu critique o estado da casa, não está suja – o carpete, que parece ter saído dos anos 1990, está limpo. E também é tudo aconchegante, ainda mais com a grande árvore de Natal em frente à janela saliente.

— Algum novo "enfeite" este ano? — pergunto.

— Dê uma olhada!

Contorno lentamente a árvore de Natal, observando as mesmas luzes e adornos que ela usa todos os anos. Os "enfeites" – se é que podemos chamá-los assim não são as bolas de vidro ou os anjos que se veem na casa da maioria das pessoas. No lugar dos ornamentos, ela imprime fotos e as cola aleatoriamente pela árvore.

Entre as serpentinas cintilantes, vejo o passado de minha família. Festas de Natal de quando mamãe e Lily eram crianças, cercadas por primos que nem conheci. Encontro a foto do casamento de meus pais – a mesma que mamãe tem na mesinha de cabeceira – e, passando de foto em foto, vejo-me passar de bebê para criancinha, menininho, e até quem sou hoje.

Logo no início meu pai já desaparece das fotos, assim como quase sumiu de minha memória. Mas talvez seja melhor eu não me lembrar do acidente de carro que tirou a vida dele.

— Um pouco para a esquerda — diz ela, então saio do transe e dou a volta na árvore.

Vejo a foto e a puxo dali. É deste verão, eu e o senador – na verdade, é uma captura de tela do post do senador no Instagram, onde ele me exibiu como um exemplo brilhante de seu novo programa de estágio. A captura de tela mostra as milhares de curtidas que o post recebeu. Pareço feliz, como se todos os meus sonhos tivessem sido realizados.

Mas a realidade não poderia ser mais diferente.

— Esta me traz lembranças — digo.

— De seis meses atrás? Espero que não precise de muito esforço para se lembrar *disso*; senão, você estará imprestável quando tiver minha idade.

Minha tia se acomoda em sua poltrona e eu me sento no sofá, em frente a ela. Seu gatinho malhado fofo – o gato mais canino do mundo – pula no sofá para se aconchegar em mim.

— Quero te contar uma coisa — digo.

— Vai me dizer que é gay *de novo*? — diz ela, toda exagerada, e rimos.

— Não, uma vez foi suficiente. Na verdade, o que eu quero falar tem a ver com essa foto. — Devagar, dou um longo suspiro e fico repetindo as palavras em minha cabeça até que finalmente escapam pela boca. — Acho que não quero fazer faculdade.

Uma pausa.

— Ah...

Ela faz isso sempre que venho falar dos meus problemas; fica sentada confortável, em silêncio, até eu contar a história toda. É um velho truque dos tempos de jornalista dela, que faz com que o entrevistado se sinta compelido a preencher o silêncio.

E, como um entrevistado modelo, falo.

— Eu achava que tinha toda minha vida planejada, tia Lily. Entrar em uma boa faculdade, me formar em ciências políticas, depois ir para a capital e começar minha vida no Congresso. Acontece que no verão eu já estava questionando a faculdade. Gastar quatro anos da minha vida para ganhar um pedaço de papel?

— É um pedaço de papel muito importante. Para algumas pessoas, pelo menos.

— Para o pessoal do Congresso, com certeza. Mas nada do que fiz durante o verão precisava de um diploma universitário. Quase nem precisava de experiência. Minha chefe era obcecada pela faculdade que fez, mas as histórias que ela contava nunca tinham nada a ver com aprendizado sobre política, e sim com as pessoas que conheceu e as festas a que foi.

— Talvez, para ela, essa fosse uma ótima maneira de fazer contatos no mundo da política, sabe? Pode até ser que alguém que ela conheceu assim a tenha ajudado a conseguir esse emprego. Com a faculdade, você ganha muito mais do que está naquele "pedaço de papel".

— Talvez você tenha razão. — Suspiro. — É que mamãe está me pressionando demais, e eu não sei o que fazer. Mas não quero trabalhar no Congresso.

— Tudo bem, vamos pensar o seguinte: você faz dezoito anos neste verão, concluiu o ensino médio e só tem *esse* pedaço de papel nas mãos. Qual será seu próximo passo na política? O que vai fazer quando for um homem livre?

Digo a primeira coisa que me vem à cabeça, meio brincando.

— Concorro a um cargo político.

— Ah... — diz ela de novo, cruzando as pernas e inclinando a cabeça ligeiramente.

Mais uma vez, com essa única sílaba ela está me incentivando a prosseguir, o que me provoca uma grande frustração. Vim aqui para pedir conselhos, não para falar sozinho. E foi só uma brincadeira.

Ou será que não?

— Haverá eleição para prefeito ano que vem — digo. — Eu teria dezoito anos, poderia me candidatar.

— Você tem mais experiência em política que nosso atual prefeito tinha quando se candidatou, com certeza.

— Ele é prefeito desde que eu nasci — digo. — Ninguém nunca o desafia, nada muda nesta cidade, nunca.

Minha tia pigarreia e relaxo um pouco, porque sei que, finalmente, vai me dar conselhos.

— Nada nunca muda *justamente* porque ninguém nunca o desafia.

— Eu nunca ganharia.

Ela dá de ombros.

— Nunca diga nunca. Mas também nem sempre a questão é vencer.

Meu celular vibra; vejo uma mensagem de Gabe. É uma selfie dele com a irmã enrolados em luzes de Natal.

— Tenho que ir — digo. — A festa de fim de ano de Gabe vai começar, não quero me atrasar.

Ela se levanta e me leva até a porta com o braço em volta de meus ombros, demonstrando apoio. E eu me aconchego ali e percebo, então, que acabei de arrancar o band-aid. Contei a uma pessoa da família que não quero fazer faculdade, e o mundo não acabou.

— Obrigado por me ouvir — digo. — E não conte à mamãe. Tenho que contar logo, só preciso de um plano. Um plano perfeito, que não permita que ela fique decepcionada.

— Ah, Sal — diz minha tia, abraçando-me com mais força. — Você não precisa ter tudo planejado aos dezessete anos. E sua mãe não é tão assustadora *assim*. Ela só tem um plano para o filho, mas se você disser que o plano vai mudar, talvez possam elaborar outro juntos. Mas se esperar muito tempo...

— Eu sei, eu sei — digo, e pela primeira vez desde que me lembro, digo uma mentira na cara dela. — Vou contar de uma vez.

CAPÍTULO 14

GABRIEL

Uma frente fria chegou durante a noite, derrubando a temperatura, que chegou a -7 graus. Uma parte de mim ama isto: o primeiro frio de verdade da estação chegando no final de dezembro faz parecer que é mesmo fim de ano. Mamãe e papai nunca gostam muito de pendurar os piscas-piscas, mas minha irmã e eu sim, por isso, para pendurá-los, tive que esperar ela chegar da faculdade estadual de Ohio.

— Por que não pediu ajuda para os meninos? — pergunta minha irmã, Katie, enquanto colocamos uma rede de luzes nos arbustos na frente. — Heath é alto, ele ia passar bem menos trabalho do que a gente.

— Ah, mas eu queria esperar minha irmã mais velha — digo, com uma voz manhosa. — Mesmo que já seja supertarde, fico feliz por poder acender as luzes antes de os meninos chegarem para a festa.

Dentro de casa, temos um mix de enfeites de Hanucá e de Natal; nossa menorá está na sala de jantar e a árvore de Natal na sala de estar. Este é um daqueles anos em que o Hanucá e o Natal se sobrepõem, de modo que, de meu lugar favorito no sofá, posso ficar aconchegado com meu cobertor pesado e observar as velas tremeluzindo e as luzes piscando simultaneamente e pensar em como tenho sorte por poder comemorar as duas festas com minha família.

— Hora das perguntas obrigatórias — diz Katie, e eu dou uma risada.

— Você não é a vovó. Além disso, pelo visto ela parou com isso.

Durante minha infância, a família inteira morava mais ou menos perto, a uma pequena viagem de carro de distância, mas, aos poucos, meus primos começaram a se mudar cada vez para mais longe. Entendo o desejo de sair de Gracemont mais do que a maioria das pessoas, mas, ainda assim, as festas foram parecendo menos especiais ano após ano. Com a família espalhada por todo o meio oeste do país, as velas de menorá e as festas de fim de ano por Zoom são um pouco menos empolgantes. Mas, pelo menos, isso me aproximou de minha irmã e de meus pais.

Sou um dos netos mais novos de minha avó e, conforme ela vai envelhecendo, parece menos interessada em nossas vidas do que costumava ser. Ela ainda sente um grande orgulho de tudo que já fiz, mas tem sido diferente. Especificamente quanto a suas infames "perguntas obrigatórias".

— Para *mim*, ela ainda faz as perguntas obrigatórias — explica minha irmã. — Mesmo por Zoom. Se ela parou de fazer a você, alguém tem que intervir, e posso ser eu. Já que está me fazendo congelar aqui fora, vou jogar a pressão familiar em você.

Ela pigarreia e recita as perguntas de vovó:

— Número um: como vai a escola?

— A escola vai bem — respondo, impassível.

— Número dois: como estão as notas?

— Ainda boas. Acho que vou tirar B em trigonometria, o que me tiraria da disputa para orador da turma, mas minha média ainda será bem mais alta do que era a sua.

— Ah, dá um tempo! A minha média foi boa o suficiente para eu entrar na estadual, tá bom? Obrigada, de nada. — Ela suspira dramaticamente. — E no mundo real, ninguém liga para sua média do ensino médio.

Dou de ombros, e ela continua:

— E, finalmente, a pergunta três, para a qual já sei a resposta, mas temos que seguir as regras: você tem namorado?

A terceira pergunta me espanta, porque percebo que vovó não me pergunta isso há muito tempo. Na verdade, ela parou de demonstrar curiosidade sobre minha vida na época em que saí do armário.

— Meu Deus, é por *isso* que ela não me faz mais as perguntas obrigatórias? Porque, se fizesse, teria que reconhecer que eu gosto de meninos?

Katie pensa um pouco enquanto enrola uma fileira de piscas-piscas em uma das pilastras da varanda.

— Não, não é isso. — (Não acredito nela.) — Ela está ficando mais velha, e acho que, depois de perguntar um bilhão de vezes, deve ter cansado de se meter na nossa vida. Eu até me lembro de meu primeiro ano do ensino médio, quando aquelas duas meninas do último ano queriam ir ao baile juntas e o conselho escolar fez aquele drama. Lembro que ela disse algo tipo: "Ué, mas quem se importa? Deixem as meninas dançarem". Sempre achei isso muito legal da parte dela.

— Talvez seja diferente quando os gays são da família — digo, e Katie passa o braço em volta dos meus ombros.

Eu me lembro de todo esse drama do baile e de me sentir um pouco mais seguro na escola depois que deixaram as meninas irem juntas. Lembro-me de pensar que, um dia, talvez fôssemos eu e Sal lá em cima, e não teríamos que enfrentar nenhum drama.

Parte de mim continua um pouco magoado por vovó ter se distanciado da minha vida pessoal, mesmo que seja só uma coincidência... mas acho que é por isso que sou apegado à família que tenho. Eles sempre levaram de boa o fato de eu ser gay, pelo menos na minha frente. E adoram os rapazes. Mas há pequenas coisas, as microagressões que percebo nos eventos familiares.

E não só com vovó! Alguns tios, tias e primos andam um pouco menos interessados na minha vida ou sempre me parecem meio distantes. Mas talvez isso faça parte do crescimento.

— Ei — diz minha irmã com um sorriso na voz. — Você não respondeu à pergunta obrigatória! Repito: *você tem namorado?*

Ligo as luzes; mesmo durante o dia, são deslumbrantes. Estou em transe. Fico parado olhando para elas, pensativo, e a palavra sai de minha boca:

— Não.

...

— Não é meio clichê se esconder no banheiro, amor?

Ouço a voz de Sal através da porta e meu coração pula. Não que eu não queira vê-lo, mas ele é a última pessoa que eu *deveria* ver agora. Estamos indo bem ultimamente, mas é só porque andei ocupado com a escola e apaixonado por Matt que parei de vê-lo como uma ameaça – ou, sendo mais específico, um desafio.

Se eu abrir essa porta, sei que terei que ser o forte. E não sei se consigo agora. Enxugo uma lágrima.

— Estou bem.

— Vou entrar.

E ele entra. Estou sentado, encostado no armário da pia, com os joelhos dobrados, segurando os tornozelos. Minha respiração é superficial e estou meio tonto. Não faço contato visual.

Ele se senta à minha frente e reflete minha linguagem corporal. Ergo os olhos. Imagino como meu olhar está turvo, mas ele não parece julgar. Só fica sentado, sorrindo suavemente, elegante com sua camisa azul de estrelas e gravata branca.

— Nada de vermelho e verde este ano? — pergunto.

— Pensei em seguir o estilo Hanucá desta vez e ganhar alguns pontos em forma de brownies de sua mãe. — Ele sorri. — Até decorei a oração, acho, mas você vai ter que ensaiar comigo mais tarde, quando acendermos a vela seguinte.

Ele aperta suavemente meu tornozelo, em uma pequena e platônica demonstração de apoio, que é muito importante para mim.

— Quer me contar o que rolou? Sua irmã me disse que você correu para dentro e se trancou aqui, e que se alguém poderia fazê-lo sair, seria eu. — Ele suspira. — Não acho que seja verdade, mas pensei em tentar.

— Obrigado — digo, e conto o que aconteceu. Explico em detalhes o que passou por minha cabeça antes de eu dizer "não"; mas é que nada passou por minha cabeça, foi uma resposta automática. Porque ando me sentindo triste ultimamente.

— Mas você me disse que a viagem foi boa.

— Foi — digo. — Foi muito boa. Mas o tempo todo fiquei ouvindo uma voz na minha cabeça me dizendo que nossas horas estavam contadas. Que assim que disséssemos oi, já estaríamos praticamente nos despedindo.

Ele para e pensa a respeito; fico meio irritado, porque ele é metódico, ponderado e preciso, e eu sou exatamente o oposto.

— Não sei o que dizer — fala ele, por fim. — Mas sinto muito. Imagino como deve ser difícil. Mas espero que, um dia, você aprenda a viver um pouco mais o presente.

— Não esperava um conselho clichê de você.

— Odeio admitir, mas nem sempre sei a coisa certa a dizer. Mas acho que você não deve ver coisa onde não tem... deve ter sido porque está com saudade. — Ele suspira. — Você e eu estávamos tão decididos a arranjar um namorado durante o verão que nunca paramos para pensar no que realmente significaria encontrar um.

— Eu e Matt sabíamos no que estávamos nos metendo — digo. — Conversamos muito sobre isso, e eu estava cheio de esperanças. Mas nenhum planejamento no mundo é capaz de facilitar essa situação. O que eu disse a Katie foi simplesmente a verdade: às vezes, não parece que estamos namorando. É assim que todo casal que namora à distância se sente?

— Com certeza, não — diz ele, um pouco mais sério. — Talvez seja minha culpa. O que tínhamos, ou não tínhamos, sei lá... era muito imediato, estávamos sempre juntos, sempre nos tocando, sempre acessíveis. E se isso acabou com sua capacidade de manter um relacionamento normal à distância?

A campainha toca. Sei que minha irmã vai atender, mas não quero que os outros rapazes entrem no banheiro também. Com a ajuda de Sal, eu me levanto. Mais uma vez, sinto o desejo de puxá-lo para mim, de escolher o caminho mais fácil. Mas ele apenas pousa a mão em meu ombro e sorri.

— Não é culpa sua — digo.

— Você vai superar — diz ele, ignorando minha declaração. — Você é mais forte do que acredita. O que vocês dois têm é especial.

— É — digo.

É *realmente* especial. Mas será que é difícil demais?

CAPÍTULO 15

HEATH

Desço da caminhonete e absorvo a vista da casa de Gabriel. Ainda há uma escada perto de umas luzinhas penduradas, os arbustos foram cobertos com elas às pressas e as luzes piscam em cadências diferentes, com cores diversas e conflitantes, mas é tudo tão característico de Gabriel que me aquece o coração.

Lembro-me das várias vezes que papai e eu tentamos fazer a mesma coisa, mas para ele, perfeccionista por natureza, tudo tinha que ser perfeito. Cada pisca-pisca tinha que ficar retinho. Mas ficava um espetáculo.

Não fazemos mais isso fora do apartamento. Papai comprou uma daquelas árvores de plástico com luzes, e até que é legal. Então acho que não posso reclamar.

— Oi? Gabriel? — chamo ao entrar.

Quando subo a escada, vejo Sal saindo do banheiro com Gabriel, que está enxugando as lágrimas dos olhos.

Putz. Vai ser uma *daquelas* festas.

— Tudo certo? — pergunto, puxando-os para dar um abraço ligeiro, mas firme.

— Tudo bem — diz Sal rápido. — Não trouxe Reese?

— Não, ele ficou trabalhando em um novo projeto de costura o dia todo. — Suspiro. — Nem o vi desde que peguei vocês no aeroporto. Mas a mãe dele vai trazê-lo daqui a pouco.

— Ah. Vai todo mundo ver os dois pombinhos se lambendo a noite inteira, então — diz Sal, revirando os olhos, e dou uma cotovelada nas costelas dele.

Gabriel nos leva ao porão, que virou nosso ponto de encontro desde que papai vendeu a casa. Não é tão ruim. Seu pai ainda o chama de "caverna dos homens" (o que sempre nos faz morrer de vergonha alheia), mas, na verdade, é bem legal. Ele tem recordações antigas de beisebol do Cincinnati Reds em uma parede; bandeiras da faculdade estadual, flâmulas, camisas de basquete emolduradas e o diploma dele e da mãe de Gabriel na outra. E no centro, uma bela sala mobiliada.

A mesa de centro está cheia de comidinhas (molhos Velveeta e Rotel, minissalsichas com molho barbecue) e doces (os fantásticos biscoitos de pasta de amendoim e chocolate que a mãe dele faz e outros comprados). Reese ainda não chegou, mas está aqui em espírito, porque Gabriel colocou a *playlist* de Natal dele, que ressoa pelos alto-falantes Bluetooth.

Eu me sento na poltrona reclinável de couro e dou um sorriso. Talvez nunca mais tenhamos outro Natal como este, mas sei que nunca esquecerei como isto é perfeito. Sim, eu tenho uma família.

— A gente troca os presentes assim que Reese chegar — diz Gabriel. — Sei que Sal sempre fica impaciente demais.

— Começar com o Amigo Secreto é uma tradição sagrada, tá bom? — diz Sal. Dou uma risada.

— Claro, claro. Você finge ser tão equilibrado o tempo todo, mas mal pode esperar para abrir os presentes.

— Eu poderia dizer que isso é coisa de filho único — pondera Gabriel —, mas Heath não é assim. Acho que você só é ganancioso mesmo.

— Tudo bem! Eu quero coisas! — Sal sorri. — E se querem saber, estou louco para que abram meu presente.

A porta do porão se abre e meu coração dispara. Gabriel e Sal sorriem, e ambos fazem sinais para que eu o encontre na escada.

Eu me levanto, apesar das pernas bambas. Às vezes, é estranho pensar em Reese como meu namorado. Eu o amo há tanto tempo – primeiro como amigo, depois como algo a mais – que é difícil saber quando a mudança aconteceu. Às vezes, estamos juntos e é como antes, mas outras vezes...

— Heath! — grita Reese, e começa a descer correndo.

Eu corro para ele. Por um momento, tudo é clichê, tudo acontece em câmera lenta. Subo a escada enquanto ele desce e se joga em meus braços. Ele é tão leve que às vezes o levanto sem querer, mas como vem de cima e enrosca as pernas em minha cintura, tenho que contrair o abdome para não cair para trás.

Somos como um quebra-cabeça; duas peças que se encaixam com perfeição. Ele passa a mão por meu cabelo curto, puxa meu rosto para perto dele e, mesmo sentindo os olhares exasperados dos rapazes, não ligo. Este é meu momento. *Nosso* momento.

— Estava com saudades — diz Reese, com os olhos brilhando.

— Faz literalmente dois dias que eu te vi — digo em resposta. — Mas também estava com saudades.

Gabriel pigarreia e ouço Sal dizer:

— Podemos sair daqui antes que isso vire um filme pornô?

— Sal! — diz Reese, descendo de mim. — Não estrague o momento.

— Ah, claro, porque *nunca* tivemos que ficar sentados todos sem jeito enquanto você e Gabriel sarravam no chão — digo, com ironia.

— Mas que... — começa Gabriel, mas logo sacode a cabeça. — A gente não chegava a esse nível, né?

Reese e eu nos entreolhamos com os olhos arregalados.

— Pode ser que só parecesse que era assim — diz Reese. — Eu basicamente ficava era com inveja.

Sentamo-nos ao redor da mesa, e Reese e Sal contam mais histórias sobre os momentos maravilhosos que passaram em Paris. Vimos todas as fotos que eles mandaram, claro, e recebemos o resumo na caminhonete, no caminho de volta do aeroporto, mas ouvir as histórias nos provoca uma espécie de ansiedade. Eles contam coisas malucas, piadas internas, e parece que tudo foi perfeito.

— Vamos discutir isso na próxima reunião do conselho estudantil — diz Reese —, mas acho que o tema do baile de formatura será *Uma noite em Paris*.

— E vamos garantir de que seja igual à realidade — diz Sal.

Eu rio enquanto olhamos mais fotos da viagem.

— Você disse que nos mostraria fotos da escola, mas não mostrou — digo a Reese. — Ainda havia alguma coisa sua exposta na sala de aula?

— Ah — diz Reese, e tosse, quase engasgando com a água com gás que trouxe. Ele troca um olhar penetrante com Sal e diz: — Ah, sim. Alguns projetos nossos continuavam pendurados na sala de aula da professora Watts. Foi legal ver tudo de novo. Foi uma reafirmação do motivo de eu ter feito o curso. Nem acredito que esqueci de tirar fotos! É que fiquei tão envolvido...

— É — diz Sal rapidamente. — Acho que ele deveria ter vencido. Os outros projetos eram uma porcaria.

Eles riem, mas de um jeito meio forçado e estranho. Reese pega um biscoito e Sal pega um estojo de pó compacto e passa os dedos pelos cabelos. Percebo que Gabriel está observando Sal tão intensamente quanto eu a Reese, e pego meu celular para mandar uma mensagem.

Não sei direito o que está acontecendo. Provavelmente não é nada, mas estou começando a suspeitar que meu namorado acabou de mentir bem na minha cara.

• iMessage •
GABRIEL + HEATH

H: beleza, é coisa da minha cabeça ou isso aí foi estranho pra caralho

G: Desculpa, tô tentando disfarçar pro Sal não ver que tô respondendo.
Mas sim. Eles tão meio estranhos.
Acha que rolou alguma coisa em Paris?

H: será que eles brigaram feio?
talvez tenham se apaixonado em paris

G: Você tá de brincadeira, né?

H: claro!!!
... eu acho

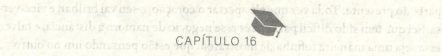

CAPÍTULO 16

REESE

Meu rosto está pegando *fogo*. É algo tão bobo para ficar mentindo... afinal, escolas fecham o tempo todo. Eu acho. Isso não significa que minha escola era menos real. Os professores eram reais, meus colegas eram reais. Inferno, até os ex-alunos eram reais. Quando eu estava em Paris no verão, conheci uma ex-aluna que tinha uma butique. *Aquilo* foi real.

Então, por que sinto que toda minha experiência de verão me foi roubada?

Ando trocando mensagens com Philip, meu amigo mais próximo do curso, sobre o fechamento da escola. Ele ficou triste, mas não tão perturbado quanto eu. Está preparando seu portfólio para entrar "na uni", como ele diz, e já escolheu seus cursos de design de moda na Inglaterra. Já escolhi os meus nos Estados Unidos também, claro: FIT, Pratt e The New School. Até me inscrevi no único curso que consegui encontrar em Nashville, na Lipscomb University, mas não contei a Heath.

Não sei se ele me incentivaria a ir ou a não ir. Ele sabe que Nashville não é meu lugar preferido, mas o curso parece ótimo! Só não é Nova York.

O constrangimento do momento passa quando começamos a contar do recesso de inverno de cada um, da visita da prima de Heath para o aniversário dele, e da viagem de Gabriel para ver Matt. Mas, apesar de tudo, fico me perguntando: é normal esconder tantas coisas do namorado?

...

— Hora do Amigo Secreto! — anuncia Gabriel por fim, alegre, e vejo os olhos de Sal brilharem. — Vou sortear os nomes de uma cartola, e quem for escolhido entrega o presente. Pode ser?

Todos concordamos, e Gabriel tira o primeiro nome: Heath.

Heath se levanta e pega um presente mal embrulhado – embrulhos não são seu forte – e o entrega a Gabriel. Ele o desembrulha e revela uma caixa com um coração de pelúcia fofo. Tem um botão escrito ME APERTE que, quando pressionado, faz o coração brilhar.

— Que bonitinho! — diz Gabriel, e acrescenta: — Mas... o que é?

— Olha, é meio cafona, então não fiquem me zoando. O nome é coração do "abraço à distância". Viu como ele brilha? Mandei um para Matt também, faz parte do presente. Toda vez que ele apertar o coração, o seu vai brilhar, e vice-versa. Sei que tem sido difícil para vocês esse negócio de namoro à distância, e talvez essa seja uma maneira fofinha de mostrarem que estão pensando um no outro.

— Ah, que fofo! — diz Gabriel, e passa por cima de Sal para abraçar Heath.

As lágrimas ardem em meus olhos, e isso me faz lembrar de todas as razões que fizeram eu me apaixonar por Heath. Para começar: sua consideração, seu coração terno, sua mania de sempre querer consertar as coisas e estar presente para os outros. Os últimos meses foram difíceis para Gabriel, e fica claro que Heath quer encontrar uma maneira de deixar tudo um pouco mais fácil.

O próximo é Gabriel, que dá a Sal uma daquelas garrafas de água da moda. Durante o verão, ele quase desmaiou de desidratação por causa do calor, do trabalho e da grande quantidade de café gelado que bebeu, então é um presente prático. Por sorte, Sal gosta de presentes práticos.

Eu sou o próximo, e dou meu presente a Heath. Minhas mãos estão suadas quando o entrego, pois é algo em que venho trabalhando há mais tempo do que gostaria de admitir.

— É uma gravata — diz ele calorosamente, como se fosse a melhor coisa que já ganhou. — Uma gravata Vanderbilt.

— Eu, hum... comprei o tecido em uma loja do Tennessee. Até que não ficou tão ruim, né? — pergunto.

— Você que *fez*? — pergunta Heath, com uma surpresa genuína. — Pensei que tivesse comprado na loja da faculdade Vanderbilt. Puta merda, Reese, você aprendeu *muito* durante o verão.

— Você parece surpreso — digo, mas me arrependo.

— Não, não, não é isso!

— Eu sei, estou brincando.

Ele suspira, sorri e começa a amarrar a gravata. Está com uma blusa de moletom de gola redonda, mas fica com ela e encara o presente.

— Ouvi dizer que haverá jantares formais, reuniões e essas coisas se eu conseguir entrar na equipe, sabe?

— Se? — repete Sal. — Já não tem a bolsa?

— Não oficialmente. Depende de como eu me sair nesta temporada, mas o treinador andou conversando com a administração de lá e acha que a oferta oficial será feita nesta primavera. Mas tudo pode acontecer: minhas notas podem cair e eu posso não ser aceito na faculdade. — Ele baixa a voz. — Eu poderia parar de jogar bem de repente, ou me machucar, ou qualquer coisa.

Ele parece meio preocupado, mas sai do transe e me dá um de seus grandes abraços de urso. Afundo nele e aspiro seu cheiro. Estou aliviado por dois motivos: ele realmente adorou e isso prova que eu aprendi algo na escola de design.

— E, finalmente, Sal — diz Gabriel depois de nosso momento meloso.

Sal se levanta e me entrega um cartão. É a cara dele. Sal sempre foi sensato. Heath pode passar horas procurando o presente sincero perfeito, mas Sal prefere dar o cartão-presente mais prático que puder encontrar. Em todos esses anos, ele deu cartões-presentes para equipamentos esportivos (Heath), doações para organizações ecológicas (Gabriel) e para mim...

Abro o cartão e sinto três pares de olhos me espiando por cima do bilhete.

Para Reese

Guarde a maquiagem cara que compramos em Paris para ocasiões especiais. Pegue este vale-presente da MAC e se jogue. Vou te ajudar a treinar sempre que precisar, amigo.

(Ah, e se ainda não vai contar aos outros, diga que é um cartão-presente da Michaels, ou de um lugar onde você compra cadernos e lápis.)

Com amor,
Sal

— E aí, o que é? — pergunta Heath, com um sorriso natural no rosto.

Sorrio também, dobro o vale-presente, coloco-o de volta no envelope e minto para meu namorado pela terceira vez.

CAPÍTULO 17

SAL

O breve período de tempo entre o dia de Ano-Novo e o início das aulas é um tédio. Nossas novas aulas começam daqui a uns dias – as *últimas* aulas –, e está começando a cair a ficha de que, em questão de meses, estarei sozinho.

— Ok, Google, vamos lá — digo para meu quarto vazio.

Mamãe saiu e a maioria dos rapazes tem outros planos, o que me permite uma rara noite de silêncio, sem responsabilidades. Inspiro fundo e expiro, sibilando por entre os dentes. Já se passaram vários meses, mas não estar ocupado ainda me deixa triste. Tenho um grande problema iminente, mas não tenho motivação para resolvê-lo.

E eu *sempre* tenho motivação para concluir as coisas.

É por isso que estou aqui, pesquisando as leis eleitorais de Ohio. De acordo com elas, o único requisito importante é que eu tenha dezoito anos antes do dia da eleição. Os demais são mais burocráticos. Preencher os formulários certos será bem fácil. Tenho que criar uma petição e colher assinaturas. Arranjar financiamento para a campanha será difícil, mas Gabriel pode me ajudar. Reese pode me ajudar com gráficos e design. E Heath é tão popular em nossa classe que é capaz de convencer muitos alunos do último ano a votar em mim.

Fecho o notebook.

É... cem por cento loucura. Sem dúvida, posso assumir o papel. Sem dúvida, posso contar com minha experiência na capital. Mas mesmo que este lugarejo seja do tamanho de um dos prédios de Washington, ninguém aqui votaria em um adolescente – muito menos em um adolescente liberal e gay – para governar a cidade.

Pego meu celular várias vezes para ligar para Gabe. Sei que ele teria o conselho certo, ou talvez fosse capaz de me tirar desse sonho febril. Mas checo mais uma vez e vejo que nosso atual e inútil prefeito anunciou sua candidatura para o próximo mandato.

No post do Facebook – que lugar maravilhoso para anunciar uma candidatura política, a propósito –, ele explica que está ansioso para servir Gracemont por mais quatro anos e que espera concorrer sem oposição mais uma vez, graças à sua destemida liderança.

— Sua liderança que transformou Gracemont na capital da covid de Ohio? — digo com escárnio. — Sua liderança que fez com que a única grande fábrica de nossa cidade se mudasse para outra, a uma hora de distância?

Penso no período do mandato e algo parece fazer sentido. Quatro anos. Claro, eu poderia fazer faculdade durante esse tempo. Talvez seja a coisa mais inteligente. Ou, pela primeira vez em minha vida estruturada e perfeita, eu poderia arriscar. E, quem sabe, talvez eu passe esses quatro anos na prefeitura.

O desejo de contar a Gabe, ou até mesmo à minha mãe, borbulha dentro de mim, mas eu o reprimo mais uma vez e começo a escrever um e-mail para o sr. Royce, meu professor de educação cívica. Porque se vou concorrer a prefeito de Gracemont, Ohio, preciso saber exatamente o que isso implica.

CAPÍTULO 18

HEATH

O treino de rebatidas nunca é gostoso. Deixa minhas mãos doloridas, meus ombros tensos e, depois de cerca de mil porradas, uma dor lateja na minha cabeça e perfura minhas têmporas. Desde que quase fui atingido por aquela bola na gaiola, também fiquei desconfiado. Não que eu pense que vai me atingir no rosto ou no flanco, nem nada dramático assim.

Mas chegou bem perto. Já tive minha cota de arremessos internos, que passam tão próximo de mim que tenho que pular para trás e me contorcer – mas não de um jeito que pareça um *swing*, senão, contaria como um strike. Mas quando uma bola vem voando em minha direção, saber que minha mão de arremesso está bem ali, vulnerável, é assustador. E algo simples como um pulso torcido ou um dedo quebrado poderia me impedir de arremessar durante semanas. Semanas *cruciais*.

Mas a transição para nosso primeiro treino no centro de treinamento interno de beisebol é um tipo totalmente novo de medo. É um treino contra a equipe de reservas – os melhores jogadores juvenis –, o que significa que temos um monte de novos lançadores esperando para conseguir uma vaga no time. Não há muitos por aí em meu nível, mas há Grayson, aluno do segundo ano e o mais novo lançador reserva.

— Você consegue, Grayson! — grita Roberts, o técnico-assistente, da terceira base. — Lembre-se do que treinamos.

Ele conclui a jogada e, de repente, fica bem claro que ele não *consegue*. Assim que a bola sai da mão dele, dou um pulo para trás. Ela passa zunindo pelo meu rosto e cai na rede atrás do receptor.

— O que é isso, Grayson? — pergunto, tentando não demonstrar minha irritação, enquanto ele furiosamente enxuga as mãos na toalha que tem enfiada nas calças. — Você foi muito melhor nos testes.

— Eu não tive que lançar para *você* nos testes — diz ele.

— Tudo bem, troquem, vocês dois — diz o treinador Lee.

Tiro o capacete e o jogo para o lado enquanto trocamos de lugar. Um colega de equipe me joga minha luva e eu me inclino, desajeitado, para pegá-la com a mão esquerda.

Subo até o monte e sinto a bola em minhas mãos, enquanto Grayson se posiciona. Respiro fundo algumas vezes para fazer o sangue fluir nos músculos. A dor no ombro não melhorou muito, mas estou tentando ignorá-la.

— Se demorar, eu espero — grita o treinador.

Volto ao foco. Lanço a bola e a dor do ombro reverbera. Não é nada, eu sei, só meu corpo se aquecendo; vários músculos sempre reclamam nos primeiros dez ou quinze minutos.

Grayson acerta a bola, que passa por cima da cabeça de nosso interbases. Ele é um péssimo lançador, mas como rebatedor não é tão ruim assim. Ou eu não joguei direito. Aquela bola rápida poderia ter sido muito mais rápida. Uma gota de suor escorre por minhas costas.

Cada vez que arremesso, a dor no ombro fica menos pronunciada. Vai diminuindo, até virar só uma leve sensação. Está presente, mas não é ruim. Vejo isso como um bom sinal.

Quando o rebatedor seguinte chega à base, lanço outro arremesso, a bola sai curva, baixa e perto o suficiente para ser considerado um strike. É quando a mágica acontece. O técnico, atuando como árbitro, dá o strike; e para as outras duas bolas que se seguem também. A série de arremessos de bola curva e rápida sempre foi minha jogada de nocaute característica.

A temporada começa oficialmente daqui a dois meses e é evidente que todos temos muito trabalho a fazer. Quando o rebatedor seguinte – um dos astros do time – avança, eu me preparo. Ele não vai facilitar para mim.

Lanço outra bola rápida. Antes que meu cérebro possa compreender, ele rebate e lança a bola rápida de volta para mim.

Surpreso, ergo a mão para proteger o rosto, a tempo de a bola ricochetear na ponta de minha luva. Atrás de mim, o interbases corre em direção à bola ricocheteada e mergulha para pegá-la. A bola cai em sua luva e, quando ele se levanta, joga a bola de volta para mim e sorri.

— Boa pegada — digo.

— Foi sorte — diz ele antes de voltar a seu lugar.

Desconfortável, dou uma risada.

— Sei.

Para mim, o beisebol sempre foi um esporte que depende de habilidade, não de sorte. Mas a menor mudança pode alterar o resultado do jogo e de minha carreira. Um *home run* poderia mudar tudo. Uma lesão poderia acabar com tudo.

Um único momento pode acabar com uma carreira. Sem beisebol, nada de bolsa de estudos, de faculdade, de futuro. Pelo menos, foi o que sempre me disseram. Reese e Sal têm redes de segurança. Embora eu saiba que tenham problemas financeiros, a família de Gabriel sempre parece ter o suficiente para fazer as coisas funcionarem. Mas para mim, as coisas não funcionam magicamente. E seja sorte ou habilidade, tenho uma chance e não vou deixar um pequeno erro pôr tudo a perder.

Giro os braços para aliviar a dor no ombro, aperto os dentes e jogo três bolas rápidas, uma mais forte que a outra. *Strike, strike* e *strike*.

Dou uma risada. A solução é bem fácil: é só não pisar na bola.

CAPÍTULO 19

REESE

— Espero não estar interrompendo nada — digo a Sal quando entro em sua casa. — Trouxe uns designs e esboços e queria saber sua opinião sobre o que combinaria com eles. Tipo, qual *maquiagem* combinaria, sendo mais específico. Acho que consigo, mas continuo meio inseguro, e você é o único cara que conheço que usa...

— Respire, Reese — diz Sal, em um tom calmo e incomum nele. — Nossa, você está nervoso mesmo por causa disso, hein?

— Acho que sim. É bobagem, né? Acho que Heath não me julgaria... nem Gabriel, minha família nem ninguém, mas é estranho... quero guardar isso só para mim até dar certo. Tipo, tenho que provar a mim mesmo.

— Eu entendo — diz ele, e noto a gravidade em cada palavra e no tom de sua voz. Inclino a cabeça, sem entender, mas ele diz apenas: — O lance da faculdade.

Lembro que ele me confessou que não queria fazer faculdade, mas que não sabia como contar à mãe.

— Ainda não contou à sua mãe sobre a faculdade? — pergunto, sentindo um pico de ansiedade por ele só de pensar em como será essa conversa.

Ele balança a cabeça.

— Mas ela está ficando desconfiada. Preciso contar logo, eu só... não sei como.

Talvez essa seja uma das razões de eu me sentir seguro compartilhando meu segredo com ele, e só com ele, por enquanto.

— Me mostre seus projetos — diz ele, e eu obedeço.

— Está em preto e branco, o que não ajuda a visualizar. — Passo o dedo pelo corpete do vestido, apontando cada ponta que sai do centro. — É bem básico, mas estou pensando em branco no meio, com um gradiente de azul-claro em cada ponta. Acinturado, com um cinto preto grosso.

— Rainha do gelo?

Dou de ombros.

— Algo assim. Não é muito original, mas fiz muitos designs de verão com fogo, e pensei que seria um bom contraste. Para meu portfólio, digo.

— Não sei se vou poder ajudar muito, já que nunca fiz maquiagem de *drag*, mas vamos tentar. — Ele ri. — Preparado?

— Sim — digo, despejando tudo de minha bolsa de maquiagem.

Ele primeiro me ensina a passar um hidratante com cor e uma leve camada de base, que espalha em meu rosto com movimentos suaves de uma esponja nova.

— Sinceramente, não sei muito bem como contornar o nariz e os pômulos — diz Sal. — Não seria melhor pegar uns tutoriais?

Isso nos faz cair em um buraco sem fim, depois do qual acabo me sentindo ao mesmo tempo capaz e absolutamente certo de que não conseguiria chegar nem perto de conseguir. Olho para Sal, cujos olhos estão arregalados. Ele desliga o notebook.

— Você pode tentar aplicar o que vimos — sugere.

— Vamos brincar com as sombras, então.

Pego a paleta de sombras que comprei recentemente na MAC, cuja variedade de cores é a maior que pude encontrar. Das metálicas às cores vivas, dos pastéis a seis tons de preto; tudo de que preciso para meu visual deveria estar aqui.

Sal vai me ensinando os movimentos, mas, quando começo, percebo que é apenas outro estilo de arte. Design gráfico, ilustrações, esboços, desenhos com linhas – maquiagem de *drag* é a mesma coisa, só com um formato diferente.

— É como quando eu desenho com carvão — digo enquanto passo um azul suave nas pálpebras.

— Experimente o tom mais escuro aí — instrui Sal —, depois acabe no azul-claro. Faça um olho esfumado.

Faço isso, e depois passo mais tempo do que gostaria de admitir tentando uniformizar o formato de cada olho.

— Ficou horrível — digo, e Sal ri.

— Espere — diz ele.

Pega um pincel menor, passa-o no dourado metálico e depois na parte inferior de minha pálpebra.

— Precisa de algo para quebrar isso. E você vai descobrir que as *drags* fazem o branco dos olhos parecer maior. A proporção está estranha.

— Valeu.

— Estou só sendo sincero — diz ele, e ri.

Ele passa um pouco de blush em meu rosto e faz uns pontinhos com iluminador nos pômulos.

— Você tem cílios? — pergunta.

— Eu deveria ter comprado?

Ele suspira.

— Vamos tentar o rímel.

Aponto para o rímel.

— É para dar volume.

— Volume para quem usa maquiagem para trabalhar, não para uma *drag queen* que vai se apresentar.

Ele morde a língua enquanto aplica o rímel. Apesar do que ele disse, ajuda um *pouco*, sim.

— Acho que … — começo, mas paro.

— Que está precisando de uma peruca?

— E de um milagre.

Sal passa o braço por meus ombros, me olha de perto e não posso deixar de sorrir. Sinto-me muito vulnerável neste momento, mas estou feliz por tê-lo escolhido para me ajudar.

E é aí que me dou conta: eu me sinto mais à vontade para revelar essa parte de mim a Sal do que a meu próprio namorado. Enquanto olho meu reflexo no espelho, vejo a cor começar a sumir de meu rosto, mesmo com o blush, mesmo com a base. Uma vergonha estranha me invade, como se eu estivesse traindo Heath.

Sei que ele me apoiaria; ele sempre apoiou minha arte, e adora todos os programas de *drag* a que assistimos juntos. Claro, ele é mais masculino, um pouco menos extravagante do que nós, mas não julga.

— O que está acontecendo? — diz Sal bruscamente. — Alguma coisa mudou.

— Nada — respondo, meio rápido demais para ser convincente. — É que... nada.

— Ficou bom, ainda mais para uma primeira tentativa.

— Não é isso — digo, irritado.

Há um momento estranho de silêncio enquanto ficamos só nos olhando. Quero falar, mas nem sei como explicar. *Não deveria ser você,* é tudo que consigo pensar.

Procuro em minha bolsa o pacote de lenços removedores de maquiagem e começo a esfregar meu rosto, borrando tudo de dourado, preto e azul. Enquanto esfrego, tanto que fica vermelho, Sal vai guardando minha maquiagem e os pincéis de volta em minha bolsa, calado.

— Quer conversar? — pergunta.

— Não. Nem sei o que dizer. — Suspiro. — Desculpe, tenho que ir. Obrigado pela ajuda.

Sal fica calado enquanto arrumo o resto de minhas coisas e saio pela porta. Entro no carro de mamãe e bato a porta com muita força. Estou congelando, mas não consigo colocar a chave na ignição. Apoio a cabeça quente no volante frio e suspiro.

Meu cérebro se recusa a processar minhas emoções, mas uma pergunta fica ecoando em minha mente: por que, de repente, parei de contar a verdade ao garoto que amo?

CAPÍTULO 20

GABRIEL

— Está apertando o seu agora? — pergunto a Matt por uma ligação de vídeo. — Não sei por que não está funcionando.

— Olha, eu baixei o aplicativo, conectei ao Wi-Fi e estou apertando. É só isso, não é? Quer ler as instruções de novo?

— Vamos resolver isso mais tarde — digo.

Pego o celular que está na prateleira ao lado do espelho do banheiro, onde acabei de escovar os dentes e lavar o rosto. A ansiedade típica de domingo já chegou em outro nível, mas estou focando no que minha terapeuta disse para fazer: reconhecer a emoção e explorá-la até o fim.

Qual é a pior coisa que pode acontecer? Ela diria. *Se esse é seu medo, explore-o até o fim.*

Sinto-o até o fim enquanto volto para a cama, pensando em começar meu último semestre na escola.

— Estou com medo de amanhã — digo a Matt. — O primeiro dia de aula depois do recesso de inverno já é ruim, mas tenho uma reunião com a mãe de Sal para falar sobre o Grupo de Defesa LGBTQIA+ na escola. Já lhe contei que, cinco anos atrás, a escola não queria deixar uma garota ir ao baile com a namorada? E posso estar ficando doido, mas acho que alguns livros começaram a desaparecer da biblioteca.

— Talvez estejam checando o acervo — sugere Matt.

Dou de ombros.

— Talvez. Mas apareciam como disponíveis quando entrei no sistema da escola, e antes do recesso, só consegui encontrar alguns dos livros que queria pegar.

— E, por acaso, os únicos que conseguiu encontrar eram hétero?

— E com protagonistas brancos. — Suspiro. — Acho que é a nova bibliotecária, a srta. Orly. A última encomendava livros especificamente para mim, e os deixava nas prateleiras. Mas agora não.

— Bom, felizmente, agora você conhece a vice-diretora. Talvez possa falar com ela.

Dou de ombros.

— Não somos tão próximos.

— Mas você e Sal não eram *muito* próximos?

Analiso sua expressão em busca de algum sinal de ciúme ou da mágoa que causei a ele no ano passado. Felizmente, não encontro nenhum.

— Aquilo acontecia pelas costas dela. Ela nunca pareceu gostar de mim, até este ano. Fez uma grande demonstração de afeto por todos nós quando Sal surtou, mas ela está lentamente voltando a seus velhos hábitos.

Ele fica calado e, de novo, eu suspiro.

— Ou, talvez, seja coisa de minha cabeça.

Qual é a pior coisa que pode acontecer? Penso a respeito. Ela pode acabar com o grupo LGBTQIA+, todas as minhas aulas podem ser dez vezes mais difíceis do que eu imagino e, sei lá, a bibliotecária pode fazer uma queima de livros à moda antiga na volta às aulas.

Normalmente, quando o exploro, o cenário indutor de ansiedade em meu cérebro é ou bizarro demais para contar ou totalmente controlável. Desta vez, é bizarro, mas, de qualquer forma, explorar o medo realmente me deixa mais tranquilo.

— Estou com saudades — digo. — Queria que você estudasse aqui. Talvez você entrasse em meu grupo.

— Eu também estou com saudades. — Ele suspira. — Ainda é só Heath?

— Não, há mais dois. Mas de nós quatro, só eu e Heath. Sal e Reese estão sempre ocupados com o conselho estudantil.

— Heath está ocupado com os treinos, mas aparece mesmo assim. — Ele morde o lábio. — Desculpe, acho que dizer isso não ajuda.

— Tudo bem, você não está errado. É que eu queria causar impacto este ano, sabe? Fazer algo tão especial quanto o que fizemos no verão, por mais irritante que fosse, às vezes.

— Pois eu não sinto falta de ouvir gritos de pessoas na rua. Mas de Art e Tiffany sim. Deveríamos fazer uma chamada de vídeo em grupo para colocar o papo em dia. Acha que algum dia estaremos juntos no mesmo lugar de novo?

Balanço a cabeça.

— Provavelmente não. Mas foi especial enquanto durou, né?

— Se nós dois acabamos juntos, então foi especial com certeza.

Ele pisca para mim e sinto todo meu corpo corar.

— Vou ler um pouco antes de dormir para tentar relaxar — digo. — Boa sorte na escola amanhã.

— Para você também! Te amo, amor.

— Também te amo— digo, e desligo no momento em que uma lágrima cai e escorre por meu rosto.

Quando pego o livro, mal o abro e já o fecho de novo. Fico deitado olhando para o teto, pensando na escola, em Matt, e no porquê de meu primeiro amor estar tão longe de mim.

E assim que começo a me perguntar quanto tempo mais aguentaremos, percebo uma luz brilhante nos arredores. O coração, que está em minha mesa de cabeceira, brilha suavemente. E quando o toco, juro que sinto o calor de Matt.

— Pelo visto você finalmente descobriu como funciona — digo para o coração de pelúcia como se fosse Matt.

São apenas nove e meia, mas apago as luzes e aperto o coração de pelúcia contra o meu. Aperto o botão, enviando a ele, na Pensilvânia, a luz quente. Matt aperta o dele e envia a luz de volta para mim.

E pela primeira vez, é realmente suficiente.

CAPÍTULO 21

GABRIEL

O primeiro dia de aula depois do recesso de inverno não foi um fracasso, mas também não foi nada empolgante. Muitos "Feliz Ano-Novo" e "Como foram suas férias?" dos professores. Todas as minhas aulas do semestre parecem tranquilas, mas não estou muito animado com nada que não seja a resposta pendente da faculdade estadual. Mas estou esperando há tanto tempo que acho que posso esperar os menos de três meses que faltam, certo?

Enfim, enquanto todos os meus colegas começam a sair das aulas e ir para seus carros, bicicletas ou ônibus, espero na sala de minha professora de inglês. Todos os clubes de nossa escola precisam ter um professor ou membro do corpo docente como conselheiro e, como todo bom garoto gay do planeta, fui diretamente à minha professora de inglês para pedir ajuda.

— Precisa que eu fique? — pergunta a srta. H, e sacudo a cabeça.

Teoricamente, ela deveria ficar, mas tem muita coisa para fazer, e andar com um bando de alunos gays não deve estar no topo de sua lista de prioridades.

Sal aparece e sinto meu coração se inflar.

— Não posso ficar — diz ele, e meu peito esvazia. — Mas queria dizer oi. Reese e eu vamos fazer a tarefa de inglês avançado.

— Merda, vocês têm dever de casa no primeiro dia de aula?

— Acho que é por isso que chamam de inglês avançado. O sr. Marsh é um sádico; você fez bem em escolher a aula regular de inglês. — Ele dá de ombros. — Ah, minha mãe pediu para eu avisar que ela não pode se reunir com vocês hoje.

— Como é que é? Quando ela disse isso? — Começo a andar pela sala para esconder minha raiva. — E ela mesma não podia ter me avisado? Passei o dia todo ansioso.

— São as coisas do primeiro dia; e ela acabou de me dizer. Foi mal. Ela está melhorando, sério; só vai precisar adiar por algumas semanas.

— Algumas *semanas*? — Suspiro. — Tá bom, tudo bem. Lá se vai meu primeiro compromisso.

Ele se aproxima, me abraça e me sinto relaxar. Para ser sincero, não conseguimos nos abraçar muito. Não falamos sobre o motivo disso, mas é óbvio. Aquilo que tínhamos acabou, e tudo bem.

Mas sinto falta de abraçá-lo. Como amigo. Por isso, passo os braços em torno dele. É rápido, mas o suficiente. Ele me solta e dá um passo para trás, sorrindo, e eu sinto aquela familiar atração por ele de novo. Normalmente, em um momento assim, ele me beijaria, mas, por razões óbvias, não faz mais isso. Graças a Deus nós dois estamos mais fortes do que antes.

Quando ele sai, chega Cassie, com Heath logo atrás.

Cassie larga a mochila em uma das mesas livres e bufa. Ela está no segundo ano, mas demonstra o tipo de confiança que eu nunca tive. Já no primeiro ano, fundou um Grupo de Defesa para alunos não brancos. Embora nossa escola e cidade não sejam lá muito diversas, ela conseguiu mudar algumas coisas – coordenou até uma assembleia escolar, com um palestrante antirracista, o que não foi pouca coisa para uma menina preta de quinze anos em meio a um bando de caipiras majoritariamente brancos de Ohio.

— Graças a *deus* este dia acabou — diz ela, e abre um sorriso largo. — Bom, não totalmente. Ainda temos a reunião com a sra. Camilleri.

Suspiro.

— Ela adiou nossa reunião. Por semanas.

— Jura? — pergunta Heath. — Ah, talvez seja uma boa. Parece que pouca gente virá hoje, talvez consigamos encontrar mais até lá.

— Reese e Sal já estão usando o dever de casa como pretexto — digo. — E não tem muitos outros LGBTS assumidos aqui.

Heath me encara, preocupado, mas Cassie se mete antes que ele fale.

— Podemos conseguir alguns aliados no clube — diz. — Foi o que eu fiz para o grupo de pessoas não brancas. Mas, às vezes, tem gente com mania de se colocar no centro de tudo e de querer virar protagonista. Por isso, seria bom ficar de olho, especialmente se formos abordar tópicos importantes com ela.

Eu coro, pensando nas muitas vezes que falei no grupo dela.

— Não é você, Gabriel. — Ela inclina a cabeça. — Quer dizer, você faz isso às vezes, sim.

— Desculpe — digo, mas ela só faz um gesto de "deixe para lá".

— Vamos procurar aliados, mas não para a reunião com a sra. Camilleri; o que tínhamos na agenda, afinal?

— Primeiro, íamos perguntar se há verba para trazer um palestrante LGBT para uma das próximas assembleias. E depois eu queria saber se a escola criaria caso se algum casal que não fosse hétero — olho para Heath — quisesse participar do baile de formatura.

— Tenho que ir — diz Heath de repente. — Desculpe, Gabe, explico mais tarde. Ele sai correndo e Cassie me olha com estranheza.

— Era melhor não ter mencionado o baile?

— Talvez. Eu não sabia que ele estava com medo de que a escola tentasse impedi-lo.

— Não, não é isso. Não consigo pensar em uma única pessoa que não goste de Heath o suficiente para criar caso. — Ela engole em seco. — Talvez esteja acontecendo alguma coisa entre ele e Reese. Será que tem algum drama aí?

Talvez ela tenha razão. Pensando bem, notei que seu comportamento mudou assim que cometei que Reese e Sal iam fazer dever de casa. Não pode ser que ele pense que…

— Mais tarde eu descubro o que está rolando — digo. — Enfim, o terceiro tópico era sobre os livros desaparecidos da biblioteca.

Depois de discutir o tema um pouco, fazemos uma lista de livros que parecem ter desaparecido e outra de quase todos os livros *queer* e que contenham diversidade.

— Como podemos saber que não tem alguém roubando? — pergunta Cassie.
— Talvez seja alguém que ainda não saiu do armário. Como a escola implementou aquele programa que alerta os pais toda vez que um aluno pega um livro, isso pode assustar algumas pessoas.

— Ou alguém pode estar roubando porque odeia esse tipo de livro — sugiro.

— Sei lá, mas acho que bastaria que essas pessoas fossem chorar para a mamãe dizendo que a biblioteca os está forçando a perceber que existem pessoas diferentes e pronto, essa gentinha mandaria fechar a biblioteca inteira.

Rio.

— Sério, que ódio saber que pensar assim nem é exagerar muito.

— Gente assim adora ser notícia, fazer alarde. Sei lá, esses sumiços são mais... discretos.

— Vamos dar uma olhada na biblioteca agora? Só para sondar.

Ela sorri.

— Achei que você nunca fosse sugerir.

CAPÍTULO 22

HEATH

— Pode me interromper daqui a duas horas, se tiver disponibilidade para mim — digo a Dave depois de entrar na gaiola de rebatida.

Meu ombro dói só de segurar a mochila, mas não jogo esse pensamento para longe. A única coisa que vai aliviar é treinar. Assim como a musculação, assim como o treinamento de resistência. Vou devagar, com consistência, e vai aliviar.

Tem que aliviar.

— Duas horas? — diz ele. — Você não deveria estar descansando?

— Preciso melhorar meu *swing* — digo. — Nossos lançadores reserva sofreram um pouco com isso no treino, acho que estou meio sem prática.

Ele concorda e me permite voltar. Carrega a máquina com as bolas enquanto alongo o pescoço, os ombros e os braços. Faço alguns movimentos lentos e tudo parece bem. Coloco as luvas de rebatedor, o capacete e pego um bastão. Está tudo bem.

Fisicamente, pelo menos.

Aperto o grande botão vermelho atrás de mim, que diz à máquina para começar a me atacar com bolas de beisebol. Mas, quando me posiciono diante do equipamento, não estou mais com medo.

— Vamos repassar tudo — digo para a máquina. — Na nossa última aula, a única que Reese e eu fazemos juntos, falei como eu estava feliz por não ter tarefa no primeiro dia de aula.

Faço o *swing*. Erro. Tudo bem.

— Ele diz: "Eu também! Devem estar pegando leve com a gente neste semestre". Nós rimos.

Swing. Acerto, mas meu *swing* é muito rápido e a bola sai de lado. Falta.

— Ele me disse que ia à casa de Sal para falar sobre o orçamento do baile, pois Reese é o tesoureiro e Sal é o presidente da classe. Faz todo o sentido. Claro, isso eu não questiono. — *Swing*. Erro. — Por que questionaria?

Outra bola é lançada em minha direção. Acerto-a e ela voa para a rede acima da máquina. *Home run*. Depois de mais alguns *swings*, aperto o botão para parar a máquina. Pego meu celular na mochila e ligo para Reese por vídeo.

Enquanto chama, eu me condeno por tirar conclusões precipitadas e não falar com ele primeiro. Deve ter uma explicação normal para tudo isso, e não há razão para que um simples erro de comunicação me transforme em um monstro ciumento e desconfiado.

Minha respiração vai se acalmando, a tensão em meu ombro diminui.

Até que ele recusa a chamada e prossegue com sua mentira descarada.

• iMessage •
HEATH + REESE

R | Desculpa! Tô tentando terminar o dever de casa.
Ligo para você a caminho de casa.

H | achei que estivesse fazendo coisas do conselho estudantil

[Reese está digitando...]

H | a gente acabou de falar disso

R | Sim é que tipo essas coisas do conselho parecem dever de casa.
Tô fazendo um orçamento pra um baile de formatura pra definir o preço dos convites. É basicamente tarefa de matemática.

[Heath está digitando...]

CAPÍTULO 23

REESE

Não sei quanta maquiagem tenho nas bochechas, mas é o suficiente para que eu não as veja ficando vermelhas. Pensando melhor, dizer a Sal para ele dar uma desculpa a Heath por meu celular enquanto eu igualava a maquiagem dos olhos foi uma péssima ideia. Especialmente porque ele pensou que nossa desculpa era dever de casa, sendo que eu claramente falei que era o conselho estudantil.

— Meu namorado agora pensa que estou mentindo — digo. — Muito obrigado.

— Mas você *está* mentindo.

— Andei pensando nisso. Em como eu não me sinto à vontade para contar a ele ou a Gabriel. No que a gente está fazendo. — Suspiro. — Mas aí percebi que não me sinto nem com *você* sabendo. Por que acha que fiquei nervoso e saí furioso da última vez? Eu queria guardar segredo, mas achava que precisava de sua ajuda, já que você era o único com conhecimento técnico. Mas cada vez mais me dou conta de que talvez esteja pisando na bola com Heath.

— Então, conte a ele — diz Sal.

— Vou contar. Preciso contar, graças a você. Ele deve pensar que o estou traindo.

— Eca! — diz Sal. — Sem ofensas.

Dou de ombros.

— Você também não faz o meu tipo. Mas sabe se virar com um pincel de maquiagem!

Sal me disse, uma vez, que sua obsessão por maquiagem começou quando ele era pré-adolescente. Quando começou a ter espinhas, passou a testar maneiras de encobri-las e acabou mergulhando fundo nos cuidados com o rosto. O cara já tinha uma rotina de *skincare* aos treze anos de idade!

Mas eu deveria ter contado a Heath primeiro. Ou, pelo menos, ter dado algum indício antes.

Mando uma mensagem para Heath:

> Desculpa. Eu posso explicar. Pode vir me buscar na casa do Sal?

Ele não responde por um tempinho. Enquanto finalizamos meu primeiro *look* drag – ou algo próximo a isso –, fico olhando para o celular e me perguntando se fui longe demais, se deixei a coisa continuar por tempo demais.

Depois de vinte excruciantes minutos, ele finalmente me manda uma mensagem. Mas não é o que eu esperava.

| Não posso. Treinando.

Acho que pisei na bola de verdade.

CAPÍTULO 24

SAL

Depois de outra sessão de *drag* bem-sucedida, a mãe de Reese vem buscá-lo. Mamãe chegou faz um tempo, já posso ouvi-la mexendo na cozinha.

O primeiro dia do semestre sempre foi sagrado para nós. Quando eu era criança, muito antes de entender o conceito de semestres, papai dava muita importância aos primeiros dias de aula, e mamãe manteve essa tradição muito bem. Quanto mais velho fico, mais valorizo isso, porque sei que os primeiros dias de volta às aulas são péssimos para a vice-diretora. Por isso, deixar todo esse estresse de lado e me ajudar a comemorar o início de um novo conjunto de aulas é realmente especial.

Desço a escada sentindo cheiro de bife de fraldinha e meu estômago imediatamente começa a roncar. Entro na cozinha, pego um refrigerante e dou um beijo no rosto de minha mãe.

— Como foi seu dia? — pergunta ela, demonstrando na voz apenas metade do cansaço que parece sentir.

— Foi bom, na real. As aulas parecem difíceis, mas acho que vou dar conta. — Dou uma risada. — Tenho que dar, para ser o orador da turma.

Isso a faz sorrir.

— Exato. Sei que você vai entrar em muitas faculdades antes disso, mas não significa que isso não seja importante. Você ainda é o primeiro da classe, mas tudo pode acontecer neste último semestre.

— Farei o meu melhor.

— Eu sei — diz ela. — Felizmente, sei que seu melhor será suficiente para mantê-lo em primeiro lugar. Seu pai ficaria muito orgulhoso, sabia?

— É mesmo? — pergunto.

Não que eu não acredite, mas é que nunca me pareceu que ele ligasse para isso. Tenho uma imagem idealizada dele, de um pai que acha que tudo que eu faço é certo, que é quem mais me apoia e fica do meu lado quando digo que não quero fazer faculdade. Mas sei que é só... uma fantasia. Não me lembro o suficiente para saber o que ele acharia disso.

Arrumo a mesa enquanto mamãe dá os toques finais no jantar; quando nos sentamos, meu estômago já está roncando. Mamãe abre uma garrafa de vinho e se serve de uma taça pequena, e pensa um pouco antes de colocá-la de volta na geladeira.

— A que vamos brindar? — pergunta mamãe. — É seu dia especial, você pode fazer um desejo. Em janeiro do ano passado, você disse que queria ser escolhido para aquele estágio com o senador Wright, e foi exatamente o que aconteceu. Talvez, desta vez, seu desejo seja entrar na melhor faculdade.

— É — digo, meio desconfortável. — Sim, é o que vou fazer.

Penso um pouco no que realmente quero. Sinceramente, quero saber o que estou fazendo de minha vida, ou pelo menos ficar bem em ir descobrindo aos poucos. Quero parar de temer cada e-mail que aparece na minha caixa de entrada, imaginando se será mais um lembrete de uma universidade que visitei explicando que o prazo de inscrição está quase encerrando.

— Vou manter meu desejo em segredo este ano — digo.

Ela me olha desconfiada, mas balança a cabeça.

— Isso vai contra a tradição, mas, para ser sincera, estou morrendo de fome e o jantar está esfriando. Então você quem sabe.

É uma vitória pequena, mas celebro do mesmo jeito. Ela nunca é assim; geralmente, se atém à tradição, às expectativas que cria. Mas isso mostra certa flexibilidade.

Faço meu desejo:

Quero que minha mãe me entenda.

Brindamos, eu com o refrigerante e ela com o vinho, e ficamos calados durante quase todo o jantar. Acho que é bobagem Reese não contar a Heath que quer ser *drag queen*, mas meus segredos têm uma razão de existir. Sei como ela vai reagir; sei que, com tão poucas palavras, posso reduzir essa mulher charmosa e sorridente à minha frente a uma caricatura de uma mãe superprotetora.

Mas, no fim das contas, sei o que quero fazer e, mesmo que a decepcione, preciso que ela aceite minha escolha e me aceite. Só tenho a impressão de que ela não conseguiria.

• **Garotos Dourados** •
GABRIEL + HEATH + REESE + SAL

Viram o último post do prefeito no Facebook? | S

G | ... ninguém aqui tem Facebook

R | E mesmo que a gente tivesse, não iríamos seguir ele.

O Diário de Columbus fez uma matéria sobre as novas paradas e festivais do orgulho que surgiram ano passado.
Conversaram com vários prefeitos de pequenas cidades que já tão se planejando pra junho. | S
Ele ficou furioso porque ninguém perguntou o "lado dele" da história... também conhecido como o lado homofóbico.

G | Idiota. O que o povo tá dizendo?

Os comentários são uma confusão. Todos os boomers tão brigando, e o superintendente da escola concorda. Nojento. | S

R | Meu deus a gente precisa de um prefeito novo.

Concordo plenamente. | S

CAPÍTULO 25

HEATH

Nas últimas semanas, só penso em Reese, mesmo tentando me ocupar com treinos, trabalhos da escola ou *qualquer coisa*. Cheguei até a ser o mais falador no grupo, quando o normal é que eu raramente escreva.

Independentemente do que pudesse acontecer conosco depois da formatura, pensei que Reese e eu teríamos pelo menos este ano. Achei que teríamos muitos mais meses de pura alegria, como aquela que senti quando nos encontramos em Orlando e confessamos nosso amor um pelo outro pela primeira vez. Até que o mundo real nos separou.

Mas aqui estamos nós, no final de janeiro, e é como se o fim de nosso relacionamento estivesse me encarando. Sei que ele está escondendo algo, e manter o foco no treino é a única coisa que me faz segurar as pontas.

No almoço de sexta-feira, ando devagar pelos corredores, sem fome. Vou à sala da diretoria e pergunto à mãe de Sal se posso sair para pegar um livro no carro. Ela concorda com a cabeça e um leve aceno.

Em tese, não podemos sair da escola. Algumas permitem que os alunos saiam para almoçar, mas não a boa e velha Gracemont High. Seria ótimo se algum dos rapazes estivesse em horário de almoço também, mas não. Estou sozinho; normalmente, eu me sentaria com uns amigos do beisebol, mas hoje estou a fim de ficar sozinho.

Enquanto me dirijo às portas da frente, ouço uma voz gritar atrás de mim:

— Ei, vou com você!

É James Amani, o novo lançador substituto de nosso time. Apesar de estar no segundo ano, ele já entrou no time como receptor ano passado, graças à sua média insana de rebatidas e à precisão para derrubar os corredores na segunda base. E este ano, ele só melhorou.

Sou próximo dele, pois treinamos juntos com frequência, mas eu queria aproveitar este momento para ficar sozinho. Mas James é assim; sempre que vê algo interessante acontecendo, quer participar.

— Só vou até o carro para sair um pouco — digo.

— Parece ótimo. Ella pegou seu lugar na mesa de beisebol e está se agarrando com Daniel. É de embrulhar o estômago.

Rio e faço um gesto para que ele me acompanhe. Afundamos as botas na neve a caminho de minha caminhonete, que está estacionada bem no fundo.

Entramos, e assim que fechamos as portas, suspiramos tão alto que as janelas começam a embaçar.

— Esta semana foi pesada — diz James. — Como foi na aula da sra. McCartney? Tivemos lição de casa todos os dias. Por sorte, eram curtas, fiz no ônibus a caminho da escola. Mas é um saco mesmo assim.

— Sinceramente, nem percebi essa aula passar. Agora é assim com todas as aulas. Ele ri.

— Agora que você está quase virando um grande astro da Vanderbilt?

Fico vermelho.

— Essa é a esperança.

Abrimos nossos almoços. Depois de comer pão branco com mortadela, mostarda e cheddar todos os dias durante cinco dias, acho que não vou terminar o meu. Mas meu estômago ronca, e sei que não vou jogar a comida no lixo, então continuo comendo.

— Estou torcendo para você ir para a faculdade — diz James. — Sem ofensas, mas é que acho que fui muito bem nos testes e estou feliz por ser lançador substituto, mas não sei se vou conseguir entrar para jogar com você aqui.

— Nunca se sabe; de repente, você pode virar titular — digo. — Acho que nenhum lançador está disposto a substituir Blake, que se formou ano passado.

— Sem ofensas, mas eles só puseram Blake quando souberam que poderíamos arcar com a perda. Mal te tiravam de campo ano passado. Talvez queiram te poupar para Vanderbilt. Eles sabem que não vamos ganhar nenhum campeonato, mas Gracemont High faria qualquer coisa para ser o berço de um astro do beisebol.

— Eu meio que queria ficar sozinho para não ter que pensar nesse tipo de coisa. — Suspiro. — Nas minhas notas, meu desempenho em jogo, meu namorado... é tanta pressão que é fácil querer desistir.

James e eu nos olhamos e vejo que ele está confuso. Somos colegas de equipe, próximos, mas *nunca* compartilhamos nossos sentimentos. Eu sempre tive os rapazes para isso.

Penso que ele vai surtar; sejamos honestos, os caras héteros obcecados por esportes não costumam ser os melhores para lidar com sentimentos. Mas ele pousa a mão em meu ombro e aperta com força.

— Cara, não estou nem um pouco animado para chegar ao último ano. Você é, tipo, a pessoa mais plena que conheço, e se está pirando, eu estou *ferrado*.

Rimos; cada um termina seu sanduíche, conversamos de amenidades, sem nada de beisebol nem drama.

Quando voltamos, suspiro de alívio porque parece que ninguém notou que fiquei fora muito mais tempo que o necessário para pegar um livro, e que um amigo foi comigo. James e eu vamos para a aula lado a lado, e sinto um imenso alívio por ter alguém aqui capaz de colocar um sorriso em meu rosto mesmo quando me sinto para baixo e sobrecarregado.

No caminho, Reese passa por mim. Ele abre um sorriso rápido, que eu tento espelhar, mas parece que a força da gravidade triplicou para mim, de tão difícil que é sorrir para ele. Sei que vamos conversar sobre o que está acontecendo, e talvez fiquemos bem, mas talvez não. Talvez eu *não* queira saber o que está acontecendo.

Só o que sei, até agora, é que ele e Sal estavam trabalhando em um "projeto secreto" que Reese não podia me contar. Não faço ideia do que isso signifique, e nem sei se quero saber.

Nunca achei que ele poderia me trair, e ainda não acho. Sal é uma graça, mas eles nunca fariam isso comigo. Sem dizer que ele e Reese não são exatamente compatíveis. Sempre que ficam na mesma sala por muito tempo, começam a ficar agressivos e competitivos entre si.

Mas acho que isso mudou. Só não sei se isso é bom ou ruim.

CAPÍTULO 26

GABRIEL

Nos corredores entre as aulas, vejo Cassie e corro para alcançá-la. Ela está com sua flauta na mão esquerda e uma grande pasta de partituras na direita. Terminar o dia em uma banda me parece ideal, sinceramente. Sei que não é fácil, mas não fiz nada com música desde que abandonei o coral, no segundo ano, e sinto falta.

— Ensaio da banda? — pergunto.

— Não, química — brinca ela. — Este case de flauta está cheia de béqueres.

Dou uma risada.

— Tá bom, beleza, vou direto ao ponto: tenho uma lista de quinze livros que estão marcados como disponíveis, mas nenhum deles está nas prateleiras.

— Tenho dezessete; precisamos comparar as listas antes de nossa reunião com a sra. Camilleri na segunda-feira. Também cheguei um *on-line* e recebi uma resposta por e-mail dizendo que o título não estava mais disponível. Tem algo rolando.

— Vamos descobrir o que é — digo a Cassie. — A srta. Orly vai ficar em choque quando chegarmos à mãe de Sal com os *fatos*. Vamos criar problemas.

— Bons problemas — diz ela, e ri. — E mal posso esperar.

. . .

Corro para o inglês e chego um segundo antes de o sinal tocar. A srta. H ainda está ao computador, e faz um gesto para que nos sentemos. Ficamos conversando.

Quando pego meu celular, vejo uma mensagem de Matt. Ele me mandou todos os ingredientes para nosso jantar romântico por videochamada esta noite. Faremos Cacio e Pepe, uma das minhas massas favoritas, e sinto uma onda de entusiasmo.

No fim das contas, Matt é um ótimo cozinheiro, e eu... bom, estou me virando. Já fizemos isso algumas vezes, e sempre acabo desejando comer um pouco da comida dele, não da minha. Mas compartilhar essa experiência é bom para nós.

Se sinto saudade dele? Sim.

Se preferiria que ele estivesse aqui, onde posso tocá-lo? Sem dúvida.

Mas, nos últimos tempos, ando pensado que, se conseguirmos passar por este ano letivo, conseguiremos superar qualquer coisa.

> Beleza, mandei entregar os ingredientes na sua casa. Por minha conta, desta vez. E talvez eu tenha incluído um pacote de Oreo. 😊

Respondo com emojis de beijos e não consigo controlar o sorriso que toma conta de meu rosto. Nesse momento, meu telefone vibra; nova mensagem de Sal:

> Quer ir ao Melody's depois da escola e invadir o encontro de H+R? Uns anéis de cebola cairiam bem, e acho que todos nós precisamos conversar o mais rápido possível.

Respondo:

> Claro. Mas só posso ficar pouco tempo... tenho um encontro por video esta noite com o M.

Passo o resto da aula imaginando sobre o que ele quer falar. É sobre Heath e Reese, que andam superestranhos ultimamente? Ou será que tem algo para contar? Ou ele quer mesmo comer anéis de cebola?

Minha mente está a mil; não posso deixar de sentir que fui deixado de fora de muita coisa.

Bom, pelo menos vou comer anéis de cebola de graça.

CAPÍTULO 27

REESE

Depois que Heath me pegou mentindo mês passado, a gente com certeza anda meio estranho. Eu dei a resposta mais breve que pude; ele não está me pressionando para obter respostas, e eu... eu não estou pronto para dá-las. Sem falar que quase não o vejo mais; Heath corre para o treino toda vez que tento falar com ele. Ainda é gentil comigo na escola, como quando me empresta uma caneta quando a minha fica sem tinta, ou carrega minha mochila entre a aula de física e a de história todos os dias. E conversamos entre as aulas; mas quando ele fala comigo, parece que aquele brilho sumiu de seus olhos. Ou talvez eu esteja vendo coisas.

Felizmente, é sexta-feira. Para nos separar do grupo, sempre fazemos questão de ir ao Melody's Diner logo após as aulas para um encontro só nosso, antes de nos encontrarmos com os outros rapazes. Ele desmarcou as últimas vezes para ir às gaiolas de rebatida, mas concordou em ir hoje, o que já é um progresso. E, finalmente, passaremos um tempinho sozinhos.

Caminhamos lado a lado até a caminhonete dele, em silêncio. Fico olhando para ele e o vejo massageando o ombro e apertando os dentes. Estou guardando um segredo dele, mas ele também está guardando algo dentro de si.

Heath abre a porta do lado do passageiro para mim, largo minha mochila no banco e o puxo para um beijo leve. Não costumamos fazer essas coisas em público, a menos que estejamos com os rapazes. De modo que o que faço é incomum; mas ele não se afasta, e até me levanta com o braço.

— Por que isso? — pergunta, meio atordoado, quando o beijo acaba.

— Carinho, só — digo. — Não tivemos muito tempo para ficarmos juntos desde as férias de inverno, por causa do beisebol, do conselho estudantil e tal.

Assim que os hormônios se acalmam e eu consigo respirar e pensar um pouco, começo a planejar como vou revelar tudo a ele. Será que conto no Melody's, enquanto comemos nossos habituais palitos de muçarela?

Mas e se ele não curtir e isso estragar nossa tradição de palitos de muçarela para sempre?, penso, mas rio comigo mesmo pelo absurdo.

— Que foi? — pergunta Heath com um sorriso atrevido.

— Nada, não.

Chegamos ao Melody's e pegamos nossa mesa de sempre. Fazemos nossos pedidos e nos damos as mãos sobre a mesa, separando-as apenas para tomar um gole de refrigerante. Meu peito até dói de alegria por estar com ele neste ambiente familiar. É uma tradição nossa, onde tudo parece certo. Quero falar, mas algo não dito está acontecendo entre nós, e tenho medo de que as palavras estraguem o sentimento.

— Você anda treinando muito, não é? — digo por fim. — Achei que geralmente pegasse leve em janeiro.

Ele dá de ombros.

— Está tudo esquisito. Acho que a pressão por causa da Vanderbilt está me afetando. Fico achando que não sou bom o bastante, independentemente de quanto treine. Mas pode ser só porque meu ombro está doendo.

— Por que você não vai ao médico? — pergunto.

Ele evita olhar para mim.

— Eu... não acho que esteja ruim assim ainda. Além disso, o ano virou e papai ainda não atingiu a franquia, e isso significa que teria que pagar o preço integral do médico.

Olho para ele sem entender.

— Não entendi.

— O plano de saúde. — Ele suspira. — Todo ano, você tem que gastar certa quantia, até atingir a franquia. Quando atinge, o seguro paga uns 85% da conta, até você atingir o máximo de gastos do próprio bolso. Daí...

— Como é que você sabe de tudo isso? — digo. — Está trabalhando em RH agora?

Sua expressão fica sombria.

— Reese, é assim todo ano. Se eu precisar de fisioterapia, ou se meu ombro estiver ruim, teremos que gastar milhares de dólares antes de o seguro começar a cobrir. Até mesmo se eu for me consultar, o médico falar que "não é nada, só coloque gelo", meu pai *ainda* precisa pagar a conta inteira, e não quero desperdiçar o dinheiro dele.

Nunca tive que pensar nessas coisas, então fico em silêncio.

— Está tudo bem, não é... É só que você e os outros rapazes não precisam pensar nisso.

Sinto meu rosto queimar. Aqui estou eu, andando na ponta dos pés e brincando com a maquiagem parisiense cara com Sal, enquanto Heath tenta curar seu ombro com pura força de vontade.

— Não quero que você fique constrangido. — Ele suspira. — É bom que não precise pensar nisso.

— Mas e se você se machucar, tipo, de verdade? Ou se seu pai se machucasse, o que aconteceria? Vocês simplesmente não iriam ao pronto-socorro?

Ele aperta minhas mãos com mais força.

— Eu... só a ambulância custa centenas de dólares. Uma internação seria... Olha, se papai cair apertando o peito, não vou dizer "ops, somos pobres". Vou ligar para a emergência na mesma hora e resolver tudo. Mas é que, se eu não tiver certeza absoluta de que é um problema sério, não posso desperdiçar dinheiro assim. Não posso fazer meu pai se endividar por algo que pode nem ser nada.

Puxo minha mão devagar.

— Está muito ruim a dor? Acha que está ficando sério?

Ele desvia o olhar, o que já é resposta suficiente. Mas diz com confiança:

— Não.

— Não pode falar com seu pai sobre isso? — pergunto, mas ele sacode a cabeça.

— Eu nem deveria ter te contado. Não quero que ninguém se preocupe. Não é nada, sério.

— Tá bom, eu acredito em você.

Nossos palitos de muçarela chegam, mas não estou mais com fome. Ele confessou algo para mim, de modo que é natural que eu faça o mesmo em troca. É estranho, como se eu estivesse saindo do armário de novo. Sei que não é justo pensar isso. É só *drag*.

Mas se eu contar, o que ele vai pensar? O que o pessoal do time dele vai pensar? O que a família dele vai pensar? Não sou mais apenas eu e minhas próprias escolhas; não quero estragar meu relacionamento com ele, mas se não contar logo, vou estragar.

— Tá bom — digo, sentindo o calor tomar conta de meu rosto e minhas mãos ficarem instantaneamente úmidas. — Eu queria te contar uma coisa que está rolando comigo.

— Tem a ver com Sal? — pergunta Heath, mas não com ciúmes.

Respiro fundo para falar, mas de soslaio vejo Sal e Gabriel vindo em nossa direção. Esvazio o peito quando eles se sentam ao nosso lado, mas Heath fica desconfortável quando Sal se aproxima dele.

Sal estufa o peito e domina a conversa.

— Rapazes, tenho um anúncio a fazer.

Que surpresa, penso.

CAPÍTULO 28

SAL

Para poder comandar uma sala como prefeito, tenho que levar essa presença comigo aonde quer que eu vá. Sempre que o senador Wright ou a deputada Caudill entravam, todos os olhares se voltavam para eles. Não estou muito confiante, mas estou cansado de vagar pela vida sem um plano.

Eu tenho um plano, mas, primeiro, preciso da adesão de meus três melhores amigos.

— Não vou fazer faculdade — digo. — Pronto, agora todos vocês sabem. Há meses venho tentando descobrir o que quero fazer, qual será meu próximo passo na vida. E descobri um programa de quatro anos bem peculiar que vai me levar aonde quero muito chegar, e mais rápido que uma faculdade.

Do outro lado da mesa, o rosto de Gabe e Reese revelam confusão, por isso, decido encurtar o discurso de campanha e ir direto ao ponto.

— Decidi que quero concorrer a prefeito. Quero vencer o prefeito Green, que acha que vai concorrer sem oposição. Se vocês três me ajudarem, acho que a gente consegue.

Eles se entreolham em silêncio, quase atordoados, e uma rara sensação de vulnerabilidade atinge meu peito. Será que é só uma fantasia doida minha? Será que vou jogar minha vida fora e ser destruído em uma eleição local?

Mas eu contraio o abdome e exalo confiança. É isso que um político faria, por isso, é isso o que faço.

— Eu sei como parece — digo.

— Sabe mesmo? — pergunta Heath. — Green é o prefeito desde sempre. A cidade inteira o ama, aparentemente.

— Mas nós não — digo —, e por um bom motivo.

Reese escolhe as palavras com cuidado.

— Eu... é que você tem dezessete anos...

— Só preciso ter dezoito no dia da eleição.

— ... beleza, dezoito anos. Mas ainda é pouco para um prefeito, não é? Ainda mais para desafiar alguém como Green — diz Reese.

Heath pigarreia e diz:

— Você por acaso sabe como administrar uma cidade?

— Vou aprender — digo. — Conheço a estrutura da câmara dos vereadores, sei como funcionam as assembleias, sei o que o prefeito controla e o que está fora de sua jurisdição. E continuarei aprendendo conforme for trabalhando.

— Por que não tenta trabalhar *para* um político local? — pergunta Reese. — Deve ter algum senador ou deputado estadual que esteja contratando.

— Eu sei que seria o mais lógico, mas passei o verão inteiro me afogando na burocracia, sem fazer nenhuma diferença. Eu sei que sou capaz. — Viro-me para Gabe. — Pense no que a gente poderia fazer.

— A gente? — diz Gabe, já ficando vermelho.

— Você organizou todos aqueles protestos e campanhas porque o prefeito não foi capaz de ajudar as pessoas que precisavam.

— Mas... eu... todos nós vamos embora daqui a alguns meses, e a eleição é só em novembro.

— Você não vai para longe — digo —, se entrar na estadual.

Ele fica vermelho.

— Eu não me inscrevi só em uma faculdade. E nem sei se vão me aceitar lá.

— Sua família toda estudou na estadual. Você vai entrar, assim como sua irmã e seu pai. Você usa roupas de lá desde que éramos crianças.

— Mas é só por causa do meu pai — diz ele, mas baixa o olhar. — Tá bom, não é por causa dele. Eles não estão me pressionando, eu é que sempre quis entrar lá. Adoro aquela universidade. Mas Matt não se inscreveu lá, e eu sei que não deveria escolher uma universidade por causa dele, mas tenho que ter mais opções.

— Tá bom, eu entendo. — Olho para cada um dos meus amigos. — Mas é o seguinte: vou fazer isso com ou sem o apoio de vocês, mas quero muito vocês do meu lado. Pelo menos até nos formarmos e todos vocês me deixarem para sempre.

Passam-se alguns momentos de silêncio constrangedor, mas contraio meu abdome e fico esperando que meus amigos me deem apoio.

— Vou fazer um logotipo para você — diz Reese.

Felizmente, posso contar com Reese da mesma forma que ele conta comigo.

— Eu posso... carregar coisas, sei lá? — diz Heath.

Dou uma risada.

— Preciso que você use sua popularidade. Nosso professor de educação cívica já está tentando registrar todos para votar. Como você já tem dezoito anos, quero que fale sobre a importância de se registrar para votar. E vou precisar de sua ajuda para conseguir um monte de assinaturas para poder concorrer.

— Isso eu posso fazer — diz Heath, com um sorriso atrevido. — E se houver necessidade, também posso carregar coisas. Ah, e posso alcançar prateleiras altas, mas não sei se isso seria útil.

— Gabe? — pergunto, e noto o desconforto em seu rosto.

— Você irá às reuniões do Grupo de Defesa LGBTQIA+? E às reuniões do Grupo de Apoio a Pessoas Não Brancas de Cassie? Acho que você poderia vencer se conseguisse o voto de um número suficiente de jovens, mas não vou ajudá-lo se estiver apenas tentando chamar a atenção.

Suas palavras me perfuram como uma flecha.

— Gabe... — digo.

— Não quero ser desagradável, mas preciso saber que você quer ser prefeito pelos motivos certos. Me convença primeiro e aí eu te ajudo a convencer todo mundo. Fechado?

Sem nem pensar, um sorriso surge em meu rosto. Esse não é o Gabriel que partiu para Boston frágil, assustado, dependente e covarde. Esse é Gabe, o garoto feroz que eu sabia que estava dentro dele o tempo todo.

— Fechado.

— Beleza, então — diz ele. — Não sei como isso funciona, mas vou descobrir se é permitido arrecadar fundos para as eleições locais. Não sei se podemos colocar cartazes na escola, mas talvez possamos nos focar em motivar todos os alunos que farão dezoito anos até novembro a se registrarem para votar. Daí, vou ver como conseguir um estande em um dos festivais de primavera da cidade.

— Você acabou de pensar em tudo isso? — pergunta Heath.

Gabe dá de ombros.

— São só umas ideias.

— Você é incrível — digo, e ganho uma rara piscadinha de Gabe.

• iMessage •
DIANA + HEATH

D | Omg você sabe que eu sigo meio mundo no insta né?

sei e é meio assustador | H
tipo você seguia a conta de beisebol da Vanderbilt antes de mim

D | Eles vão postar sobre você um dia então por que não
Enfim isso não importa. Mas eu não sabia que a escola de Reese em Paris havia fechado!

quê????? | H
ele vai ficar tão triste
quando será que fechou?

D | Fechou tipo, logo depois do verão
Olhei a página deles, diz que a filial de Paris fechou de vez
Mas não pode ser. O Reese não foi lá quando esteve em Paris?

bom | H
foi o que ele disse, pelo menos...

CAPÍTULO 29

HEATH

Quando vejo o post da Riley Design no Instagram, sinto o sangue sumir de meu rosto. A escola fechou em agosto; Reese e Sal a visitaram em dezembro. Isso significa que ambos estão mentindo para mim.

É uma noite de domingo; já estou na cama, mas mando uma mensagem para Reese. Ele é mais coruja, então sei que estará acordado.

A gente precisa conversar. Posso ir aí?

Espero a resposta enquanto começo a me vestir. Eu deveria esperar, caso ele diga não, mas estou muito ansioso e preciso fazer *alguma coisa* para ocupar a cabeça.

— Pai — digo —, tenho que ir falar com Reese sobre uma coisinha. Vai ser rapído, tá bom?

— Ah... claro, só não demore — diz ele.

Em questão de minutos já saio de casa e entro na caminhonete. Não saio da vaga ao lado do nosso apartamento porque Reese ainda não respondeu. Mas ligo a caminhonete mesmo assim. Está frio demais, e demora um pouco para o carro esquentar.

Papai me espia cautelosamente pelas persianas, e eu aceno para mostrar que está tudo bem. Não sei como, mas, desde o verão passado, ele tem sido mais colega de quarto do que pai, e acho que nenhum dos dois sabe o que fazer a respeito. De jeito nenhum ele e mamãe teriam me deixado sair com a desculpa de ter que falar com meu namorado numa noite de semana.

Papai fecha as persianas e, nesse momento, Reese responde:

Aham, claro!

Em geral, ele não gosta de usar pontos de exclamação nas mensagens, por isso, tenho a impressão de que sentiu a seriedade da minha. Se bem que *a gente precisa conversar* deve ser a mensagem mais dramática para se enviar a alguém.

Saio da vaga, mas, antes de pegar a rua, ele manda outra mensagem, e meu coração acelera.

Pode me pegar no Sal?

REESE

— Agora é oficial, ele vai terminar comigo — digo a Sal.

Ele suspira tão alto que sinto seu bufo no rosto.

Ele está escovando a peruca barata que comprei na Amazon, tentando dar volume. Quando a coloquei pela primeira vez, fiquei parecendo um homem de peruca com maquiagem de palhaço. Mas enquanto ele a estiliza, basicamente tentando adivinhar como fazer isso, começa a ficar bom.

— Você está bonito — diz Sal. — E você e Heath não vão terminar. Ele deve pensar que você o está traindo comigo, o que é totalmente compreensível, porque, obviamente, eu sou o gato do grupo.

Eu rio, apesar do nervosismo e da ansiedade que borbulham em meu peito.

— Ele já vai chegar, preciso tirar tudo isto — digo.

Sal para por um segundo e, então, diz:

— Por que você não fica assim? Vai ter que contar a ele de qualquer maneira. Não posso continuar vivendo esperando a hora em que Heath vai quebrar minha cara por te seduzir. É hora de você abrir o jogo.

— Vou confessar, mas não preciso mostrar a ele.

— Por que não? Você está bonito. Faz poucas semanas, mas já está pegando o jeito. Quando tiver um vestido para combinar com o visual, estará pronto.

Eu me olho no espelho e vejo a arte na minha *drag*. Eu me confessei a Sal há poucas semanas, e aqui estou, até que *ajeitado*. Claro, não serei escalado para o *RuPaul's Drag Race*, mas estou bonito e finalmente posso juntar meu amor por arte e design de moda de uma maneira que me parece certa.

Os faróis do carro de Heath entram pela janela da frente de Sal; ele chegou. Mando uma mensagem para mami dizendo que vou pegar carona para voltar, para que ela não venha me buscar como combinamos.

— Ok, vou lá — digo, e me levanto. — Sua mãe não vai me ver, vai?

— Ela sabe o que estamos fazendo.

— Sim, mas não preciso que sua mãe seja o segundo ser humano a me ver montado.

Ele ri.

— Faz sentido. Mas não, ela deve estar na cama, lendo.

Dou um abraço em Sal. Geralmente, não somos de ficar encostando, mas eu realmente sou grato por toda a ajuda e confiança nas últimas semanas. Guardo minhas coisas, jogo a mochila no ombro, desço a escada e saio para a noite.

Caminho mais confiante, pisando firme, sentindo a transformação, o momento.

Abro a porta e, quando Heath tira os olhos do celular, fica de queixo caído.

Dou de ombros.

— Ei, garanhão. Posso pegar uma carona?

HEATH

Reese está... muito bonito. Sei que essa não deveria ser minha primeira reação, visto que passei o caminho todo ensaiando meu discurso de *por que você está mentindo para mim? Você está ficando com Sal?* Mas meu cérebro praticamente desliga quando o vejo assim.

Está escuro, mas consigo distinguir as feições. Bochechas em tons quentes, nariz fino, lábios brilhantes e delineador escuro, tudo coberto por um volumoso cabelo louro claro. O cabelo é meio estranho; o dele é muito escuro.

Mas espere aí… de repente, penso que o estranho é ele estar montado.

— Você não está falando nada. Claro, e por que falaria? — Reese ri, nervoso.

— É… bom, preciso contar uma coisa.

Engulo em seco.

— Acho que posso adivinhar o que é, moça.

Ele ri.

— Não, sério. Quero contar.

Reese me conta a história toda e eu escuto o melhor que posso; é muita informação. Durante o verão, a professora comentou que os designs dele pareciam inspirados por *drag queens*, e isso plantou uma semente nele, que floresceu nos meses seguintes.

— Na escola, sempre me perguntavam para quem eram os vestidos que eu criava — diz ele, olhando para baixo. — Mas foi só quando voltei que percebi que eram para mim. É o que eu acho, pelo menos. Ou, talvez, eu só queira criar vestidos para *drag queens*; são tantas que pode ser que eu encontre meu nicho. Ou, talvez, eu possa só postar meus *looks drag* nas redes sociais. Eu até que consigo fazer edição de fotos, e acho que daria conta de deixar tudo perfeito.

Ele aponta para o rosto, que eu pego levemente com a mão e viro para mim.

— É meio surpreendente — digo —, mas uau! Ficou incrível.

— Sal me ajudou.

— É, imaginei. — Dou uma risada. — Você tem alguma roupa? Tipo, já fez algum vestido?

— Ainda não. Comecei alguns designs, mas tem sido difícil me concentrar.

Colocamos o cinto de segurança, dou ré na caminhonete e saio da frente da casa de Sal. Estou meio envergonhado por causa do ciúme; houve um momento em que pensei que *poderia* haver algo entre os dois.

Mas mesmo me sentindo meio bobo, a dor não desaparece totalmente. Respiro fundo enquanto pegamos a avenida em direção à casa de Reese. Temos só alguns minutos para falar sobre o assunto, mas precisamos conversar.

— Reese, não sei por que você não me contou.

— Acho que eu não estava pronto para falar sobre isso.

Suspiro.

— Mas essa não foi a única mentira que você me contou. Sua escola *fechou*. Como é que você foi lá visitar, então?

— Como descobriu isso? — pergunta ele, espantado.

— Quando sua prima é uma investigadora digital, é muito fácil.

Ele suspira e tira a peruca. Eu me volto para ele quando paramos no semáforo e fico com vontade de rir. Seu cabelo preto e suado está grudado como um leque na testa, mas a maquiagem continua impecável.

— Por acaso Diana morreria se não seguisse todas as contas relacionadas a algum de nós? — pergunta ele. — Nem *eu* seguia a escola no Instagram.

Dou de ombros.

— Ela gosta de estar conectada. E graças a Deus. Quanto tempo mais você continuaria com isso? Quantas outras mentiras teria me contado?

Ele pousa a mão fria em minha perna – um gesto que me acalma e me permite pensar com clareza.

— É que eu não queria que sua opinião sobre mim mudasse.

— Só por causa da *drag*? — pergunto.

— Porque, inferno, eu não sei o que estou fazendo da vida — diz ele abruptamente. — Fui para Paris estudar design gráfico, mas mudei de curso do nada. Minha escola fechou poucas semanas depois de eu voltar. Fiz inscrição em todas as faculdades de design de moda, mas aí, comecei a brincar com a ideia de fazer *drag*.

— Mas você pode ser *drag e* fazer design de moda, Reese — digo. — Uma coisa não exclui a outra.

Ele pega um lenço removedor de maquiagem e usa o retrovisor da caminhonete para se olhar, tentando tirar o máximo possível. Surgem listras pretas no rosto dele, e não sei dizer se são do lenço ou de lágrimas.

— Você não entende — diz ele.

— Amor, é porque você não está explicando.

No semáforo seguinte, eu me inclino e dou um beijo em seus lábios ainda brilhantes. Ficamos assim por alguns segundos – tempo demais para ser só um beijinho, mas estoico demais para ser um amasso.

— Deixa eu fazer parte da sua vida — digo.

Ele fica em silêncio enquanto eu paro a caminhonete diante da casa dele. Ficamos olhando para a frente, lentamente embaçando as janelas com nossa respiração.

Ele pigarreia.

— E se eu decidisse não fazer faculdade, tipo Sal. Eu poderia ir com você e, talvez, encontrar meu rumo no cenário *drag* de Nashville, ou algo do tipo. Ou poderia fazer vídeos como *drag* e monetizá-los. Ou poderia fazer aulas virtuais…

— Reesey… — Sinto uma forte vontade de chorar, mas *não* vou chorar agora. Ele precisa ouvir. — Se você sacrificasse um único sonho para ficar comigo, eu nunca me perdoaria. Você não pode fazer isso…

— Mas…

— E acho que você sabe disso — digo. — Não quero ser seu maior arrependimento. Nós vamos dar um jeito, prometo, mas você precisa parar de mentir para mim. Já sou grandinho, eu dou conta.

Ele deita a cabeça em meu ombro e eu descanso o rosto na cabeça dele. Sinto o cheiro de seu xampu, o que me conforta o bastante para me deixar bem.

— Desculpe por mentir — diz ele. — Eu ia contar no restaurante, mas Sal chegou e fez aquele alarde todo sobre a campanha dele para prefeito. Mas isso não é uma boa desculpa; teve muitas outras vezes em que eu poderia ter contado.

— Ainda estou bravo com você — digo —, mas entendo por que não contou. Mais ou menos.

— Será que vamos superar isso? — pergunta ele.

Tento pensar em uma resposta. Quero muito dizer "sim", mas também não quero mentir. Achei que teríamos que encarar isso em abril ou maio, quando nossos planos estivessem finalmente traçados e não pudéssemos mais evitar. Não imaginei que sentiríamos a pressão do futuro tão cedo.

— Eu quero que a gente supere — digo.

Não é mentira, mas também não é uma grande esperança.

Ele abre a porta do carro e suspira.

— Eu também quero, Heath.

CAPÍTULO 30

SAL

Devido a uns problemas de agenda, tomei a decisão executiva de mudar as reuniões do conselho estudantil para as manhãs de segunda-feira, antes das aulas. Nem todo mundo ficou feliz com isso, mas fico liberado para ir às reuniões do Grupo de Defesa LGBTQIA+ às segundas-feiras depois da escola e cumprir minha promessa a Gabe.

Pessoalmente, nunca achei ruim fazer reuniões antes da escola. Com a agenda de mamãe e minhas noites de sono ruim, estou sempre acordado cedo. Antes de eu dirigir, ela me levava à escola de manhã e eu ficava sentado em uma sala vazia, ou na diretoria, e terminava alguma tarefa para casa que ainda não houvesse feito, esperando os rapazes chegarem.

Mesmo com o conselho estudantil meio grogue, estamos fazendo um bom progresso no planejamento do baile temático *Uma Noite em Paris*. Temos uma verba apertada, mas se conseguirmos o local que queremos – uma antiga galeria de arte fora de Mansfield –, vai sobrar dinheiro o suficiente para planejar o restante. E depois, temos que vender os convites, mas isso eu posso delegar a outros membros ávidos do conselho.

Embora estejamos apenas em fevereiro, já estou exausto das coisas da escola. Meus professores dizem que é "formandite", uma doença comum no último ano, e talvez seja um pouco por isso. Mas minhas aulas não são legais e tenho passado mais tempo pesquisando sobre campanhas para prefeito e planejando minha candidatura, de modo que não tenho tanto tempo para me preocupar com a escola. Entreguei alguns trabalhos com atraso, coisa que nunca fiz antes.

Talvez minhas notas caiam um pouco. Talvez eu não seja o orador da turma, no fim das contas. Mas estou menos tenso.

Quando desço, mamãe me cumprimenta com um sorriso:

— Bom dia, Sal. Pode ir comigo hoje e pedir a um de seus amigos para te trazer de volta? Quero ver umas coisas com você antes da reunião do conselho estudantil.

Dou de ombros.

— Claro, acho que Reese pode me trazer.

Entramos no carro; mamãe faz o caminho mais longo, para parar no posto de combustível e pegar seu café diário. Desço com ela e pego o meu. Voltamos para o carro, tomamos o café devagar, e me pergunto por que ela ainda não ligou o carro.

— Sabe se Gabriel vai me causar algum problema hoje? — pergunta ela. Sinto um frio na barriga. — Quero saber o que esperar da reunião com ele. Ele e Cassie parecem estar sempre tramando alguma coisa. Eu soube que você está participando do clube deles, por isso, queria pedir uma prévia do que terei que enfrentar hoje.

Escolho as palavras com cuidado.

— Eu só fui a uma reunião até agora, então não sei sobre o que vão falar com você. Mas seja o que for, deve ser por uma boa causa.

— Isso é verdade. É que, às vezes, eu me preocupo. Gabriel é meio dramático, quer fazer tudo com exagero e de um jeito performático, e você sabe que eu odeio fazer de tudo um espetáculo.

Eu sei. Por isso, mal pude acreditar quando Reese me mostrou aquela reportagem, no verão; mamãe realmente falou com o canal de notícias local sobre a criação de um Grupo de Defesa LGBTQIA+ e sobre o treinamento antibullying obrigatório para todos os professores.

— Às vezes, é necessário um pouco de espetáculo, mamãe.

Digo "mamãe" para angariar um pouco de simpatia.

Ela suspira e se vira para mim.

— Seus amigos são bons rapazes, mas não quero que você comece a agir como eles. Amo você e o respeito, mas quero que continue sendo *Sal*.

Olho para o outro lado, controlando a respiração e observando a leve névoa que roça a janela. Uma parte de mim (uma parte que cresce cada vez mais) sabe que ela ama e respeita a visão que tem de Sal. E mesmo que pareça que ela mudou muito desde o verão, fico me perguntando quanto dessa mudança é sincera.

Muitas vezes, quando algum dos rapazes está enfrentando um drama (como Reese e seu pânico *drag*), eu só quero sacudi-lo e dizer: *Conte tudo! Seja honesto! Vai ficar tudo bem*. Porque para eles geralmente fica.

Mas é diferente para mim. Como posso dizer à minha mãe que o Sal que ela ama e respeita nem existe? Que foi criado especificamente para buscar a aprovação dela? Que ele gostaria que o pai ainda estivesse vivo porque, quem sabe, talvez o amasse incondicionalmente?

— Sal, preciso me preocupar com seu amigo, hoje?

Ranjo os dentes, respiro fundo e me volto para ela.

— Não mais do que precisa se preocupar comigo.

Ela liga o carro, engata a ré e volta para a avenida, em direção à escola.

— E o que isso significa? — pergunta, no tom de vice-diretora, não de mãe, e eu sorrio diante dessa mudança. — Se aqueles rapazes estiverem sendo uma má influência para você, não hesitarei em afastá-lo deles.

— *Aqueles rapazes?* Está falando de meus melhores amigos? Heath, o segundo melhor aluno desta escola? Reese, cujo maior vício é desenhar e escrever no diário? Gabriel, que acumulou o maior número de horas de serviço comunitário que qualquer aluno de Gracemont provavelmente de todos os tempos? Tá bom, pode deixar, vou tentar não ser como eles.

Paramos em um semáforo e ela pega meu rosto com as mãos.

— É exatamente disso que estou falando, Sal. Você nunca respondeu para mim, não costumava passar as noites maquiando os amigos em vez de estudar ou fazer o dever de casa. — Ela para por um instante. — Não tenho nenhum problema com *isso,* mas você sempre colocava os estudos em primeiro lugar, sua carreira em primeiro lugar e *a faculdade* em primeiro lugar.

Temos dois quarteirões até chegar à escola. É este o momento? É agora que devo contar meus planos? Seria muito fácil dizer, descer do carro e não olhar para trás.

Mas apesar de ela estar me irritando, eu não ganharia nada com isso.

— Faz tempo que não fazemos nossa noite com comida da rua e conversas sobre faculdade — digo. — Que tal a gente fazer isso na... quinta-feira?

Ela relaxa visivelmente e a vejo suspirar.

— Boa ideia. Você só me mandou a confirmação da inscrição da Michigan, sabia? Pode me encaminhar todas as outras antes? Você sempre diz que está cuidando disso, e eu confio em você, mas gosto de manter meus registros organizados.

— Claro — digo.

Mas não tenho nenhum e-mail para encaminhar a ela. Só me inscrevi em uma faculdade, a de Michigan, porque tinha a inscrição mais barata de nossa lista. Mamãe deixou bem claro que não se importava em quais eu me inscrevesse e me confiou seu cartão de crédito para isso, mas não vou desperdiçar o dinheiro dela só porque estou com medo de dizer a verdade.

Antes de eu sair do carro, ela me dá um beijo rápido no rosto. Sei que não vamos conversar muito antes de quinta-feira, mas me sinto confiante pela primeira vez; marquei uma data e sei exatamente quando vou contar meus planos.

CAPÍTULO 31

GABRIEL

Cassie e eu esperamos na sala da srta. H até a hora da reunião com a mãe de Sal. Percebo uma vibração em mim que não sinto há algum tempo. Durante o verão, houve um momento em que tudo deu certo; quando recebi aquela primeira doação e tudo começou a fazer sentido. Uma parte de vulnerabilidade, duas partes de empolgação e quatro partes de ansiedade.

Porque temos uma missão. Em nome do Grupo de Defesa LGBTQIA+ (que é composto, basicamente, por nós dois mais Sal e Heath), faremos o possível para impedir que haja discriminação no baile, já que haverá pelo menos um *queer*. E temos uma longa lista de livros sendo removidos da biblioteca.

Meu telefone vibra. Matt mandou uma mensagem de áudio, então coloco um AirPod e escuto:

> *Gabe! Estou correndo para minha aula de trompete, mas queria desejar boa sorte! Sei que confrontos te deixam ansioso, mas lembre do que nos ensinaram no Save the Trees: foque na mensagem. Você pode ficar confuso, ou a reação pode ser diferente do que esperava, mas se conseguir transmitir a mensagem, poderá se conectar com as pessoas.*

E segue-se uma segunda mensagem, mais curta:

> *Nossa, que brega! Por favor, desconsidere. A menos que seja inspirador! Bem, agora tenho que ir mesmo. Se eu não estiver aquecido em cinco minutos, meu tutor vai pirar. Vai dar tudo certo, amor! Te amo.*

Eu rio e Cassie me olha feio.
— Que foi? — pergunto inocentemente.
— Não fique ostentando seu amor.
Reviro os olhos.
— Eu só ri!
— Você ficou dando *risadinha*, é totalmente diferente! Como estão indo?
— Bem! — digo, talvez rápido demais. — Sinto falta dele, mas estamos resolvendo isso. Fazemos encontros por vídeo, ligações, mensagens de voz, o que for preciso. Nós dois andamos superocupados ultimamente, então, não tem sido fácil.

Tem sido difícil, na verdade.

— Esperamos entrar em faculdades próximas para que possamos nos ver com mais frequência. Mas isso depende dos deuses da faculdade.

— Nossa, eu mal posso esperar para sair daqui — diz ela. — Vou *arrasar* na faculdade.

— Acho que você vai arrasar aonde quer que vá. Onde quer fazer faculdade?

— Califórnia! — Ela sorri. — A mais gay que pude encontrar. Também a mais quente; em termos de temperatura, digo. Em breve, nunca mais terei que usar botas de neve.

— Que bom — digo, e olho para meu celular. — Eu quero ficar em Ohio. Minha família inteira foi para a estadual, acho que seria legal estar na mesma faculdade que minha irmã; e o campus é bem grande, não seríamos forçados a nos ver. Mas acho que não estou totalmente pronto para abandonar Ohio. Ainda não, pelo menos.

Ela grunhe.

— Olha, não me leve a mal, mas talvez eu me sentisse assim se tivesse um grupinho igual o seu. Eu tento criar meus próprios grupos, mas não é a mesma coisa. Parece que vocês se conhecem desde o útero.

— Mas você tem amigos.

— Tenho, mas ainda preciso partir e encontrar um lugar onde seja mais aceita. E me sinto tão culpada por pensar assim, porque, por mais que eu possa contar com meus amigos, queria que eles me *entendessem*. Você e Heath conseguem se comunicar telepaticamente, é bizarro. Eu nunca tive alguém que me entendesse assim.

— Mas terá — digo.

Ela gesticula com a mão.

— Tudo bem, está na hora. Está pronto?

— Vamos lá.

A caminhada da sala de inglês até a diretoria me parece longa demais. Isso é suspeito; estou inconscientemente dando passos menores ou o tempo está andando mais devagar? Mesmo assim, ainda é uma escola com poucas centenas de alunos, de modo que chegamos ao final do corredor antes que eu possa ficar preocupado demais.

— Gabriel, Cassandra — diz a mãe de Sal com um sorriso genuíno. — Entrem, sentem-se. É um prazer recebê-los.

Olho para Cassie e ela dá de ombros enquanto nos sentamos. A mesa da vice-diretora ocupa a maior parte da sala. A parede atrás dela é toda de janelas, e as persianas fechadas não conseguem impedir que entre luz ou calor.

— Está sempre quarenta graus aqui — diz ela, e ri. — Maldito sol!

— Nossa, deve ser difícil trabalhar aqui o dia todo — diz Cassie, e sorri.

Noto a leve mudança na voz da vice-diretora desde que entramos; alegre, leve, o que indica que ela ainda está meio na defensiva.

Mas recordo a mim mesmo que é a mãe de meu melhor amigo. O garoto com quem passo grande parte dos meus dias; com quem eu costumava passar tantas noites também, mas ela nunca soube disso.

Enfim, sei que posso confiar nela, que vai me ouvir e me tratar como um amigo preocupado. Tento controlar a respiração para manter minha frequência cardíaca baixa. Certa vez, minha psicóloga me disse que o medo é empolgação sem respiração; nenhum de nós acreditou totalmente nessa frase cafona, mas sempre me lembro dela em momentos como este.

— Muito bem — diz ela —, como posso ajudar?

— Primeiro, queríamos falar sobre o baile — digo. — Sei que o conselho estudantil já começou a falar sobre o evento, arrecadação de fundos, busca do local, coisas assim, mas queríamos falar sobre as medidas que a escola poderia tomar para mitigar a discriminação.

"Mitigar" é uma palavra que usei muito em minha experiência como voluntário e, sim, eu me sinto meio presunçoso por introduzi-la na conversa com tanta naturalidade.

Cassie intervém.

— Eu trouxe impressa a orientação nacional sobre os direitos dos alunos LGBTQIA+ nos bailes de formatura, acho que será útil como guia...

— Entendo sua preocupação — interrompe a sra. Camilleri —, mas garanto que não haverá discriminação dos alunos LGBTQ no baile. Recentemente, alguns professores passaram por um treinamento virtual sobre como impedir o *bullying*, e acho que será muito útil.

— Não se trata apenas de *bullying* — digo. — Cinco anos atrás, houve...

— Conheço essa situação e não vai acontecer de novo. Aconteceu devido a alguns pais preocupados, e teria ajudado se as meninas não tivessem se exibido para chamar a atenção; mas o que passou, passou.

Sinto a tensão em meus músculos e minha tática de respiração acaba de ir por água abaixo. *Se exibido?* Elas simplesmente não esconderam o relacionamento, como todo casal heterossexual aqui faz desde sempre.

— Acho que você não pode culpar as meninas pela homofobia de outras pessoas — digo com voz trêmula.

— Gabriel, não ponha palavras em minha boca. — Seu tom frio, suave e condescendente me faz estremecer. — Sei que você está muito preocupado com seus dois amigos agora que estão juntos, mas não vamos ter nenhum problema. A menos que Reese decida ir de vestido! — diz ela, e ri.

— O quê? — pergunto, e minha mente trava por um segundo.

— Não, tudo bem, eu sei de tudo. Não me interessa o que ele e Sal estão fazendo, desde que fiquem dentro do quarto.

— Não é isso que está acontecendo. E você não deveria sair falando que Reese...

Cassie me interrompe e passa os papéis para ela.

— Na verdade, você não pode impedir que Reese vá de vestido. Está bem aqui. Houve um casal de lésbicas no Mississippi em 2009; uma das meninas não teve permissão para usar smoking, mas o estado decidiu que a impedir de usar smoking era uma violação de seus direitos garantidos pela Primeira Emenda.

— Ah, meu Deus, Primeira Emenda. — A sra. Camilleri suspira. — Não sei por que vocês estão sendo tão combativos. Eu sei que vai dar tudo certo, preciso que confiem em mim.

— Nós só queremos saber o que está fazendo para isso — digo. — No verão, você disse que protegeria os alunos LGBTQIA+, então não entendo por que não iria querer, no mínimo, conhecer as leis para que possa lutar por nós. Ainda temos pais homofóbicos aqui e, independentemente do que qualquer um de nós vista, é sua responsabilidade nos proteger.

O olhar que ela me dá é quase feroz, mas depois ela simplesmente bufa.

— Eu sabia que isso ia acontecer. Por mais que eu tente ser o mais gentil e aberta possível, seu grupo sempre encontra um problema. Se vocês virem um "ato de discriminação" — diz ela, fazendo aspas com os dedos —, me avisem que eu cuido da situação.

Sinto Cassie ficar tensa ao meu lado e pouso a mão em seu joelho.

— Será que não é melhor a gente só dar o fora? — pergunto, mas ela balança a cabeça.

— Falando em discriminação — diz —, notamos que faltam dezoito títulos na biblioteca. Todos são de autores *queer* ou negros. Achamos que alguém os está tirando da biblioteca e queremos descobrir o motivo.

Ambos concordamos em não culpar diretamente a srta. Orly, já que não temos provas de que foi ela. Mas quem mais poderia ser? Mas achamos melhor deixar a mãe de Sal chegar a essa conclusão sozinha.

— Está me acusando de remover esses títulos? — pergunta ela.

— O quê? Não! Mas alguém obviamente os está tirando.

— *Alguém.* Certo. — Ela solta uma gargalhada, mas sei que ficou confusa. — Meu filho é gay, Gabriel, ou você se esqueceu disso? Quero estar aberta aos problemas da escola, mas não vou ficar aqui sentada sendo acusada de tudo isso.

Como fez durante toda a reunião, Cassie faz anotações. A mãe de Sal percebe.

— Vou pegar suas anotações, Cassandra. Vocês só querem viralizar e fazer alarde das coisas.

Vejo Cassie anotar *"VP Camilleri tentou tirar nossas anotações na reunião"*.

— Cassandra, se não entregar suas anotações agora, irá para a detenção.

Vejo Cassie escrever *"VP Camilleri ameaçou retaliação por eu fazer anotações durante nossa reunião"*.

Pego o folheto da mesa, uma caneta, e circulo a parte onde sugere que os alunos documentem tudo – conversas, datas, testemunhos etc. –, para o caso de que surja algum problema.

— Vamos, Cassie. — Ela se levanta e eu me viro para a mãe de Sal. — Pode mandar nós dois para a detenção, não me importo; mas se não investigar a questão dos livros desaparecidos, nós mesmos investigaremos.

Enquanto saímos, ela me chama de volta. Vejo-a se levantar, mas fecho a porta. Sem dizer nada, Cassie e eu saímos correndo até o estacionamento.

— Estou com o carro da minha irmã — digo. — Quer uma carona?

— Só se pudermos parar para tomar um *milk-shake* no caminho, porque preciso me acalmar.

— Também quero — digo.

Minha ansiedade diminui lentamente conforme vamos nos afastando da escola; tanto que começo a rir da reunião absurda. Cassie ri também e, em pouco tempo, estamos parados em um semáforo rindo tanto que mal conseguimos respirar.

— Não sei por que estou rindo — digo. — Não é engraçado.

— Nem um pouco — diz ela depois de outro ataque de riso. — Mas você não se sente *vivo*? Viu como a sra. Camilleri ficou assustada? Foda-se essa escola. Acho que vou de smoking no baile de formatura.

Concordo.

— Só se eu encontrar um vestido que combine.

• Garotos Dourados •
GABRIEL + HEATH + REESE + SAL

R | Mandando uma foto do meu quarto para vocês verem o caos em que eu vivo agora

S | Uau. Isso é um pedido de ajuda?
cada vez que vejo seu quarto, você comprou mais uns 3 rolos de tecido
e sua mesa virou cem por cento um balcão de maquiagem

H | tudo isso vai virar vestido??

R | Essa é a esperança. Ando tão ocupado com as aulas e o planejamento do baile com S que só consigo praticar por poucas horas, uma noite por semana.
Podem seguir minha drag? Acabei de mandar por DM.

G | Seguindo. Obcecado. Tô curtindo todos os posts.

S | Nossa a make no olho tá ficando tudo. Mês passado você parecia Moira Rose fantasiada de corvo

R | Valeu... eu acho.

CAPÍTULO 32

HEATH

Normalmente sou eu quem planeja os encontros com Reese. É um papel que assumi naturalmente, não algo sobre o qual falamos ou que decidimos. Eu gosto, em geral. Quando ele era mais novo, sua família raramente fazia coisas ao ar livre para se divertir; ele costumava ficar jogando videogame e desenhando. Mas nunca foi assim com meus pais.

Papai e eu sempre andávamos de bicicleta na trilha aqui perto, pedalávamos quilômetros e quilômetros sem parar, e só quando fiquei bem mais velho foi que entendi que ele preferia atividades ao ar livre, como esportes e caminhadas, em vez de boliche e cinema, porque as coisas ao ar livre custam muito menos dinheiro.

Mas hoje, Reese vem me buscar para um encontro, e ele já planejou tudo. Só disse para eu pôr uma camisa de botão. Não sei se devo pôr uma casual, ou uma das brancas engomadas que guardo para ocasiões especiais. Pego uma intermediária, xadrez de preto e amarelo que se destaca no espelho quando dou uma última olhada à procura de espinhas surpresa, partes que esqueci quando me barbeei, essas coisas.

Tem sido mais difícil me olhar no espelho ultimamente; não sei por quê.

Perdi um pouco de definição no peitoral, e meus braços estão tão grandes que a camisa fica esticada para contê-los. Sinto-me torto e pouco firme, meu ombro dói e vejo o cansaço estampado em meu rosto.

É meu rosto que me incomoda. Minhas olheiras são perceptíveis, e me pergunto se devo pedir dicas a Sal ou Reese para cobri-las. Mas não quero cobri-las; não tenho vergonha de *parecer* cansado; tenho vergonha é de *estar* cansado. O tempo todo.

Minhas mãos tremem levemente enquanto aboto o primeiro botão, mas respiro devagar e melhora. Enfim, esta noite só o que importa é Reese. Eu e Reese.

Meu celular vibra. É Diana:

| Pronto para seu grande encontro?

Reviro os olhos. Como ela sabe de tudo que acontece em minha vida? Mas quando olho o Instagram, vejo que fui marcado em um *story* de Reese. Ele está de óculos escuros no carro e está escrito: "Tenho um encontro marcado esta noite com meu namorado".

Isso deve significar que ele está a caminho, então, termino de me arrumar, coloco meus tênis bons, pego as chaves e corro para a porta.

— Você está elegante! — diz papai.

Eu me viro para ele e o vejo com Reese, os dois sentados nas poltronas reclináveis da sala, sorrindo.

— Vi Reese estacionando e o convidei para entrar. Espero que não se importe.

— Ah, que nada. Pronto para ir, Reesey?

Ele se levanta, dá um rápido aperto de mão em meu pai, e saímos.

— Desculpe pelo meu pai — digo, mas ele me corta rapidamente.

— Não, foi legal ele me chamar para entrar. Mas ele me pegou tirando uma *selfie* no carro, e isso foi vergonhoso.

Entramos no carro de Reese – ou melhor, no carro da mãe dele – e seguimos para o sul, saindo da cidade. Ele me fala sobre o que conversou com meu pai.

— Ele está preocupado com você — diz Reese. — Não disse nada específico, mas disse que você anda estranho e que estava feliz por vê-lo se distrair.

— Ah, hum... tá bom.

— Quer falar sobre alguma coisa? — pergunta ele, sem julgamento e sem expectativas.

— Vamos falar sobre sua *drag*! Sal tem razão, os olhos ficaram ótimos naquelas fotos.

Ele suspira.

— Isso porque sou bom no Photoshop. Não mude de assunto.

Suspiro, lamentando por minha tática de distração não ter funcionado.

— Estou sentindo a pressão, só isso — admito por fim.

— Que pressão, exatamente? — pergunta ele.

— De tudo. Já é fevereiro, olha que absurdo! Toda vez que escrevo a data, olho o ano de novo e entro em pânico. Tipo, já é o ano de nossa *formatura*! A última temporada para provar meu valor no beisebol, o último ano para provar meu valor na escola. Sabia que eu tenho uma chance de verdade de ser o orador da turma? Tudo está levando a isso.

— Você está parecendo Sal — diz Reese. — Sem ofensas. Você não falou muito com ele durante o verão, mas eu falei o suficiente para entender como ele colocava pressão sobre si mesmo o tempo todo. Sei que não era culpa dele, e não é sua também, mas você não pode continuar se cobrando tanto.

Hesito. Normalmente, sou eu que dirijo, e me sinto mais seguro com a mão no volante, ajustando os retrovisores, atento ao que estou fazendo, para não ter que ficar sentado com a cabeça a mil.

— Posso sim, Reese. — Suspiro. — Esse negócio de bolsa é muito complicado. Tenho que descobrir de quanto vai ser o auxílio federal, e se minhas notas continuarem boas, vou receber um prêmio de mérito, e aí a maior parte será coberta pela bolsa de estudos para atletas; *se* eu conseguir. Tenho que administrar, tipo, três entidades, e se uma única delas não der certo, ficarei sem perspectivas.

— Mas vai dar certo. Tem que dar.

— Ano passado, quando comecei a atrair a atenção dos olheiros, eu me senti muito especial. Havia me esforçado tanto para isso e finalmente sabia o que queria fazer da vida.

Reese hesita, mas pergunta:

— E o *que* você quer fazer da vida, fora do beisebol?

Ele faz a pergunta meio sem jeito, e percebo que durante anos só falei de beisebol, evitando todas as perguntas que faço a mim mesmo: o que vou estudar? O que quero fazer depois da faculdade?

— Não sei. Vou começar indeciso mesmo, acho. — Dou uma risada. — É claro que uma pequena parte de mim gostaria de seguir carreira no beisebol. Já me imaginou em uma turnê com um time profissional?

— As lanchonetes seriam muito melhores — diz Reese, rindo.

— Então, você ainda iria me ver jogar?

Ele sorri.

— Tantas vezes quanto pudesse. Não interessa onde sejam seus jogos.

— Fico feliz. Mas, se não for isso, não sei o que quero fazer. Talvez algo na área de ciência. Não estou indo tão bem assim em física esse ano, mas achei biologia e química bem legais.

Quando nos aproximamos de uma galeria comercial a uns cinquenta quilômetros de Gracemont, Reese para no estacionamento mais próximo e desliga o carro. Olho pela janela.

— Vai me levar ao Steak 'n Shake? — pergunto, e ele ri.

— Não; é que não estou acostumado a conversar com você e dirigir. Fico querendo olhar para você, ou colocar a mão em seu joelho, mas não quero nos matar.

— Ainda bem — digo.

Reese se vira para mim.

— Talvez a resposta para isso seja não depositar todas as suas esperanças em uma coisa só. Se não se inscreveu na Vanderbilt por causa de algum curso específico, poderia se inscrever em mais alguma faculdade, para garantir, sabe? Tenho certeza de que algumas ainda estão com as inscrições abertas.

Eu fiz isso, claro, mas minha única garantia é a faculdade comunitária. O que não seria ruim. E talvez eu pudesse até pedir transferência para a Vanderbilt depois de um ano.

— Acho que você não está entendendo o quanto eu preciso que essa coisa específica dê certo — digo. — Quero viver a experiência de passar quatro anos fora de casa fazendo faculdade. Sei que isso não é para todo mundo, mas é para mim. É para pessoas como Gabriel também; tenho certeza de que ele nasceu já de moletom da estadual de Ohio.

— Vai por mim, eu sei o quanto você precisa que dê certo, Heath. — Ele suspira. — Não sei como funciona esse negócio de bolsas de estudo, mas deve haver algo que possa ajudar.

— Não é tão simples quanto parece. Conversei com a cooperativa de crédito sobre empréstimo estudantil, mas meu pai teria que assinar, e não sei se conseguiríamos a aprovação do valor total. E depois eu faço o quê? Passo o resto da vida pagando? — Suspiro. — Desculpe, isso não é papo de encontro.

— Eu perguntei — diz ele. — E acho que quando o encontro é poucos meses antes da formatura do ensino médio, é sim. Só quero que... que você saiba que estou aqui, se precisar conversar. Sei que cometi alguns erros, e a poeira não abaixou completamente, mas eu te amo e quero estar ao seu lado.

— Eu sei. Também te amo.

Ele me beija e, instintivamente, levo a mão à sua nuca e o puxo para mim. Nossos beijos já foram hesitantes, cheios de paixão, mas zero conhecimento sobre onde colocar as mãos, os lábios, a língua. Mas conforme fui ficando mais à vontade com ele, nossos beijos foram ficando menos contidos.

Afastamos os lábios só o suficiente para recuperar o fôlego; esfrego a lateral do nariz dele com o meu. Minha calça cáqui está apertada e lamento a falta de espaço, mas não posso me ajeitar agora, por isso, descanso minha testa contra a dele e aceito o desconforto.

— Eu te amo de verdade, sabe... — diz Reese.

Lambo meus lábios e sinto o gosto de baunilha do protetor labial dele.

— É, dá para ver — digo, com um sorriso.

CAPÍTULO 33

REESE

Heath volta para o carro com dois *milk-shakes* grandes e eu, ávido, pego o meu de chocolate e morango. Parei neste estacionamento para que pudéssemos conversar sem que eu tivesse que prestar atenção na direção, mas, como estávamos em um Steak 'n Shake, nada justifica sair sem um *milk-shake* para viagem.

Voltamos à estrada e coloco outra *playlist*. Chama-se *Para Heath* e tem todos os artistas pop e country que sei que provocam um sorriso nele: Cam, The Chicks e Taylor Swift, além de algumas músicas recomendadas de que eu gostei.

— Ah, a propósito, minha prima vai dar uma festa para toda a família daqui a umas semanas. É o batizado da filha dela; não será tão legal quanto uma festa normal, mas ela me pediu para convidar você.

— Se for em um domingo, estou livre. — Heath suspira. — Começaremos os treinos aos sábados semana que vem.

— Treinos aos fins de semana, já? — pergunto. — Que droga, mas tudo bem. E meus pais querem sair para jantar conosco de novo.

— Claro — diz ele. — Qualquer hora.

— Qualquer hora que não seja um dia de semana ou sábado, não é?

Ele sacode a cabeça.

— Desculpe. Eu também odeio isso.

Minha mãe me pediu para falar com ele sobre o jantar há algumas semanas, mas como as coisas estavam estranhas entre nós porque eu estava mentindo sobre minha *drag*, não falei nada. E agora, fico pensando que talvez não tenha sido muito inteligente integrá-lo tanto à minha família. Quando éramos só amigos, era perfeito. Mas agora que somos mais, estou começando a me perguntar se foi uma boa ideia, considerando que a formatura pode muito bem ser o fim de nosso relacionamento.

Mas não importa o que aconteça, ele *é* da família, digo a mim mesmo. Sempre foi. E mesmo que o relacionamento não dê certo, ele sempre fará parte de mim.

E talvez seja por isso que eu hesito.

Antes que eu perceba, metade da *playlist* já tocou e estamos chegando a Upper Arlington, um bairro de Columbus que abriga nosso destino. Sigo as placas para o Buckeye Art Center e, quando chegamos, paro o carro em uma vaga.

— Em todos os nossos encontros, você sempre compartilha comigo uma parte sua, seja caminhando por uma trilha que você ama ou quando tenta me ensinar a andar de bicicleta. Adoro experimentar coisas que empolgam você.

Ele olha pela janela com os olhos arregalados.

— Você vai me obrigar a fazer *arte*? — diz dramaticamente.

Dou uma risada.

— Vamos.

Ele finge resistir para que eu o arraste até o estúdio de arte. Está vazio, exceto por algumas telas. Uma mulher bem jovem, mas de cabelos grisalhos, surge de trás e acena para nós.

— Oi, oi! Você deve ser meu aluno particular das cinco e meia. — Ela olha a agenda atrás da recepção. — Reese, certo?

— Sou eu — digo.

— Eu não sou artista — diz Heath. — Não faço arte; ele faz.

A artista olha para mim e sacudo a cabeça. Ela me dá uma piscadinha e acena para que a sigamos. Já no estúdio, vejo a distribuição das coisas e guio Heath.

— Sei que forçar você a "fazer arte" não seria um encontro ideal, e talvez isto também não seja. — Dou um sorriso. — Mas andei treinando retratos a carvão e acho que finalmente estou pronto para fazer um de verdade. Com a ajuda de Estelle, claro.

— Estou aqui simplesmente para guiá-lo, Reese. Tenho certeza de que você quase não vai precisar de mim — diz ela.

— Você vai me desenhar? — pergunta ele. — Que legal! E eu não tenho que fazer arte nenhuma?

— Não; só tem que sentar naquele banquinho e ser lindo — digo, revirando os olhos.

— Isso eu consigo fazer — diz ele, todo metido.

Coloco a prancheta e o papel de desenho em um cavalete de madeira e me sento em um banquinho. Tenho a visão perfeita de Heath, que está tão lindo que quero roubar um beijo. Na mesa ao meu lado há várias ferramentas: lápis, pós, duas borrachas e um carvão prensado para desenho. É mais do que tenho no kit de casa, mas com a orientação de Estelle, conseguirei descobrir o que estou fazendo.

Olho para o rosto dele e o estudo antes de pegar uma espátula e aplicá-la no giz pastel preto. Com essa ferramenta, começo pelos olhos, para registrar a impressão do rosto dele. Ignoro os detalhes e tento captar o formato de seu rosto, o ângulo de seus olhos, suas proporções.

— Como estou? — pergunta Heath depois de uns cinco minutos.

Olho para o esboço à minha frente, uma confusão de sombras e luzes sem nenhum detalhe. Mas, mesmo assim, reconheço Heath quando semicerro os olhos.

— Bem — digo, rindo. — Agora, pare de se mexer.

— Sim, senhor — diz ele, batendo continência.

Após uma breve consulta a Estelle, ela me ajuda a acrescentar estrutura a esse início. Explica que preciso focar ainda mais nas impressões antes de entrar no trabalho de detalhamento, então paro de focar na linha do nariz, na abertura da narina dele, e acrescento mais camadas de sombra e luz.

É quase assustador ver esse fantasma de Heath no papel à minha frente. As sombras se acumulam profundamente sob seus olhos, e não sei como não mostrar isso. Uso a borracha para suavizar, para destacar o que há dentro dele.

Vou passando o pincel chato devagar, acrescentando detalhes ao rosto de Heath. Desenho seu queixo macio, realço seus pômulos e me vejo trabalhando em seus olhos por alguns minutos, até conseguir as impressões certas.

Estelle pousa a mão em meu ombro; é sua maneira de me dizer para seguir em frente e parar de me fixar nisso. Então, pego o lápis de carvão e preencho mais detalhes.

Em poucos minutos, o rosto dele é totalmente visível. Detalhes de seus olhos estão perdidos na sombra, então, uso uma das borrachas para realçar o brilho deles. Trapaceio aqui, e sinto que Estelle percebe, mas acho que ela deve compreender.

Heath corre para o banheiro e Estelle toma seu lugar.

— Sempre queremos mostrar o que há dentro, não é? — diz ela, e sorri. — Se ele está triste, deixe que o retrato reflita isso, Reese.

— Não posso — digo. — Preciso passar a mensagem certa. Tem que ser perfeito. Ela me encara.

— Tristeza pode ter perfeição também.

Heath volta e me dá um sorriso, e digo que preciso de mais dez minutos para terminar os últimos detalhes, e que depois vamos jantar. Seu estômago ronca em resposta.

Escureço os olhos de novo, e desenho o que vejo. O que Heath está sentindo, não quem eu quero que ele seja agora, e sim quem ele é. E percebo que mesmo que ele saia meio triste, está bonito como sempre. E talvez um dia, quando as coisas ficarem menos estressantes para ele, eu possa desenhá-lo assim também.

— Pronto para ver? — pergunto.

— O único outro desenho de mim foi feito por um caricaturista em Cedar Point; portanto, saiba que minhas expectativas são muito altas.

Rio quando ele se aproxima.

— Bom, não posso superar isso, mas talvez consiga chegar perto.

Faz-se um momento de silêncio, e penso que talvez tenha feito tudo errado, que deveria pegar aquela borracha e começar os olhos de novo. Mas ele me abraça e me olha nos olhos.

— Eu nunca... — começa, e o ouço ofegar. — Nunca ninguém me enxergou como você, Reesey.

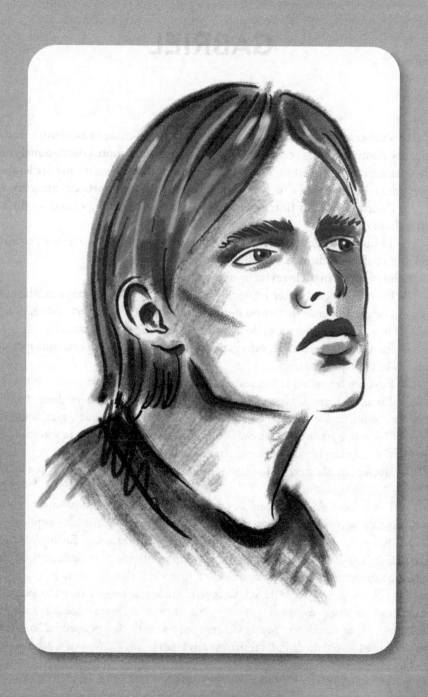

CAPÍTULO 34

GABRIEL

Deixo a cabeça afundar no travesseiro de Sal e uma sensação calorosa e nostálgica me domina. É uma sensação estranha; não ficamos juntos desde aquele erro de uma semana em Boston, mas o cheiro dele neste travesseiro me faz lembrar que, para o bem ou para o mal, ele sempre vai ocupar uma parte de meu coração.

— Pode pelo menos tirar os sapatos para deitar na minha cama? — diz ele, girando sua cadeira.

— Tá bom — digo, e os tiro. — Tinha esquecido como sua cama é confortável. Meu colchão é duro pra caralho.

Olho para Sal, mas ele revira os olhos.

— Posso começar o interrogatório? Como foi sua reunião com a minha mãe?

— Digamos apenas que estou muito feliz por ela ter saído esta noite, porque *não foi boa*. Sal, foi como antes do verão, mas duas vezes mais irritante.

— Eu imaginei — diz ele, esfregando o rosto. — Ela estava estranha esta manhã. Não sei o que deu nela.

— Foi bom termos entrado com aquela merda de "conheça seus direitos" nas mãos. Eu achava que Cassie estava sendo paranoica, mas, na verdade, tivemos que usar o folheto. — Penso na conversa e me pergunto o que exatamente deu errado. — Ah, e sua mãe também falou sobre Reese ir ao baile de formatura de vestido. Acha que ela vai sair por aí contando isso para todo mundo?

— Bobagem. Ela deve tê-lo visto saindo uma noite dessas. — Ele fica vermelho. — Ela disse isso *mesmo*?

— Disse. Sabe, ele me contou brevemente sobre o assunto, e obviamente eu sigo sua página *drag*, mas o que é isso tudo? — pergunto com voz tímida e suplicante.

— Basicamente, Reese queria ser *drag* e precisava de ajuda. Ele me procurou para falar disso em Paris, porque sou o único que entende de maquiagem. Mas ele acabou aprendendo e faz melhor que eu. É tipo a arte dele agora.

Fico olhando para o teto de Sal, absorvendo tudo que ele está dizendo. Penso em cada post, que sempre mostra algo novo: cores nos olhos, homenagens às suas *drags* favoritas... E ele começou a postar vídeos do processo de design e produção. É como se ele houvesse voltado de Paris com uma nova habilidade e já fosse um profissional.

— Hmmm — digo.

— Você acha estranho esse negócio de *drag*?

— Não, até que faz sentido para ele. Acho estranho ele ter guardado segredo por tanto tempo, inclusive de Heath.

Não é típico de Reese guardar um segredo de nós. Especialmente sobre algo que ele deveria saber que apoiaríamos.

— Acho que... Acho que ele queria descobrir sozinho, antes de começar a fazer. Ele sempre mede duas vezes antes de cortar. — Sal dá de ombros. — Acho que isso é jargão da marcenaria, mas também se aplica ao design de moda.

— Mas você também é assim. Será que foi por isso que ele te procurou?

— Talvez. — Ele dá de ombros. — Mas isso não é importante. Tenho certeza de que ele vai nos dar um show de verdade quando estiver pronto.

— Não sei se consigo imaginá-lo em cima de um palco — digo, rindo. — Mas vou separar umas notas de um dólar, por via das dúvidas.

Mas quando a risada morre, é substituída por um silêncio constrangedor. Tentei minimizar o lance com a mãe dele, mas fica óbvio que é algo maior para Sal.

— Não acho que sua mãe seja uma pessoa ruim — digo baixinho.

Ele tamborila com os dedos na mesa – o único som que quebra o silêncio que se segue. Meu coração dói por ele. Claro, já briguei com meus pais, mas, no geral, posso dizer que eles me apoiam. E posso dizer o mesmo sobre as mães de Reese e o pai de Heath.

— A única coisa interessante sobre fazer faculdade fora é que eu deixaria minha mãe aqui — diz ele.

— Você não está falando sério.

— Estou sim. — As batidas na mesa ficam mais altas. — Como você pode simplesmente minimizar as coisas, depois do que ela te disse? Ela passou o ano letivo todo fazendo microagressões. Eu acreditava mesmo que ela poderia mudar.

— Não estou minimizando o que aconteceu e o que ela disse. Mas se eu perdesse meu tempo sentindo raiva de todas as pessoas que discordassem de mim ou rejeitassem o que eu quero fazer, enlouqueceria.

Eu me sento na cama e nos olhamos. E isso me lembra o verão: eu, confiante e seguro; ele, encolhido e abalado.

— Você sabe que precisa contar a ela, não é? — digo. — Sei que você tem um pouco de tempo antes de a campanha decolar, mas se quisermos dar trabalho ao prefeito em novembro, teremos que começar logo. Antes que a gente perceba, já será março.

— Eu sei — diz ele —, você tem razão. Fico marcando datas para contar, depois me acovardo e finjo que estou doente. Não posso continuar com isso, ou ela vai ligar os pontos sozinha.

— Convoque uma reunião com os rapazes para este fim de semana e vamos começar o planejamento.

Ele concorda. Eu sorrio.

— Você consegue, e sabe disso — digo.

— Veremos.

...

No caminho para casa, ligo para Matt. Chama algumas vezes e cai na caixa postal. Quando paro em um semáforo, checo nossas mensagens para ter certeza de que ele disse que estaria livre esta noite, e confirmo. Mas ele não respondeu a uma mensagem minha o dia todo e não atende à minha ligação.

Uma estranha insegurança começa a me consumir. Não é a primeira vez que sinto um pouco de ciúmes ou fico paranoico. Quer dizer, isso sempre vai acontecer quando seu namorado mora a alguns estados de distância de você. Mas é a primeira vez que me sinto... ignorado.

Ele sabia que eu teria aquela reunião importante hoje com a mãe de Sal, mas nem perguntou como foi. Eu poderia ter sido expulso!

— Ok, rainha do drama, chega — digo em voz alta para mim mesmo, tentando me controlar.

Preciso manter a cabeça ocupada, então ligo para minha irmã. Ela atende ao primeiro toque.

— Mano!
— Mana?
— Tem razão, foi estranho — diz ela. — Quer começar de novo?
Rio.
— Não, tudo bem. Estou voltando para casa e acho que estou pirando.
— Isso não é bom — diz ela. — Aconteceu alguma coisa?
— Sim e não. Tive uma reunião com a mãe de Sal para falar sobre algumas questões do Grupo de Defesa LGBTQIA+. Eu queria falar sobre o que conversamos, toda a questão do baile, mas ela não me deu bola. E quando Cassie mostrou o guia sobre nossos direitos, ela ficou doida.

— Putz, não é fácil. Ela sempre foi impossível. Quando fizemos aquela brincadeira, no último ano, e jogamos serpentina em spray por todo lado, ela enlouqueceu, mesmo sabendo que limparíamos tudo.

— Mas meu caso é meio diferente.
— Claro, ela não infringiu meus direitos humanos, mas é irritante mesmo assim. Como Sal reagiu?

— Foi difícil. Ele está começando a se fechar de novo, como fazia antes; mas *eu* sempre conseguia fazê-lo se abrir.

— E você não sabe como fazê-lo se abrir sem... você sabe... sem fazer aquilo que vocês faziam? Não estou pedindo detalhes — ela acrescenta depressa.

— Nem eu vou dar — digo. — Mas você tem razão; ele foi vulnerável comigo algumas vezes, e sinto falta desse lado dele. Sal precisa conseguir demonstrar as emoções o tempo todo, não só quando está no meio de um colapso nervoso ou quando estamos...

— De novo, não preciso de detalhes. — Ela suspira. — Acho que você só precisa... sei lá. Encontre uma maneira de ser íntimo dele, mas não *tão* íntimo.

— Claro — digo. — Posso reclamar do meu namorado também?

Paro em frente a minha casa e desligo o carro. Não quero ver meus pais agora, pois eles também vão querer saber como foi a reunião com a vice-diretora. Fico no carro, conversando com Katie.

— O que é que ele fez de errado? — pergunta ela.
Minha respiração começa a embaçar o vidro do carro.
— Literalmente nada — digo. — Ele simplesmente não está aqui, e eu queria que estivesse. Não falei muito com ele hoje, e minha cabeça já está tentando transformar isso em um grande problema, mas ele está ocupado! E eu também!
— Estamos todos ocupados — diz ela —, mas vocês estão dando tempo um ao outro? Minha colega de quarto namora à distância também, e elas são tão cuidadosas com o tempo que chega a ser meio cansativo. Ela está fazendo uma de suas ligações semanais agendadas com a namorada agora.
— Eu não quero definir horários — digo.
— E o que você quer dele? Um cronograma pode ajudar, mesmo mudando toda semana. Ou você poderia...
— Pare — digo. — Não acho que seja isso. É difícil demais, sinto saudade o tempo todo. Quando nos encontramos, eu fiquei contando os minutos para termos que nos separar de novo. Telefonemas não são suficientes. E ligar por vídeo só me mostra algo que não posso tocar.
— Namoro à distância é totalmente possível.
— Eu sei. — Suspiro. — Mas tenho medo de que não seja para mim.
Silêncio do outro lado da linha.
— Converse com ele quando puder. Não sei o que está acontecendo, mas talvez ele esteja sentindo a mesma coisa e vocês possam descobrir o que funciona para os dois. Mas não faça o que fez no verão, quando ficou sobrecarregado e simplesmente... desapareceu.
— Eu sei. Não vou fazer isso.

• • •

Quando entro em casa, aqueço as sobras do jantar que meu pai fez e levo o prato para o quarto, fugindo de uma conversa constrangedora com meus pais. Meu celular vibra e, quando o pego, vejo que é uma mensagem de Matt.

> Oi, amor. Desculpe, acabei de ver suas ligações. Tenho um tempo para conversar esta noite, se quiser ligar por vídeo.

Entro em meu quarto. O coração que Heath me deu começa a brilhar. Outra mensagem:

> Tô com saudade.

Largo o prato de comida na mesa e faço uma chamada por vídeo. Katie tem razão, preciso falar com ele. Eu *sei* que preciso. Mas quando seu rosto aparece e sua voz chega aos meus ouvidos, todas as minhas ansiedades desaparecem. Não quero estragar o que temos, ainda não.

CAPÍTULO 35

SAL

— Você precisa mandar consertar a piscina — digo à minha tia quando ela abre a porta.

Ela ri.

— Quer nadar? Às nove da noite? No final de fevereiro?

— Não especificamente agora — digo, sacudindo a cabeça. — A gente se divertia... as coisas eram tão fáceis naqueles verões. Eu nem imaginava.

— Sua mãe sabe que você está aqui, ou é mais um segredo? — Ela acena para que eu entre. — Você precisa parar de fazer isso comigo. Odeio esconder coisas de sua mãe.

Dou-lhe um abraço rápido, que derrete suas defesas.

— Ah, tudo bem — diz ela. — Seja rápido, meu programa começa em trinta minutos.

— Obrigado, tia Lily.

Entro na sala de estar e rio da gigantesca árvore de Natal, que continua totalmente decorada semanas depois das festas.

— Não ria, isso me deixa com espírito natalino — diz ela.

Sentamos, ela em sua gigante poltrona, eu no sofá macio. A energia da casa dela está mais calorosa do que normalmente. Talvez seja a sala bagunçada, ou a iluminação suave, ou o fato de que é sempre Natal aqui.

Ou, talvez, seja só uma coisa de tia.

— Quero oficializar minha candidatura a prefeito — digo —, mas, para isso, primeiro preciso convencer minha mãe de que é uma boa ideia.

— E deixe-me adivinhar: sua mãe ainda nem desconfia de que você não quer fazer faculdade.

Eu me remexo no sofá, nervoso.

— Estou esperando o momento certo.

— Se continuar esperando, ela vai descobrir sozinha, e vai ser péssimo. Para todos nós. — Ela suspira. — Ande, vamos encenar isso.

— Como assim? — digo, mas ela me cala.

Ela faz um coque apertado no cabelo, o que lhe dá uma aparência pudica.

— Finja que sou Rachel. Conte.

— Tudo bem — digo, revirando os olhos. — Mãe, não quero fazer faculdade.

— Por que não? — diz ela.

— Porque não acho que faculdade seja para todo mundo.
— É verdade, mas nós sempre achamos que era para *você*.
— Não, mãe, você não entende — digo.
— Fale por que não quer fazer faculdade.
— É um desperdício de dinheiro — digo.
— Nós temos dinheiro.
— É uma perda de tempo! — grito. — No verão, eu achei que precisava fugir, deixar nossa cidade pequena para trás para fazer a diferença de verdade, mas descobri que tudo que a faculdade fazia e tudo que o trabalho fazia pelas pessoas no Congresso era pura perda de tempo. Não quero entrar na política desse jeito. Quero ajudar aqui, quero tornar esta cidade melhor, este condado melhor e, talvez, um dia, fazer de Ohio um estado melhor.
— Agora estamos chegando a algum lugar — diz minha tia. — Continue.
— Quero ser candidato a prefeito. Quero acabar com o governo preguiçoso do prefeito Green. Na verdade, quero *participar* das reuniões do conselho municipal e ouvir as pessoas desta cidade, mesmo que não concorde com elas pessoalmente, para garantir que avancemos como comunidade. Eu quero...
— Pare — diz minha tia. — Pegue esse sentimento, escreva-o, ensaie e fale com sua mãe. Não preciso ouvir o discurso todo, ela é quem precisa.
Sorrio.
— Acha que vai dar certo?
— Não a princípio, mas acho que você vai se fazer entender. E quando ela me ligar, depois, posso fingir que é a melhor ideia do mundo.
— E você acha mesmo que é? — pergunto.
Ela suspira.
— Não, claro que não. Mas não é a pior. Eu votaria em você, e alguém precisa derrubar aquele homofóbico racista. Pode muito bem ser alguém como você. Mas também quero que esteja preparado para a realidade. Não sei nem se o cargo de prefeito é remunerado, e se for, não é muito. Não é um trabalho de período integral.
— Ah, nunca pensei nisso.
— E como eu, uma adulta, posso confiar em um adolescente para governar minha cidade?
Suspiro.
— Também não tenho uma boa resposta para isso.
— É aí que sua mãe vai quebrar suas pernas: nos detalhes. Como você vai pagar sua carreira? Vai morar na casa de sua mãe? Não estou julgando, muitos adolescentes moram por um tempo. Mas o mais importante é: o que você vai fazer se perder?
Desvio o olhar e encaro a árvore de Natal. Não sei o que vou fazer se perder. Poderia tentar começar uma faculdade no segundo semestre. Poderia fazer algum curso na faculdade comunitária. Ou será que conseguiria encontrar uma carreira na política local?

— Vou contar para mamãe logo, prometo. Mas, primeiro, acho melhor falar com a deputada Caudill.

— Sal, você não pode continuar contando para todo mundo, menos para sua mãe. Está só inventando desculpas.

Sacudo a cabeça e me levanto para ir embora. Antes de ir, dou um grande abraço em minha tia.

— Obrigado por me ouvir.

— Estou sempre aqui, se precisar de mim — diz ela. — Mas sua mãe também.

Balanço a cabeça.

— Veremos.

• Garotos Dourados •
GABRIEL + HEATH + REESE + SAL

> TÁ NEVANDOOOOOO
> vamos andar de trenó depois do nosso rolê hoje??
> ou fazer guerra de bola de neve! acabei de acabar o treino, mas acho que ainda consigo lançar umas boas bolas de neve — **H**
> vamo genteeeee

S | Não.

G | Não, foi mal.

R | Eu também não. 🖤

S | Temos uma agenda rígida.

> plmddssss vcs são insuportáveis sabiam? — **H**

CAPÍTULO 36

REESE

Neve. De novo.

Estamos na primeira semana de março, mais ou menos época em que enjoo da neve. E do frio. Ouvi dizer que o inverno em Nova York não é muito melhor que aqui, mas tenho fantasias comigo mesmo todo agasalhado, caminhando por uma parte isolada do Central Park, com a neve cobrindo as árvores e tudo parecendo estar dando certo.

Nesses devaneios, estou claramente sozinho. Porque sei que se escolher esse caminho, se entrar na faculdade de moda e me mudar para Nova York, terei que me despedir de Heath.

O barulho da caminhonete de Heath me tira do devaneio; sorrio e aceno para ele de minha varanda. Entro na caminhonete e deixo uma mochila embaixo de minhas pernas.

— Quer jogar isso lá atrás? — pergunta ele, mas recuso.

— Tenho uma carga inestimável aqui. O primeiro vestido desenhado e feito totalmente por mim.

Ele ri.

— Não acredito que você finalmente fez o vestido! E não acredito que vai desfilar para nós.

— É estranho demais? — pergunto.

Estou acostumado a me sentir vulnerável. Talvez seja coisa de artista, mas sempre que mostro meus designs ou desenhos, ou quando dei aos rapazes as pulseiras que fiz, sinto que estou me exibindo. Esta nova empreitada, por outro lado, me deixa tão fora de minha zona de conforto que a pressão está me matando.

Sinto que preciso provar algo com esse *look*. Claro, ainda não sei o que quero fazer da vida, mas estou me divertindo. E é só isso que importa, não é?

— Não é tão estranho assim — diz Heath. — Estou louco para ver o *look* completo. Você vai dublar alguma canção?

Reviro os olhos.

— Uma coisa de cada vez. Quero fazer um bom post no Instagram, talvez alguns no TikTok para mostrar o *look*.

— Precisa que eu faça os vídeos? — pergunta Heath.

Hesito.

— Eu já pedi a Sal, já que ele é, hmmm...

— Ele é muito melhor que eu com uma câmera. Não estou ofendido. — Ele ri. — Se seu show for cedo, talvez consigamos tirar fotos no quintal de Gabe.

— Primeiro, não quero me exibir para Gracemont inteira. Segundo, desde quando *você* o chama de Gabe?

Ele dá de ombros.

— Ando experimentando, acho que ele gosta mais. E ele mudou mesmo durante o verão. Aquele garoto não é mais Gabriel, é Gabe.

Quando chegamos à casa de *Gabriel,* vamos direto para a sala de recreação, no porão. Ele e Sal estão sentados em lados opostos do sofá, dividindo uma longa manta de tricô para manter as pernas aquecidas.

— Oi, gente — diz Gabriel. — Tenho que colocar umas coisinhas no forno. Desfile de *drag*, depois lanche, depois a primeira reunião do comitê de Sal Camilleri para prefeito, é isso?

— Agenda cheia hoje — digo, e rio. — Beleza, vou me arrumar.

Vou ao banheiro do porão e disponho todas as minhas coisas: pego a maquiagem que comprei em Paris – finalmente chegou a hora – e penduro o vestido no toalheiro. Ouço Gabriel subir a escada até a cozinha e, ao me olhar no espelho, vejo Sal chegando.

— Precisa de ajuda? — pergunta ele.

Pego o hidratante com cor e o passo uniformemente no rosto; depois, pego um bastão de cola e o passo nas sobrancelhas, para que fiquem para cima. Quando secar, vou cobri-las com base e desenhar outras totalmente diferentes. Essa é a técnica mais recente que tenho treinado, já que minhas sobrancelhas de menino têm começado a chamar muita atenção quando me monto.

— Acho que não, mas você pode supervisionar.

— Deixa comigo — diz ele, sentando-se no vaso sanitário.

Trabalho em silêncio, ignorando o leve tremor nas mãos enquanto passo o delineador líquido. Encosto a paleta de sombras no vestido para escolher um degradê que combine com todo o *look*.

— Está nervoso? — pergunta Sal enquanto escova suavemente minha peruca loura de dois andares.

— Sim e não. — Suspiro. — Eu sei que está bom; assisti a centenas de vídeos e fiquei muito mais confiante para encarar este trabalho como arte. Mas isso não significa que não seja, sei lá, *demais* para Heath, ou que as pessoas não pensem que não tenho ideia do que quero fazer da vida.

— Não é demais para Heath — diz Sal. — E, obviamente, para todos nós, tudo bem. Você se interessou por todos os tipos de arte ao longo dos anos; arte digital, pinturas a óleo e desenho... Não estou surpreso por estar se transformando em uma tela, de certa forma.

Dou uma risadinha.

— É, acho que é isso.

— Mas é bom você saber. Mamãe comentou com Gabriel algo sobre não querer que você vá de vestido ao baile — diz ele, apertando os dentes.

— Poxa, isso não é bom. — Abaixo o pincel. — Eu queria passar despercebido no baile de formatura, considerando o que aconteceu há alguns anos.

— Gabe e o Grupo de Defesa LGBTQIA+ estão lendo sobre leis e outras coisas. — Ele faz uma pausa. — Não entendi o veredicto, mas acho que você poderia ir de vestido, se quisesse.

— Eu não quero ir de vestido — digo. — Quero ir de smoking, com uma flor na lapela que combine com a de Heath, e dançar com ele sem que ninguém preste atenção na gente.

— Claro.

— Só quero ficar com ele. Não quero drama nem atenção.

— Eu sei — diz Sal. — E o grupo de Gabe está tentando cuidar das coisas nos bastidores para que todos possamos ter o baile que merecemos.

— Beleza — digo. — Agora saia! Tenho que trocar de roupa e me preparar para o desfile.

— Merda para você — diz Sal, sai e fecha a porta.

CAPÍTULO 37

HEATH

Quando Gabriel volta da cozinha, falamos sobre como está indo nosso março até agora. Meu relato é bem fácil: treinar, estudar, treinar, sair com Reese, treinar. O dele é mais variado, mas ele parece estar passando muito tempo com coisas extracurriculares de nosso grupo LGBTQIA+.

— Já convidou Reese para o baile? — pergunta ele. — Oficialmente?

— Não quero limitar minhas opções — brinco. — Mas não. Você não acha que ele espera um convite cheio de pompa, né?

Gabriel dá de ombros.

— Acho que você não tem que se preocupar com isso. Mas é melhor o convidar, antes que alguém o faça.

— Vou cuidar disso — digo. — E você? Vai convidar Matt?

— Não sei — admite. — Não temos conversado muito ultimamente, e tenho medo de saber a resposta.

— Você sabe que ele viria, se pudesse. Ou você poder ir ao dele!

Ele dá de ombros.

— Heath, é difícil demais; andamos perdendo as ligações um do outro e meu relacionamento agora parece feito totalmente das mensagens de voz que trocamos.

— Ah, sinto muito... — digo, e pouso a mão em seu joelho.

Tenho observado o relacionamento deles nos últimos meses. Queria aproveitar o que funcionasse para eles e aprender com coisas que não funcionassem, para que, se... *quando* Reese e eu estivermos longe, possamos fazer direito.

Mas eles estão fazendo tudo certinho. Só que não é o suficiente para Gabriel. E acho que tudo bem; às vezes, é difícil manter relacionamentos assim. Mas vê-los se distanciando, vendo suas prioridades mudarem e vendo Gabriel como está agora – taciturno, distraído e magoado – me faz pensar se valeria a pena tentar um namoro à distância.

— Te amo, Gabe — digo por fim. — Você vai superar isso.

— Você nunca me chama de Gabe!

— Quis experimentar. — Dou uma piscadinha. — Você é uma nova pessoa depois do verão.

— Obrigado — diz ele. — Gosto de ser chamado assim.

Sal volta e se senta conosco no sofá. Em um reflexo, vou para a beirada, deixando que Sal e Gabe se aninhem um no outro. Em um momento assim, eu e

Reese arregalaríamos os olhos, de modo que fico olhando para as duas mesinhas de centro da sala.

— Vamos juntar as mesas — digo. — Como uma passarela, em direção ao sofá.

— Meu Deus, claro — diz Gabe.

Pulamos do sofá e começamos a reorganizar os móveis. Fico surpreso com o peso dessas mesinhas de centro antigas. É menos esforço para mim do que para Gabe, mas logo começo a sentir a tensão no ombro. Depois de largar a primeira mesa e alinhá-la com a segunda, instintivamente esfrego meu braço.

— Você está bem? — pergunta Sal.

— A gente dá conta, mas obrigado por oferecer ajuda — responde Gabriel, sarcástico.

A ansiedade me domina, pois está ficando claro que meu ombro está piorando. Está demorando mais para aquecer e dói quase o tempo todo, e minha amplitude de movimento está bastante reduzida.

Sem movimento total, não posso lançar.

Sem lançar, não vou para a faculdade.

O suor pinica minha testa. Enquanto Gabe tagarela sobre algo, tento me recompor e respirar, apesar da dor. *Respirar por cima da dor.*

— Estão prontos para o show? — diz Reese, abrindo subitamente a porta do banheiro.

A luz ofusca os detalhes, e tudo que vejo é um vestido esvoaçante e o contorno de um cabelo grande de estilo antigo.

— Meu Deus, vocês montaram uma passarela de verdade? Eu nem tenho sapato de salto!

— Minha irmã deve ter deixado alguns sapatos aqui — diz Gabe. — Ela tem pés enormes.

— Não vou andar de salto pela primeira vez em cima de duas mesas de centro de 1920 — responde ele.

— Faz sentido — digo. — Ok, vamos dar uma olhada em você!

Reese dá passos lentos em direção à "passarela" e levanta o vestido para, descalço, subir na mesa. Sal pega o celular para gravar, mas Gabe e eu assistimos ao show. Reese desfila na passarela improvisada – nunca o imaginei como alguém que arrasaria na passarela, mas tenho certeza de que também nunca o imaginei de vestido –, e vejo os detalhes do *look* enquanto ele desfila.

É um vestido curto, azul-gelo, montado em torno de um corpete justo com formas geométricas saindo de todos os ângulos. Parece casual, mas sei que cada triângulo branco-azulado foi colocado no vestido com a intenção de criar um *look* forte e poderoso de rainha do gelo.

A maquiagem também está impecável – sombra esfumada de vários tons de azul, delineador gatinho que parece ter sido feito com tinta e uma pele impecável. É como uma versão melhorada do que vi no carro.

A peruca também melhorou muito em relação à que vi na caminhonete. Tem muito mais volume agora, o que deixa as proporções de seu corpo perfeitas.

Ele desfila na ponta dos pés, como se fingisse estar de salto. Quando desfila, há uma confiança que não vejo nele com frequência, e começo a entender o que as *drag queens* querem dizer com ter uma persona *drag* totalmente diferente.

— Não vão comentar nada? — pergunta Reese para quebrar o silêncio, e Gabe e eu rimos.

Sal continua batendo fotos e fazendo vídeos com seu celular; não tenho dúvidas de que vão ficar maravilhosas.

Reese dá outra volta pela "passarela" e gira um pouco rápido demais no final. Vejo que ele começa a perder o equilíbrio, então pulo para segurá-lo. Por sorte, a maior parte de seu peso cai no braço que não está latejando, e consigo levá-lo lentamente até o chão. Dou-lhe um selinho nos lábios, com cuidado para não estragar o batom.

— O que achou? — pergunta ele.

— Ficou incrível, meu amor.

Vendo-o assim, penso em sua vida em Nova York e em todas as coisas maravilhosas que estão por vir. Não sei se ele quer ser *drag* para tentar ser influenciador digital, ou se quer fazer shows como *drag* para maiores de dezoito anos na cena artística de Nova York. Mas não importa o que for, sei que ele vai arrasar.

Não penso que não estarei junto para curtir com ele.

• iMessage •
GABRIEL + MATT

> Já seguindo a conta da drag do Reese? **G**
> Sal tirou fotos incríveis dele, e já estão chamando a atenção. Ele ficou lindo pra caramba.

M Saí com amigos agora, mas vou olhar o mais rápido possível!
Queria que nossos grupos de amigos se conhecessem um dia. Acho que todos se dariam bem.

> Pois é. Acho que você só conheceu Sal, e foi um *caos*. **G**

M É, foi mesmo. Mas ele estava apaixonado por você, e não dá para culpar ele por isso.

> Não era amor, era uma codependência estranha que a gente tinha. Vai por mim, era bem tóxico. **G**

M Ah... OK.

Não me pareceu muito tóxico. Pareceu que seu amigo estava mal e que ele te procurou por ajuda.

Parecia amor para mim. Mas você conhece ele melhor que eu.

CAPÍTULO 38

GABRIEL

Depois do desfile *drag* improvisado, Reese coloca uma de suas *playlists* descontraídas, Heath e Sal afastam as mesas, eu subo para encher uma assadeira com todos os congelados que meu forno aguenta, e pego todos os molhos que consigo carregar.

Tento não pensar no que Matt disse. O que Sal e eu tínhamos não era amor, eu sei disso. Pelo menos, não de minha parte. Sempre o amei, mas não *desse* jeito. É possível amar alguém que nos impede de ser quem somos?

Quando desço, Sal está abrindo um cavalete e pondo nele um bloco de papel adesivo. Temos dois desses na escola, e não me surpreende que ele tenha pegado um emprestado.

— Obrigado pela comida — diz Sal, e pega um palito de muçarela.

Os outros agradecem e comem também, e quando me sento, começa a primeira reunião da campanha Sal para Prefeito.

— Beleza, obrigado por me ajudarem, pessoal. — Ele vai passando as páginas do bloco, até encontrar uma onde está escrito *Trabalho de base*. — Gabe, o primeiro *brainstorming* é com você. Como vamos divulgar a campanha?

— Ah... — digo, pois não percebi que seria colocado em evidência. — Bom... já contou para sua mãe? Acho que esse é o primeiro passo.

— Gabe...

— Desculpe — digo —, mas não posso fazer nada público sem que sua mãe saiba. E todos sabemos que se há alguém que pode ajudar na divulgação, esse alguém é ela. Sua mãe não cuidou da comunicação da deputada Caudill quando ela foi candidata?

— Eu sei, eu sei. Em nosso próximo papo sobre faculdade, vou contar. Deve ser amanhã. Ainda estou criando coragem.

Seu rosto está pálido e vejo um pouco daquela vulnerabilidade que *nunca* mais vimos. Ele deve estar bastante confuso. Então, começo a esboçar um plano.

— Ok. Vejamos, eu criaria uma página no Facebook para sua campanha.

— *Facebook*? — diz Heath. — Alguém ainda usa isso?

Sal intervém.

— Gabe tem razão. Posso ganhar votos dos mais jovem, porque o pessoal da escola me conhece, mas será mais difícil atrair pessoas da idade de nossos pais ou mais velhos; e é aí que entra o Facebook. É também onde o prefeito Green tem o maior alcance. Se eu abrir discussões com ele nos comentários, talvez consiga atrair mais pessoas para o meu lado.

— Exatamente — digo. — Depois, você vai participar dos dois desfiles deste ano: o de Gracemont, no Dia dos Fundadores, no verão, e o de volta as aulas, no outono. Podemos arrecadar dinheiro para fazer um carro alegórico ou alugar um daqueles carros chiques sem capota.

— Acho que seria elitista demais — interrompe Reese. — Acho que você conseguiria mais votos se fosse na traseira da caminhonete de Heath.

— Que é o *oposto* de elitista — diz Heath, e ri. — Mas fique à vontade. Os alunos do primeiro ano não podem ter carros no campus, e mesmo que eu não esteja aqui, minha caminhonete vai adorar.

Reese e Heath se entreolham por um momento, e um silêncio triste pesa no ar.

Quebro o constrangimento.

— Vamos pensar nisso, vou descobrir como as pessoas fazem essas coisas.

— Não chama a atenção nem nada, mas você deveria ir às reuniões do conselho municipal — digo. — Comece ouvindo as pessoas, suas preocupações, e veja se há algo que você possa fazer que o prefeito não possa. E fora isso, não sei... eu poderia tentar criar um financiamento coletivo, mas talvez haja leis e regras sobre arrecadação de dinheiro para campanhas políticas.

Sal termina de anotar minhas sugestões, vira-se para mim e me dá um sorriso doce.

— Obrigado, Gabe. — Ele vira para a próxima página. — Reese?

— Presente! — diz Reese, e se corrige. — Ah, não é a chamada, desculpe.

Reese procura na mochila seu caderno de desenho. Abre a página certa na primeira tentativa e a mostra para Sal.

— Dei uma olhada em... slogans e designs de campanhas até demais. As ideias que tive são bem básicas, mas acho legal colocar seu sobrenome no logo. Vamos criar o site SalParaPrefeito.com: é forte, e ficará bonito e bem legível nos cartazes.

— São todos ótimos, Reese — diz Sal. — Acho que gosto deste. O que vocês acham?

Discutimos sobre o logotipo durante uns minutos e, a seguir, Reese conclui com o que necessita para criar um site para Sal.

— Consigo terminar em um mês — diz Reese —, mas não farei nada enquanto você não contar à sua mãe. Você sabe como ela é sorrateira; tenho medo de que, se eu criar um site, ela receba algum alerta no celular.

— Anotado. — Sal ri. — Muito bem, só falta Heath.

— Eu não preparei nada — diz Heath.

— Sem problemas. Só preciso que você espalhe a notícia na escola assim que minha candidatura for anunciada. Convença as pessoas a acessar o site, andar no carro alegórico comigo e, basicamente, fazer minha imagem ficar mais legal. Também precisarei de uma petição assinada por muitos eleitores. Pode me ajudar a convencer o pessoal da escola a assinar a petição para que eu possa concorrer?

— Será uma honra — diz Heath.

— Ah, e Gabe, poderíamos fazer uma *newsletter* com link no site de Reese? Acho que as pessoas ainda usam isso.

— Claro — digo. — E posso ajudá-lo a criar conteúdo para isso. Tenho, tipo, uns oitenta mil e-mails de propaganda em uma pasta, de várias organizações de justiça social, e aposto que você recebe uma tonelada de e-mails de políticos. Podemos planejar isso.

Depois de uns trinta minutos de *brainstorming* e planejamento, Sal larga a caneta e suspira. Vai pegar o último palito de muçarela e se joga no sofá ao meu lado. Instintivamente, passo o braço em volta dele e ele se recosta em mim.

Mas logo tiro o braço e ele levanta a cabeça de meu ombro.

Verdade. Não fazemos mais isso.

Não posso deixar de pensar que Sal e eu pensamos exatamente a mesma coisa ao mesmo tempo. Fico vermelho e puxo os joelhos até o peito o mais casualmente que posso. Amor ou não, o que quer que tivéssemos era real. E, graças a Deus, nenhum dos dois quer começar com isso de novo.

CAPÍTULO 39

SAL

Heath tira o cavalete da frente da TV enquanto Reese desliga a música para vermos o último episódio da série a que estamos assistindo. Gabe e eu estamos a centímetros de distância, agindo como se tudo estivesse normal, como se nada houvesse acontecido. E, quer dizer, nada aconteceu!

Algo em Gabe nunca vai parar de me puxar para ele, eu sei disso. No verão, durante um momento de fraqueza, eu me senti tão atraído por ele que peguei um ônibus para Boston só para vê-lo.

Mas ele estava com outra pessoa. E *eu* estava atrapalhando. Ele ainda está com outra pessoa, e não posso atrapalhar de novo, independentemente de quanto ele signifique para mim.

Depois do episódio, Reese e Heath vão embora.

— Olha... aquela hora, eu... — começo.

E ao mesmo tempo Gabe diz:

— Nem acredito que coloquei meu braço em volta...

Paramos. Olhamos um para o outro.

— Velhos hábitos custam a morrer, Gabe.

Ele concorda.

— Não significou nada, né?

— Talvez nos sintamos atraídos um pelo outro quando estamos estressados. — Dou uma risada. — Aposto que é só isso.

— Não estou estressado — diz ele.

— Bom, então sou só eu. Andei ensaiando meu discurso para minha mãe a semana toda. Todas as noites antes de dormir, todas as manhãs no chuveiro, e não consigo convencer nem a mim mesmo de que o que estou fazendo é uma boa ideia.

Ele pousa a mão em meu braço, aperta e abre um sorriso gentil.

— Para ser sincero, não acho que o que você está fazendo seja inteligente. Não acho que é isso que você tem que defender diante de sua mãe. — Ele desliza a mão por meu braço até pegar a minha. — A lógica não vai vencer aqui, porque essa não é uma escolha lógica. É emocional, é algo que preocupa você, que você quer fazer e que *pode* fazer. Você pode tornar esta cidade melhor.

— Não tenho comparecido às reuniões da prefeitura porque não queria que alguém dissesse à minha mãe que eu estive lá. Mas baixei todas as minutas do site; todas as reclamações foram registradas, e o prefeito não fez nada. Nossos parques estão cheios de mato, deve ter uma pilha de cinquenta solicitações de alvarás na mesa dele que ele não assina, e a publicação mais recente sobre o estado da cidade é de 2012, logo após a eleição dele.

Gabe sorri.

— Você se importa mesmo com isso, né? Não é só um trampolim para você se tornar um representante estadual?

— Talvez um dia — diz ele. — Quem sabe. Mas, durante o verão todo, fiquei pensando naquelas pessoas que ligavam para o senador Wright e em quantas vezes dissemos que estavam sendo ouvidas e que a opinião delas era importante. Mas a verdade é que nunca foi importante. Ele votava segundo os próprios interesses, ou os interesses do partido. Cada voto era dado para que pudesse ficar bem na foto se um dia resolvesse se candidatar à presidência. Seus objetivos eram tão distantes de Ohio que ele nunca perguntou sobre as ligações que recebíamos. Nem uma única vez. E sei que nem todo mundo é assim; a deputada Caudill até ligava para os eleitores de vez em quando! Mas foi aí que percebi que queria ajudar as pessoas em Ohio. E essa me parece ser a melhor maneira de começar.

— Uau! — diz Gabe, soltando minha mão. — Sabe, eu acredito em você.

Dou de ombros.

— Acha que minha mãe vai aceitar, então?

— Ah, de jeito nenhum. Não a princípio, pelo menos. — Ele suspira. — Mas vai acabar mudando de ideia.

— E se não mudar?

Quando sinto as lágrimas marejando meus olhos, começo a arrumar minhas coisas. Puxo Gabe e o abraço antes de sair. É um abraço demorado, só um pouco mais do que o normal. Entre as muitas coisas que são minhas, ele não é uma delas. Não mais. Não como sempre foi.

Mas ele sempre será meu número um.

Jogo o cavalete e a mochila no porta-malas do carro e faço o curto trajeto de volta para casa. O suor pinica meu corpo, deixa o volante escorregadio e minhas axilas molhadas. Para ser totalmente honesto, talvez eu esteja gostando de Gabe. De novo. De *verdade*, desta vez.

Mas não há nada que eu possa fazer a respeito. Não; tenho que dar mais apoio a ele e a Matt, porque já quase estraguei tudo uma vez. Preciso ser melhor; não me aninhar nele por reflexo, não segurar sua mão, não dividir cobertas.

Não posso estragar isso.

Estaciono, desligo o carro e subo a escada para entrar. Quando abro a porta, vejo a casa quase toda escura, exceto por uma luz no escritório. Tranco a porta e vou depressa para a escada, mas fico paralisado quando ouço a voz de mamãe.

— Precisamos conversar. — Ela sai do escritório com um papel nas mãos. — Em que faculdades você se inscreveu?

— Como assim? — digo. — Na Universidade de Michigan.

— E onde mais?

Quando ela se aproxima, vejo que o papel que está segurando é a fatura do cartão de crédito. A fatura que provavelmente mostra a ela todas as faculdades nas quais não me inscrevi. Sinto um desejo intenso de sair correndo sem nunca olhar para trás, mas não posso continuar fugindo, não posso continuar mentindo.

— Em nenhuma outra. Podemos nos sentar?

— Estou bem em pé — diz ela. — Explique.

Deixo minha mochila no chão e ficamos cara a cara. Estou meio enjoado, meio tonto, e aperto os punhos. Penso em tudo que falei à minha tia, em todos os meus motivos para fazer o que fiz e guardar segredo, mas nada me parece certo.

— Não quero fazer faculdade — digo, com voz aguda, baixa e assustada. — Sei que esse não era nosso... *seu* plano para mim, mas não quero. Não posso passar quatro anos longe, pois já descobri qual é minha paixão.

Ela me encara, impassível.

— Há quanto tempo estamos nos dedicando a isso, Sal? Anos de preparação para exames, dezenas de visitas a universidades... A única coisa sobre a qual seu pai e eu conversávamos, quando você era bebê, era que nos asseguraríamos de que você tivesse todas as oportunidades para cursar uma faculdade. — Ela aperta o papel. — E você jogou tudo pela janela!

— É o *meu* futuro — digo. — Não vou perder quatro anos da minha vida por um pedaço de papel. No verão, vi a vida que eu poderia ter, e... e não quero isso.

— Você não pode ter um futuro sem esse "pedaço de papel", Sal — retruca ela. — Não me interessa o que você quer fazer; a menos que queira ser *drag queen* com Reese, você precisa de uma faculdade. Na verdade, Reese está fazendo tudo isso e *ainda* pretende fazer faculdade. Que parte disso tudo você não entendeu?

Pigarreio e falo:

— Tenho um plano.

— Não quero ouvir seu plano — diz ela. — Não consigo nem olhar para você. Não consigo falar com você. Você estragou tudo. Vou falar com a orientadora da escola para ver como podemos dar um jeito na situação, e em nossa próxima conversa sobre o assunto, é melhor você estar preparado para se inscrever em qualquer faculdade que o aceite.

— Mas...

— Mas nada. — Ela joga o extrato do cartão de crédito no chão. — Você está de castigo por mentir para mim. Nada de amigos, nem nada. Sugiro que faça umas pesquisas, porque vamos corrigir esse problema.

Ela sai furiosa e as lágrimas começam a fazer meus olhos arderem. Pensei que o problema era minha mãe o tempo todo, mas talvez ela esteja certa. Talvez o problema seja eu. Talvez eu não consiga fazer isso.

• Mensagem de voz •
GABRIEL + SAL

Acabou. Minha mãe já sabe que não me inscrevi em todas as faculdades que deveria. Ela disse que teremos uma conversa na terça-feira porque "não conseguia nem falar comigo" agora. Talvez eu deva desistir... sei lá. Eu quero ser prefeito, sei que seria bom, mas como posso fingir que tenho uma chance se nunca terei o voto nem da minha mãe?

Puxa, Sal, sinto muito. Não sei o que dizer, e acho que nada que eu diga vai ajudar agora. Mas acho... quero que saiba que, no fim das contas, ela não pode obrigar você a fazer nada que não queira, não é? Você vai fazer dezoito anos, e todos nós vamos trabalhar tanto por você que aposto que nem vai precisar do voto dela. Se ainda quiser fazer isso, faça. Ela pode não entender agora, mas talvez entenda quando você for empossado como prefeito.

Obrigado, Gabe. Eu quero isso de verdade, e sei que sou capaz. Mas não posso fazer isso sem ela. Ela quer que eu procure faculdades e que esteja preparado na terça-feira.

Então, esteja preparado. Se conseguiu fazer uma apresentação de PowerPoint para sair do armário aos onze anos, certamente conseguiria fazer uma ótima apresentação para convencê-la de que deseja se candidatar a prefeito.

CAPÍTULO 40

SAL

Desde que tudo deu errado no sábado à noite, estou entediado demais. Mesmo de castigo – só posso ir à escola e voltar para casa, sem *pit stops*, sem ver os rapazes, nada –, tenho a sensação de que mamãe gostaria que eu estivesse em qualquer lugar, menos aqui. Ela praticamente parou de fazer o jantar, que é algo que sempre adorou fazer, e já usamos todas as opções de *delivery* que Gracemont tem a oferecer nos últimos dias.

Quando estamos no mesmo cômodo, ela evita olhar para mim. Não de um jeito imaturo, mas ainda assim perceptível. Isso é o que mais dói, acho. Não pedi desculpas porque sei que não vai parecer sincero, então, seguimos nessa teimosia. Espero que isso acabe esta noite, durante nossa reunião marcada.

Não entendo por que ela simplesmente não arrancou o band-aid de uma vez e não me confrontou antes, mas agora que não há mais segredos, até que é bom um tempo para relaxar a tensão. Mas ela passou da raiva para esse estado de depressão esquisito com o qual eu não sei lidar.

Por isso, eu me escondo em meu quarto. Hoje, assim como todos os outros dias.

Vamos pedir pizza esta noite e sei que seremos forçados a conversar quando a comida chegar; então, por enquanto, fico só girando na cadeira da escrivaninha, esperando ociosamente até que o entregador chegue.

Os rapazes me mandaram algumas mensagens, mas não estou a fim de responder. Mais tarde vou contar como foi, mas não haverá muito a dizer. Sei que eu deveria ter contado a ela antes, mas não é uma coisa fácil de falar. Nós colecionamos folhetos de faculdades desde que eu estava no jardim de infância!

Suspiro e torço para que a dor no peito desapareça logo.

Passam-se alguns minutos, até que ouço o som familiar de um carro parando à entrada da garagem e sei que não posso mais evitar. Olho-me no espelho e ajeito minha gravata-borboleta. Comecei a amarrar esta como um hábito nervoso para passar o tempo, mas decidi ficar com ela. Para que minha mãe me leve a sério, é melhor eu me apresentar adequadamente.

Desço bem quando a campainha toca. Não ouço mamãe por perto, então abro a porta.

— Sal, meu garoto!

— Betty... quer dizer, deputada Caudill? — exclamo, surpreso.

— Acho que podemos deixar as formalidades de lado depois de tudo que passamos no verão, não é? — diz ela, e ri com satisfação.

Pego o casaco dela e o penduro no gancho atrás da porta.

— O tempo está *finalmente* melhorando, não é? Acho que a primavera vai chegar a qualquer momento.

— Claro... quer dizer, pois é. Está bem ameno.

Ela me olha com estranheza; enquanto vamos indo para a sala de jantar, ela diz:

— Sua mãe não disse que eu vinha?

— Na verdade, achei que fosse o entregador da pizza.

Ela dá uma gargalhada.

— Sabia que eu fazia isso antes de conhecer sua mãe na faculdade? Eu tinha um carro caindo aos pedaços, mas sempre pensei que tinha o melhor emprego de todos os meus amigos do ensino médio; ficava rodando a noite toda ouvindo música.

— Eu não sabia — digo.

Não vejo Betty há alguns meses, desde que saí do escritório dela na capital. Depois do fracasso do senador Wright em dirigir um programa de estágio, Betty interveio para assegurar que eu tirasse algo de bom daquela experiência. E tirei.

Foi quando percebi que, independentemente de quanto minha mãe quisesse que eu saísse de Ohio para o que ela chamava de "coisas maiores e melhores", eu poderia aplicar minha energia onde pudesse causar um impacto maior.

— Rachel! — exclama Betty quando mamãe entra na sala de jantar. — Como você está, querida?

Mamãe dá de ombros. Para qualquer outra pessoa, ela teria colocado sua máscara mais forte e corajosa e escondido sua angústia do mundo. Mas não para a deputada, que por acaso é sua amiga mais próxima há anos. Décadas.

— Tão bem quanto possível — diz ela, como se houvesse acabado de sofrer uma profunda perda pessoal.

— Coloco os pratos bons? — pergunto.

— Acho que temos uns pratos descartáveis naquele armário, acima do forno — diz mamãe com indiferença.

Betty olha para mim com espanto. Da última vez que ela veio jantar conosco, pouco antes de eu ir para a capital, mamãe preparou um banquete digno da realeza; teve até pavlova caseira de sobremesa. É *assim* que mamãe recebe visitas.

Claro que não há nada de errado em comer pizza em pratos descartáveis. Porra, quando comemos na casa de Gabe, às vezes pegamos as fatias tão rápido que nem precisamos de pratos. Mas o que está acontecendo aqui é um pedido de ajuda, e não sei se eu ou a deputada estamos preparados para responder.

Vou para a cozinha pegar pratos descartáveis, copos para a cerveja artesanal das redondezas que Betty trouxe e guardanapos. Fico atento para ver se consigo ouvir a conversa delas, mas parece que não estão conversando. Tudo é silêncio.

Quando a pizza chega, a tensão diminui um pouco. Até que minha mãe pigarreia e diz:

— Sal, acho que é hora de conversar. — Ela olha para mim pela primeira vez em três dias. — Convidei Betty para dar apoio moral a nós dois, mas como ela é uma pessoa que você admira e que obviamente fez faculdade, imaginei que ela poderia pôr um pouco de juízo nessa sua cabeça. Também consegui falar com a orientadora da escola, e ela disse que ainda dá tempo de você se inscrever em algumas faculdades, então nem tudo está perdido. É um pequeno contratempo, mas precisamos agir agora para corrigir a situação.

— Ah... — digo. Ambas estão olhando para mim, de modo que tomo a palavra enquanto posso. — Antes de falar sobre isso, tenho algo a dizer. Mamãe, deputada... quer dizer, Betty, desculpe... não quero fazer faculdade. Pelo menos não agora. Criei um plano diferente para mim, que me empolga um pouquinho mais.

— E quem mais sabe desse *plano*? — pergunta mamãe.

— Quem você acha? — respondo com brusquidão, mas quando o olhar ardente de mamãe pousa em mim, eu desvio o meu. — Os rapazes sabem. Sei que isso vai alimentar sua ideia de que eles são más influências, mas a verdade é que, como não me sentia à vontade para contar a você, contei a eles.

Mamãe começa a falar, mas Betty a interrompe.

— Então, primeiro, vamos ouvir esse plano.

— Eu poderia fazer faculdade de ciências políticas, história, comunicação ou qualquer outra coisa, mas o verão passado me mostrou que não sirvo para uma carreira política na capital. Pelo menos não agora.

— Primeiro — diz Betty —, tenho que discordar. Você se saiu muitíssimo bem no verão e acho que se encaixa perfeitamente nessa carreira. Mas você tem que querer entrar na política para chegar lá.

— E eu quero, sim, seguir carreira política — digo, e me viro para minha mãe —, mas não assim. A única coisa que eu adorei daquela experiência, além de fazer *cosplay* de jovem profissional na capital, foi conversar com pessoas daqui, de Ohio.

Pela primeira vez desde que me lembro, mamãe não intervém. Talvez esteja cansada demais, ou de saco cheio de tudo isto. Mas talvez... talvez esteja me ouvindo.

— Betty, não me sai da cabeça uma coisa que você disse no verão passado. Você falou que realmente acredita que seu distrito tem algumas das melhores pessoas do país.

Ela ri.

— Eu falo muito isso. *E* acredito de verdade.

— Mamãe, você sempre me pressionou a sair de Gracemont. Você queria que eu fosse fazer faculdade fora sem nem olhar para trás. Acho isso válido, mas, por enquanto, quero ficar. — Suspiro. — Quero concorrer à prefeitura de Gracemont. Quero mostrar ao prefeito Green que a comunidade daria um forte apoio a uma voz nova e progressista. Não posso deixá-lo concorrer sem oposição. Sei que a cidade é pequena, mas com um pouco de ajuda, acredito que seria uma boa disputa.

E... silêncio. Que beleza.

— Não sei como processar isso — diz minha mãe, por fim. — Quem colocou essa ideia na sua cabeça? Foi Gabriel?

— Não foi ninguém, mamãe. Talvez você se surpreenda, mas eu tenho meus próprios pensamentos e ideias.

Suas narinas se dilatam, mas eu fico firme. Passei tempo demais vivendo a vida de acordo com as regras dela.

Antes que eu possa dizer qualquer coisa, Betty intercede para acalmar as coisas.

— Não é a *pior* ideia do mundo — diz, de um jeito que me parece que ela não acredita nisso. Mas mamãe continua furiosa, claro. Betty segura a mão dela. — Não é como se ele quisesse se candidatar a governador, Rachel. Tem que admitir que Gracemont não tem um prefeito que realmente se importe com a cidade desde que você se mudou para cá.

— Isso é verdade — diz mamãe, e lágrimas brotam em seus olhos. — Mas é tão ridículo. *Prefeito*? O que um adolescente sabe de administração municipal?

Como é gostoso quando duas pessoas falam de você como se você não estivesse ali. Pigarreio e intervenho:

— Na verdade, sei bastante coisa. Participei das últimas reuniões do conselho municipal e é evidente que nosso atual prefeito está fazendo corpo mole. Eu teria que lidar com as queixas formais de Gracemont, encarar uma tonelada de burocracia, tipo licenças, alvarás, coisas assim, supervisionar todas as reuniões e selecionar minha equipe. Green deu cargos a seus velhos amigos brancos heterossexuais, mas eu posso dar lugar à diversidade de nossa cidade e corrigir problemas de verdade.

— É tudo muito bom, mas sinto que tudo que planejamos foi em vão, Sal. Todas as visitas a faculdades, o planejamento para o futuro. Você tem os mesmos objetivos desde os dez anos de idade e, sem dúvida, fez um trabalho maravilhoso pesquisando no Google o que um prefeito faz, mas me dá a impressão de que você está jogando fora suas ambições profissionais.

— Por que eu faria isso? — pergunto.

— Porque está com medo, talvez. Ou porque não quer deixar seus amigos. Ou porque o estágio na capital foi mais difícil do que você esperava. — Seus lábios tremem. — Porque você quer me magoar, talvez.

Mamãe esconde o rosto nas mãos; quando olho para Betty, confuso, ela dá de ombros.

— Um momento — digo.

Saio correndo da sala de jantar e subo a escada para pegar o cavalete com as anotações que fiz na reunião com os rapazes.

Quando volto, mamãe parece ter se recomposto um pouco. Ela toma um gole de cerveja e fica olhando para o nada.

— Fiz reuniões com os rapazes para planejar tudo. — Viro algumas páginas. — Aqui estão alguns designs de Reese que podemos usar para o logotipo; aqui está um plano de Gabe para obter apoio, e já temos um plano para engajar o maior número possível de alunos do ensino médio, e os demais que terão idade para votar na data da eleição.

Coloco o cavalete no chão e olho para minha mãe, que, pela primeira vez, sustenta meu olhar.

— Sei que você não concorda, mas é o que eu quero fazer. Se eu perder a eleição, tudo bem, vou pensar em outra coisa. Você me conhece, terei planos B, C, D e E, e um deles provavelmente será a faculdade! — Suspiro. — Pensei até em fazer faculdade comunitária, assim, poderia estudar meio período e trabalhar no governo local. Mas eu preciso de sua ajuda. Você entende de comunicação, conhece todos os repórteres daqui, sabe como fazer uma campanha. Betty me mostrou a campanha de comunicação que você fez quando ela foi candidata, foi incrível.

Nada.

— Eu preciso de você, mãe.

— Você não tem experiência — diz mamãe. — Você tem dezessete anos. As pessoas vão pensar que é uma piada.

— Talvez — diz Betty —, mas vamos pensar: ele fez estágio na capital; tem participado das reuniões municipais e aprendido sobre o funcionamento do governo local. E não esqueçamos que ele é presidente do conselho estudantil. Sei que parece bobagem, mas esta é uma cidade rural e ser prefeito é um trabalho de meio período. Gracemont não precisa de alguém com um currículo impressionante, precisa de alguém que se importe, que faça o que tem que ser feito. E depois de ver Sal trabalhando comigo no verão, sei que ele é capaz disso.

Betty olha para nós dois, até que mamãe toma o meio copo restante da cerveja em um gole só.

— Tá bom — diz ela. — Eu não concordo, mas não vou deixar que você faça papel de idiota por aí. Espero que esteja preparado, Sal.

— Eu também espero — diz Betty. — Acho que você é capaz, mas saiba que... saiba que a política de verdade é tensa, especialmente no âmbito local. Se você acha que ter sua mãe observando cada movimento seu é ruim, imagine uma comunidade inteira te observando, esperando um único passo em falso, ou criando um.

Antes que eu possa responder, mamãe intervém:

— Ele dá conta — diz ela. — De certa forma, treinamos para isso a vida inteira.

• Garotos Dourados •
GABRIEL + HEATH + REESE + SAL

S | Operação SalParaPrefeito tá voando.
Não foi uma conversa fácil, mas foi necessária.

R | Que orgulho! Vou criar algumas sugestões para o site o mais rápido possível

G | Vou criar a página no Facebook agora. Ainda preciso fazer umas pesquisas sobre angariação de fundos.

H | me dá uma prancheta que eu arranjo as assinaturas que você precisa! estamos com você, cara!! 📣📣📣

G | Orgulho de você, migo. 🖤

S | Valeu.

CAPÍTULO 41

REESE

Quinta-feira depois da escola, Heath me leva ao apartamento dele.

— Sei que você gosta de beisebol — digo —, mas queria que não tivesse tantos treinos este ano.

Ele ri.

— Isso vai me levar à faculdade, então não tenho escolha. Curiosamente, eles também não permitem faltas nos treinos na faculdade.

— Humm. Não me parece justo.

O trajeto da escola até o apartamento, na avenida principal, leva poucos minutos, não o suficiente para começar uma *playlist*; mas depois que entramos, ele me dá acesso por Bluetooth à caixa de som de seu quarto.

Normalmente, ficamos na minha casa, mas às vezes paramos na casa de Heath. O pai dele costuma chegar uns trinta minutos depois, então sempre tentamos aproveitar o tempo que passamos sozinhos.

Coloco a *playlist* de Heath e me jogo na cama. Ele se deita ao meu lado e, em poucos minutos, seus lábios estão nos meus. Ainda estou com frio, mas ele puxa as cobertas sobre nós, meu corpo para o dele, e o calor me toma por inteiro.

Meu corpo se encaixa no dele como uma peça de quebra-cabeça; ele passa o braço em volta de meu pescoço e entrelaçamos as pernas. E, por um instante, o tempo simplesmente para. Mal afastamos os lábios, mas sinto sua respiração em mim, e quando ele roça meu nariz com o seu, meu corpo começa a tremer. Ele me abraça mais forte e cola seus lábios nos meus de novo.

Entre os beijos, tento tirar sua camisa, mas quando chego ao ombro, ele segura meu braço para me impedir.

— Ah... desculpe — digo. — Não temos que...

— Não é isso — diz ele.

Depois de meu embaraço inicial, percebo que ele está se contorcendo de dor.

Ele tira a camisa devagar, deslizando-a cuidadosamente pelo braço direito. Pela maneira que faz isso, tenho a impressão de que está machucado. Parece que cada movimento com o braço direito dói como um soco.

— Heath, o que houve com o seu ombro?

Ele sacode a cabeça, mas ainda está apertando os dentes.

— Nada, só está dolorido por causa do treino.

— Deixa eu ver.

Eu me aproximo mais e sinto seu hálito quente em meu pescoço. Olho seu braço e ombro em busca de hematomas, mas nem sei o que estou procurando.

Devagar, coloco a mão em seu braço e massageio suavemente, até o ombro. Ele geme, e respira fundo quando chega à articulação do braço com o ombro. Tento de novo do pescoço para baixo, mas quando chego à articulação, ele segura minha mão.

— Por favor — diz ele.

— Já foi ao médico? — pergunto.

Ele suspira e desvia o olhar. Sei por que ele e o pai evitam ir a médicos, mas isso parece sério demais para ser ignorado.

— E se você tiver uma lesão? Tipo, grave? Não acha que vai piorar se não fizer nada?

— Eu conheço meu corpo, é totalmente normal. Ok, nunca aconteceu comigo, mas já me machuquei. Sério, não é nada com que se preocupar, Reese. — Ele pousa a mão em meu rosto. — Onde estávamos?

Reviro os olhos.

— Estávamos na parte em que você ia dizer a seu pai que precisa ir ao médico.

Ele fica pensando um tempo.

— Reese, não posso... não pode ser coisa séria.

— Eu sei — digo. — Provavelmente não é, mas você mal consegue levantar o braço acima da cabeça.

Ele gira o corpo e pega o celular, que está na mesa de cabeceira ao lado da cama. Todo o movimento que faz é com o braço esquerdo, que não está machucado. Sinto o pânico tomar conta de mim, porque se for algo sério, ele deve estar com dor há muito tempo.

Arranho levemente suas costas enquanto ele digita uma mensagem.

— Ah, merda. — Seu corpo fica rígido. — *Merda*!

— Que foi? — pergunto. — É o braço? Quer que eu pegue alguma coisa?

Ele sacode a cabeça.

— Não, não, não é isso. Meu Deus, que nojo!

— Que foi?

Ele se vira para mim e, com os olhos arregalados, diz:

— Papai não vai voltar para casa depois do trabalho. Ele tem um *encontro*.

Nada é mais broxante do que descobrir que seu pai vai ter um encontro. Vamos para a sala, coloco a *playlist* menos sexy que encontro e vou para a cozinha.

— Macarrão com queijo? — pergunto. — Quer nuggets em formato de dinossauro também?

— Tanto faz — diz ele dramaticamente. — Nada mais importa.

Reviro os olhos.

— Heath!

— Sim, eu preciso de nuggets em formato de dinossauro, não está vendo o meu estado?

Rio e vou até o sofá para lhe dar um refrigerante e um beijo. Dou outro beijo, porque mesmo tentando ser sensível, é meio impossível *não* beijar meu namorado gostoso quando ele está sem camisa.

— Sei que é duro para você, amor, mas isso é um bom sinal. Seu pai estava tão mal quando voltamos da viagem de verão que parecia que alguém tinha morrido. Ele deu o melhor de si, e se manteve firme quando me mostrou o apartamento... isso é muito bom para ele, apesar de ser meio nojento para você.

— É injusto querer que ele fique solteiro até eu ir para a faculdade? Quando eu estiver na Vanderbilt, ele pode fazer o que quiser. Acho que eu não deveria estar aqui para testemunhar isso.

Rio.

— É cem por cento injusto.

— Você já está do lado dela. "*Sandra, do trabalho*" — diz ele, em tom de deboche. — Eca!

Eu o ignoro e coloco uma panela com água no fogo. Assim que coloco os nuggets na air fryer, meu telefone vibra, então confiro.

O assunto faz minha frequência cardíaca disparar.

THE NEW SCHOOL — DECISÃO SOBRE SUA INSCRIÇÃO

— Meu Deus, tem como este dia piorar? — diz Heath, ainda debochando. — Mas os nuggets vão ajudar. Preciso manter o foco nos aspectos positivos.

Acho que respondo com algum tipo de grunhido, mas não tenho certeza, porque tenho a impressão de que estou sonhando.

Não consigo abrir esse e-mail agora. Se for um sim, vai tornar o dia de Heath ainda pior. Se for um não, Heath terá que *me* reconfortar, e não quero desviar a atenção do espetáculo que está acontecendo na sala.

Mas não posso deixar de abrir.

Abro o e-mail e, em um milissegundo, meus olhos escaneiam as palavras, o suficiente para saber o que diz:

> Parabéns da The New School! Você foi aceito no curso de Design de Moda da Parsons School of Design!

Olho para a sala, onde meu namorado fofo, engraçado, doce, pateta, irritante e perfeito está esparramado no sofá. Então, olho para meu celular, para o e-mail que contém todo meu futuro. Meu passaporte para Nova York. Meus sonhos de fazer design de moda. Uma vida fantástica, perfeita e maravilhosa a minha espera...

Mas meu coração se aperta, porque sei que essa vida sempre estará a milhares de quilômetros dele.

CAPÍTULO 42

GABRIEL

Para mim, final de março significa uma coisa só: falta apenas uma semana para eu receber a resposta da faculdade estadual de Ohio. E embora minhas expectativas sejam altas, tenho que continuar exercitando minha paciência. Felizmente, tenho outras coisas para ocupar meu tempo.

Para todos os outros, março é quando nossa escola atinge o pico de sua obsessão por esportes. Com a temporada de beisebol começando e a de basquete terminando, há opções para todos os fãs. Por exemplo, hoje, nossa última aula do dia foi cancelada para uma reunião obrigatória de incentivo... ao esporte. Aparentemente, é para ser um momento como a passagem da tocha olímpica; enquanto nos aproximamos do jogo final de nosso time de basquete, os times principais e reserva de beisebol e softbol são definidos.

Por mais que eu queira dar apoio a Heath, Cassie e eu temos outros planos.

A biblioteca está silenciosa quando entramos: as luzes estão apagadas e não vimos nenhum outro ser humano vindo para cá. Isso é bom; estamos meio que quebrando as regras.

— Queria que a srta. Orly confessasse — diz Cassie. — É estranho estar me esgueirando assim.

— Pois é — digo. — Mas tem algo rolando aqui. Só temos provas circunstanciais, precisamos de algo real. E se algo real existe, deve estar na sala dela.

Cassie e eu atravessamos as pilhas de livros e seguimos para a recepção. Existe uma possibilidade real de termos problemas por isso. *Qualquer* pessoa pode passar por aqui e nos ver. A bibliotecária pode voltar mais cedo da reunião. Um zelador pode aparecer. Ou alguém pode nos ver pelas câmeras de segurança.

— Você acha que eles monitoram as câmeras em tempo integral? — pergunto a Cassie.

— Se eu conheço esta escola, e acho que conheço, não devem ter dinheiro para segurança em tempo integral. Mas se acharem que está acontecendo alguma coisa e olharem a gravação... sim, estamos ferrados.

— Não vão olhar — digo, com uma confiança que não sinto. — Só se derrubarmos uma estante.

Cassie ri e vai para trás da mesa da srta. Orly.

— Não duvido que você seria capaz disso.

Atrás da mesa fica a sala principal da biblioteca, que é nosso objetivo. Se os livros não estão nas prateleiras nem nas mãos de outros alunos, onde mais poderiam estar?

A luz está acesa, por isso parece muito menos um assalto; mas ainda estou atento. Há uma tonelada de livros aqui ao lado de uma plastificadora.

— Ótimo, mais cópias de *O Sol é Para Todos* — diz Cassie em tom sarcástico. — Isso vai compensar todos os livros de autores negros que foram arrancados das prateleiras.

— Eu mostrei a meu pai a lista de leitura sugerida para este distrito e ele disse que era quase a mesma de quando estudou aqui. E isso foi, tipo, em 1999.

— Nossa, como os tempos... *não* mudam!

Há pilhas de livros por toda parte; tomamos cuidado para não encostar neles. Se houver qualquer sinal de que alguém esteve aqui, definitivamente vão olhar as câmeras de segurança, e uma delas está bem na minha cara.

— Olhe — diz Cassie. — Venha aqui.

Atravesso para o outro lado da sala estreita, atrás de uma mesa, onde há uma pilha de livros no chão. Pelas lombadas, vejo que é o que estamos procurando.

— Jason Reynolds, Nic Stone — lê Cassie.

— Adam Silvera, Juno Dawson — digo, mas a lista continua.

— Pois é, encontramos.

Suspiro.

— Parece que sim. Agora, será que conseguimos descobrir o motivo?

Analiso a pilha e vejo um pedaço de papel embaixo dela. Tomei cuidado para não tocar em nada até agora, mas o tempo está acabando e precisamos de respostas.

Desdobro o papel depois de tirá-lo baixo dos livros, e o que vejo é uma planilha de títulos. Há *muitos* livros listados e, olhando rapidamente, são todos do grupo de diversidade.

— Olhe o cabeçalho — diz Cassie. — *Lista de livros a serem retirados para investigação.*

— De onde veio isso? — pergunto, mas um barulho chama nossa atenção.

Minha ansiedade aumenta e minha frequência cardíaca dobra. Sinto uma dor no corpo, mas meus sentidos estão alertas. Dobro o papel depressa e o enfio no bolso de trás; não há tempo para enfiá-lo de volta sob a pilha de livros, precisamos sair agora.

Cassie tira fotos das pilhas de livros e dou uma última olhada para ter certeza de que nada parece ter sido mexido. Se perceberem a lista de livros faltando, talvez olhem as câmeras, mas é um risco que teremos que correr. Pego o braço de Cassie e a puxo para a saída.

Quando chegamos à biblioteca propriamente dita, as luzes estão acesas de novo. Não temos tempo para pensar.

— *Vá* — sussurro para Cassie, apontando para uma longa fileira de livros que pode nos separar do escritório e da mesa.

Entramos depressa entre as estantes enquanto prendo a respiração como se minha vida dependesse disso. Quando estamos parcialmente escondidos, ouço o som dos saltos da srta. Orly no piso, e nunca fiquei tão grato por estar de tênis.

Ficamos paralisados, respirando superficialmente enquanto a bibliotecária vai até sua mesa. Se ela se sentar, ficaremos presos aqui até ela sair. Mas se não...

Ela deixa um envelope em sua mesa e vai para a sala dos fundos, onde estávamos. Agora é a nossa chance.

Escapamos depressa pela porta da biblioteca e saímos no corredor.

— Nossa, foi emoção suficiente para mim. Será que todos os outros professores estão voltando?

— Não, acho que foi só ela. Todas as salas de aula estão vazias e não há ninguém nos corredores.

Ela suspira.

— Ótimo; vamos nos esconder na sala da srta. H até que a reunião acabe.

Já sãos e salvos na sala de aula, eu me sento no chão e encosto na parede.

— Jesus, acho que não respirei o tempo todo — digo.

— Nem me diga. — Cassie estremece. — Mas tudo bem, conseguimos. Me mostra a lista de novo.

Examinamos a lista, mas não há nada que indique de onde partiu aquela ideia. *Quem está liderando essa investigação?*, eu me pergunto.

— Acho que preciso falar com a mãe de Sal sobre isso — digo, mas Cassie sacode a cabeça.

— Se você a confrontar, ela saberá que pegamos a lista. — E suspira. — Vamos pensar, vamos pensar.

— Será que foi o superintendente? Obviamente, a bibliotecária foi instruída a procurar esses livros nas prateleiras e retirá-los. Todos os que ela pegou foram circulados, e acho que são os mesmos de nossa lista. Também, não é que tenhamos uma grande coleção de livros mais diversos também.

— Exato — diz ela. — Acho que pode ter sido o superintendente. Ou talvez a srta. Orly tenha encontrado essa lista na internet e a imprimiu por conta própria, sabe? Mas tem razão, parece que ela está separando todos para relatar a alguém. E o que exatamente significa "investigação"? Os livros só estavam lá, em um canto.

Nós nos entreolhamos; sacudo a cabeça lentamente.

— Acho que significa que, seja o que for, vai além desta escola.

CAPÍTULO 43

HEATH

Depois da reunião de incentivo, o time de beisebol precisa entrar no ônibus para mais um jogo fora de casa. Arrumo a mochila com meu equipamento, coloco-a no ombro bom e vou para o ônibus.

James, que está se adaptando a seu papel de lançador substituto do time com muita facilidade, senta-se atrás de mim.

— Hora do confronto com os Barton Springs Bulldogs — grita para o resto do ônibus. — Terão sorte se conseguirem rebater alguma bola nossa.

Reviro os olhos.

— Senta aí, James.

— Você não sabe se divertir — diz, e me dá um tapinha forte no ombro antes de se sentar. —Estamos muito bem ultimamente.

Estremeço.

— S-sim, eu sei.

Como papai esteve ocupado com seu encontro ontem e eu com Reese, não cheguei a lhe contar sobre meu ombro. Ainda espero que, de algum jeito, tudo se resolva sozinho, mas minha amplitude de movimento está diminuindo e agora dói o tempo todo. Os jogos estão ficando mais difíceis e meus números estão caindo – só um pouco.

Enfim, imagino James tomando meu lugar ainda este ano, não no próximo. Vejo a Vanderbilt dando sua bolsa de estudos para atletas a outra pessoa, e sem isso, eu nunca poderia pagar a faculdade. Nem sei se eu e papai conseguiríamos aprovação para um empréstimo tão grande.

Por isso, vou forçar, como sempre faço.

Durante o trajeto de vinte minutos até Barton Springs, olho pela janela observando os campos. Entre as duas cidades não há uma rodovia principal, só estradas secundárias, uma atrás da outra. Cada casa que passo me faz lembrar da minha antiga.

O ônibus dá um solavanco e meu ombro bate na janela. Respiro fundo.

— Está tudo bem? — pergunta James.

Eu me endireito.

— Sim, tudo bem. É que bati a cabeça na janela quando passamos naquela lombada.

Eu me volto para a janela, mas ele se senta ao meu lado.

— Há algo errado.

— Está tudo *bem*.

Apesar de meu tom de *por favor, me deixa m paz*, James fica e espera que eu me vire para ele. Quando nossos olhos se encontram, noto uma grande preocupação por trás de sua expressão.

— Eu... — Estou com a guarda baixa, e confio nele. — É meu ombro.

— Contou ao treinador? — pergunta ele.

Sacudo a cabeça.

— Podemos deixar isso para lá?

Normalmente, quando peço aos rapazes para abandonar um assunto que me incomoda, eles recusam. Cutucam e bisbilhotam até conseguirem o que querem. Mas minha amizade com James é diferente. Ele volta a seu lugar e me passa um frasco de Tylenol.

— Valeu — digo, e engulo dois comprimidos.

— Mas fale com o treinador, tá bom?

Descemos do ônibus em Barton Springs. Depois de uma rápida passada pelos vestiários, estamos em campo nos aquecendo. Apesar do frio, meu corpo está tão superaquecido que parece que estou em uma banheira de hidromassagem. Minha adrenalina subiu, e entre isso e o Tylenol, a dor diminuiu um pouco. Mas sei que vai doer, e *muito*, depois deste jogo.

O treinador me olha com desânimo, e me pergunto se é porque minhas bochechas estão coradas ou se ele percebeu que estou com dor. Faço uns aquecimentos, apertando os dentes quando estico o braço direito. Depois de algumas rotações, parte da amplitude de movimento volta e meu ombro parece um pouco menos tenso.

— James — diz o treinador Lee —, vá se aquecer com Arvin.

James faz beicinho.

— Mas eu queria lançar com Heath!

— Você terá a temporada toda para isso — diz o treinador. — Vá!

James vai, meio emburrado, e nos deixa a sós.

O treinador tira a luva de receptor da mochila e me joga uma bola.

— Vamos aquecer? — pergunta, apesar de não ser só uma sugestão.

É raro que eu me aqueça com o treinador Lee antes de um jogo. Talvez com o treinador-assistente, Roberts, se houver algo específico para treinar, mas até isso geralmente acontece só nos treinos.

Afasto-me um pouco, estimando a distância do lançador ao receptor. Olho em volta e vejo que os espectadores estão começando a se sentar nas arquibancadas. Mesmo sabendo que ninguém nesta escola rival está olhando em minha direção, sinto que todos os olhos estão em mim. Tento aliviar a tensão do rosto, mas ela não vai embora. Porque sei quanto vai doer daqui a pouco.

Mas o treinador está esperando, com a luva aberta e estendida, e quando nossos olhos se encontram, sei que não posso adiar mais.

Pego a bola, faço o movimento e uso o máximo possível de amplitude para lançar uma bola rápida. Dois problemas: um, não sai rápida. Dois, bate no chão pouco antes de chegar ao treinador. Ele a pega com a luva e a joga de volta para mim.

— De novo — diz.

— Tá bom — respondo. — Desculpe.

Respiro fundo. Preciso aprender a jogar *com* a lesão, não contra ela. Miro mais alto desta vez e lanço um *sidearm*. Uma onda de dor envolve meu braço, mas visivelmente menor que no último arremesso.

E acerto o alvo.

— Está tentando um novo estilo de lançamento? — pergunta o treinador com a voz inexpressiva, de modo que não sei dizer se isso é bom ou ruim.

— Já lancei *sidearm* antes — digo.

Ele concorda com a cabeça e diz:

— De novo!

Lanço de novo. Dessa vez, deveria ser um *slider*, mas não desliza como eu esperava. O treinador a pega na altura do rosto, mas não a joga de volta para mim.

— *Sidearm slider*? — pergunta. — É meio antiquado, não acha? Venha, vamos dar uma volta.

Ele tira a luva e a deixa sobre a bola de beisebol, e eu o sigo pela linha de falta em direção à cerca no campo esquerdo. Ele vai fazendo comentários bons sobre nosso jogador da terceira base e o *shortstop*, que estão aquecendo.

— Óbvio que não estranhei você lançar um *sidearm*. — Ele suspira. — Você já fez isso no último jogo e eu não disse nada. Mas é muito difícil de pegar, e tenho medo de que nosso novo receptor tenha problemas com isso.

— Ah — digo —, é tão diferente assim?

— Há uma razão para que não seja mais muito usado. Só vejo dois benefícios: é difícil para o receptor, e por isso, provavelmente você consiga derrubar alguns receptores com ele, como fez em nosso último jogo em casa. E é mais fácil para o ombro.

Fico vermelho.

— Entendi. Nada de *sidearms*, então.

O treinador se vira para mim, e eu me esforço para olhá-lo nos olhos e demonstrar uma confiança que, sinceramente, não tenho. Ele pousa a mão em meu ombro esquerdo e fala com franqueza:

— Preciso que você me diga o que há com seu braço.

Pronto. Aperto os dentes, mas tento demonstrar calma.

— Está meio dolorido — digo, mas sinto meu lábio tremer.

— Eu te conheço desde que você tinha dez anos. Sou seu treinador há sete anos, peguei o ensino médio no mesmo ano que você. — Ele me olha com uma expressão suave. — Pode se abrir comigo, Heath.

Ele continua segurando meu ombro e, por isso, não posso me virar. Sinto as lágrimas brotando em meus olhos, mas me obrigo a dizer a verdade.

— Tudo bem. Sim, é pior que isso. Sinto dor faz uns meses e ando tentando alongar mais antes de lançar, mas cada vez que jogo fica pior. Antes, doía só quando eu treinava, mas nas últimas semanas, sinto dor desde que acordo e aleatoriamente ao longo do dia. Tylenol não adianta. Estou ficando maluco com isso, não posso... o lance do plano de saúde é complicado, então, nem contei a meu pai. Ele insistiria para eu ir ao médico, mas eu só... E se eu precisar de cirurgia, treinador? Não podemos pagar, e aí, eu não poderia jogar pelo resto da temporada, e aí, não poderia entrar na Vanderbilt, e...

— *Heath* — diz o treinador —, você está machucado. A única maneira de melhorar é se tiver um diagnóstico correto, para que possamos iniciar o tratamento e te colocar de volta em campo.

Ele por fim solta meu braço bom, e eu me viro e começo o caminho de volta.

— Você não entende — digo. Sei que o que falo não faz muito sentido, mas ele não entende. — Qual é aquele ditado, mesmo? "Não adianta chorar pelo leite derramado."

Ele me alcança.

— É, mas isso não se aplica a *tudo*. Você não pode usar um ditado de merda para justificar se matar na quadra.

— Então, o que eu faço?

Eu me viro e o vejo massageando a têmpora devagar, perdido em pensamentos. Apesar da vulnerabilidade de dizer a ele que estou machucado, uma pequena parte de mim se sente aliviada.

— Conheço uma boa médica esportiva. Vou ver se ela pode vir ao treino semana que vem. Posso conseguir que a escola pague para ela vir examinar todos e dar dicas sobre como evitar lesões. Enquanto ela estiver aqui, vai atender você. — Ele suspira. — Conte a seu pai. Descubra que opções vocês têm pelo plano. Se ela disser que podemos cuidar disso com repouso, massagens, remédios, o que for, tudo bem. — Ele fica sério. — Mas se ela pedir um raio x ou sugerir cirurgia, não posso deixar você jogar até que fique bom. Não seria ético, e não vou deixar que um jogo provoque uma lesão permanente em você.

— E o que eu faço até lá? — pergunto.

— Fique no banco — diz ele, e meu coração se aperta. — Por enquanto. Descanse, faça compressas frias ou quentes, ou o que for que alivie a dor.

— Mas se eu não jogar

— Você vai jogar. Quando estiver pronto.

Afasto-me quando começo a chorar, e não sei se são lágrimas de dor, estresse ou alívio – provavelmente os três. Mas sei que ele está certo.

Ele vê que estou chorando e me puxa para um abraço de lado.

— Vamos superar isso, carinha. Aqui, ó — diz, dando-me seus óculos de sol.

Coloco-os depressa para esconder as lágrimas.

— Obrigado, treinador.

• Garotos Dourados •
GABRIEL + HEATH + REESE + SAL

> ENTREI!!!!!! — G
> Estadual de Ohio aí vou eu!!!!!!!!!

> H — Hahaha eles mandaram uma carta às 8 da manhã de um sábado??
> Enfim VOCÊ CONSEGUIU!!!!

> S — Não é surpresa, mas parabéns!

> R — 🎉🎉🎉

> S — Seu pai deve estar doido. Ele já colocou a bandeira da faculdade na frente da casa?

> Maluco é pouco... nunca vi ele tão feliz — G

> R — Contou pro Matt? Não lembro, mas essa tava na lista de faculdades dele também???

> Ele está feliz da vida por mim, mas não.
> Mas talvez ele vá pra Pitt, que não é longe.
> Muito mais perto do que agora, pelo menos... — G
> ENFIM, meu pai vai dar uma festa improvisada
> para a família esta noite. Por favor venham!!!

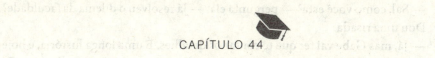

CAPÍTULO 44

SAL

Quando chego em frente à casa de Gabe, ouço a festa do outro lado da porta. Eles dão algumas festas por ano, mas como o tema de todas é esporte, geralmente dou um jeito de evitá-las.

Quando vou tocar a campainha, a porta se abre e Gabriel, radiante, com um moletom da estadual, aparece. Seu sorriso é tão doce e seus olhos tão cheios de alegria que sinto vontade de beijá-lo. Esse pensamento me surpreende; mas velhos hábitos custam a morrer.

— Parabéns, Gabe! Você está lindo.

— Ah, até parece! — diz ele, passando a mão pelo cabelo curto. — Estou de moletom e você de camisa e gravata-borboleta. Observação: não sabia que você tinha roupas vermelhas.

— Só esta gravata-borboleta, que nunca uso porque me deixa com cara de direitista.

— Faz sentido — diz Gabe, e ri. — Mas combina com o tema de hoje. Que bom que você veio... entre!

Aceno para a mãe de Gabe quando chego à sala; olho ao redor e reconheço a maioria dos parentes e amigos da família. Claro, estão todos com roupas da faculdade estadual de Ohio, mas nenhum deles parece dar atenção à minha roupa; todos já me viram o suficiente para saber que sou assim.

— Sal! — diz uma voz profunda e estrondosa atrás de mim. — Que bom que você veio!

O pai de Gabe vem até mim e me abraça. Eles são uma família que abraça, mas não estou acostumado com esse tipo de acolhimento. Devem estar muito animados.

Curtir este momento parece uma traição, visto que mal consigo me lembrar de meu próprio pai. Mas estou tão acostumado com o amor delicado da família de Gabriel que aproveito.

Quando ele me solta, alguém me abraça por trás; pelo cabelo comprido espalhado em volta de meu rosto, imagino que seja a irmã de Gabriel.

— Katie, não sabia que você estava aqui! — digo.

— Eu não poderia faltar — diz ela. — Posso perder um fim de semana de festas da faculdade para comemorar com meu irmãozinho.

— Isso é um grande gesto, vindo de você — diz Gabe, revirando os olhos.

— Sal, como você está? — pergunta ela. — Já resolveu o dilema da faculdade? Dou uma risada.

— Já, mas Gabe vai ter que te contar os detalhes. É uma longa história, e hoje é o dia dele. Ah, Gabe, mamãe mandou parabéns, e estes biscoitos de pasta de amendoim com chocolate. É nossa vizinha que faz, são muito bons.

— Eu fico com isso — diz seu pai —, e vou prová-los imediatamente.

Ele sai e a irmã de Gabe o segue para pegar um também.

— Não achei que sua mãe fosse me mandar parabéns — diz Gabe.

— Talvez ela esteja feliz porque um de nós vai para a faculdade — digo. — Mas ela está melhor ultimamente. E ficou feliz de verdade por você.

Ele suspira.

— Mas não vai ficar por muito tempo. Lembra aquela lista de livros proibidos que Cassie e eu encontramos na biblioteca? Temos que confrontar sua mãe sobre o assunto. Estamos tentando pensar em uma maneira de fazer isso sem sermos suspensos.

— Nossa — digo —, vai ser complicado. Mas lidar com essas coisas é o trabalho dela. Espero que ela consiga separar as coisas e lembrar que gosta de você como pessoa. Mas não pense nisso agora, curta sua festa.

— Tem razão — responde ele, e me puxa para um abraço de lado. — Assim que meus parentes forem embora, vamos beber o que minha irmã trouxe para comemorar. Quer ver se pode dormir aqui?

A última vez que dormi aqui, estávamos vivendo aquela coisa de amizade colorida. A ideia de beber sabendo que tenho que ficar longe dele parece impossível, mas não tenho escolha. Eu posso ser forte. Sempre sou.

— Claro! Vou ligar para minha mãe e pedir para me buscar amanhã de manhã.

CAPÍTULO 45

GABRIEL

É incrível a rapidez com que uma festa pode acontecer. Também é incrível que nenhuma dessas pessoas tivesse compromissos quando os convidei de manhã.

Embora nosso plano não seja beber até à noite, não posso dizer o mesmo sobre meu pai e alguns amigos ex-alunos dele. Heath e Reese passaram a maior parte da festa, até agora, na sala de jantar, longe do agito, mas Sal está ao meu lado o tempo todo.

Papai colocou um vídeo antigo da formatura dele; à medida que as imagens vão passando, começo a perceber o quanto minha vida vai mudar. Minha irmã sempre diz que algumas pessoas vivem seu auge no ensino médio, outras na faculdade e outras no mundo real; é evidente que papai viveu seu auge na faculdade.

— Aqui estamos! Os quatro colegas de quarto em uma imagem, finalmente — grita papai, pausando o DVD em um jogo da Faculdade Estadual de Michigan x Universidade de Michigan.

São quatro rapazes com roupas da estadual e colares de contas vermelhas, agitando bandeiras, com tinta vermelha e branca na bochecha.

— Queria ter notícias de Greg — diz papai sobre o amigo que está na imagem.

E começam a falar sobre a vida atual de seus velhos colegas de quarto.

Olhando para meu time de quatro pessoas, imagino como seria se fôssemos todos colegas de quarto na faculdade. Talvez fosse meio complicado, já que dois de nós namoram e os outros dois já ficaram, mas deve ser bom demais estar cercado por seus melhores amigos o tempo todo.

Minha irmã acena e indica a porta do porão – sinal de que podemos abandonar a festa, já que não tem mais nada a ver comigo, só com papai e seus amigos da faculdade. Levo os rapazes para baixo enquanto Katie vai pegar copos de plástico e coisas que trouxe para misturar com a bebida. Descemos e Reese põe uma *playlist* animada; Heath e Sal se acomodam nos sofás.

— Nunca teremos aquilo, né? — Aponto para cima. — É meio que um saco. Estou feliz porque cada um de nós vai realizar sua paixão, mas a faculdade será muito difícil sem vocês. E, tipo, nunca mais estaremos no mesmo lugar na mesma hora, não é?

— A gente vai ter os verões, né? — diz Heath. — E sempre nos visitaremos. Reese pode fazer um cronograma para nós. E quando nos formarmos, podemos planejar férias inteiras juntos.

— Não vai ser a mesma coisa — diz Reese, meio triste. — Acha que seremos assim? Acha que estes são nossos "dias dourados" e vamos nos reencontrar só para relembrar como éramos no ensino médio?

— Deus, espero que não — diz minha irmã enquanto desce a escada e distribui os copos. Ela pega garrafas de rum e vodca no banheiro, onde as escondeu. Enquanto enchemos nossos copos, ela continua: — Lembram da oradora da turma do ano passado? Eu amava aquela menina, mas o discurso dela não tinha nada a ver com o futuro. Ela ficou dizendo que olharíamos para trás e veríamos *estes dias* como se tivessem sido perfeitos. Se algum de vocês for o orador, vamos ensaiar o discurso para que não fique tão sentimental, beleza?

Dou uma risada.

— Combinado.

Sal pega um cobertor e se enrosca diante de mim na namoradeira. Coloco os pés para cima e os cubro com a outra ponta do cobertor. Enquanto minha irmã conversa sério com Reese sobre a nova persona *drag* dele e diz que ele *precisa* pegar alguns sapatos altos dela emprestados, eu converso com Sal.

— Não sei se vale de alguma coisa, mas estou feliz que você vai ficar em Ohio. — Dou um sorriso. — Sei que estarei ocupado com a faculdade e outras coisas, e você com a administração da cidade inteira, mas a gente não vai ficar tão sozinho.

— Estou feliz também. — É tudo o que Sal diz.

Ficamos conversando um tempo, até que o álcool deixa minhas bochechas coradas. Não estou bêbado, mas cheguei àquele momento em que tudo fica meio estranho, meio diferente. Minha irmã me passa uma garrafa de água e eu bebo.

— Ficou sabendo de mais alguma coisa sobre o baile? — pergunta Reese. — Não vai ter problema o Heath e eu irmos juntos, né?

— O Grupo de Defesa LGBTQIA+ vai cuidar de vocês — digo. — Cassie e eu estamos bem versados em seus direitos. Se tiverem qualquer problema, falem direto com um de nós. Deixaremos a mãe de Sal ciente de que vamos ficar de olho também.

— Ótimo — diz Heath, passando o braço em volta do namorado. — Eles não podem nos impedir. Além do mais, acho que a escola inteira sabe da gente e ninguém criou caso.

— Geralmente, não são os alunos que criam caso — diz Katie. — Se bem que havia uns babacas na minha turma, como você e Sal sabem. O superintendente é um caso sério, pelo que ouvi dizer, mas vocês têm direitos.

Reese se aconchega em Heath, que acaricia seu cabelo suavemente.

— Não é justo — diz Reese. — Ninguém mais precisa falar sobre essas coisas.

Toda essa conversa sobre o baile me dá vontade de chorar. Ando tão focado em meu Grupo de Defesa LGBTQIA+ que não pensei em como será o baile de formatura para mim. Mas é evidente: tenho um namorado, mas como ele está a horas de distância, irei ao baile sozinho.

Sal me chuta de leve sob as cobertas e murmura:

— Você está bem?

Dou de ombros.

— É só... o álcool está batendo. Estou me sentindo sozinho. Queria que Matt fosse ao baile comigo.

— Já o convidou? — pergunta Sal.

Sacudo a cabeça.

— Conversamos sobre isso no começo do ano, mas acho que não vai rolar. Não faria sentido; ele teria que vir de carro até aqui, ou de avião, e acho que meus pais não o deixariam dormir aqui.

— Acho que deixariam. Ele pode dormir no meu quarto — diz minha irmã baixinho, conspiratória. — Pelo menos é o que você diria a eles.

Rio.

— Jura?

— Você vai ter dezoito anos até lá, pode usar esse argumento. Eles sempre pegavam leve comigo quando os lembrava de que já era adulta.

— Convide Matt! — diz Heath, e Reese reforça.

Sal parece hesitante, e só acena levemente a cabeça.

— Vou convidar — digo, e vou para o banheiro com o celular para ter um pouco de silêncio.

Sento-me na beirada da banheira e o chamo por vídeo. Espero, espero, espero, e já vou desistir, quando ele atende.

— Gabe! — diz. — Como você está, meu amor?

Todo meu corpo fica mole quando vejo seu rosto do outro lado da tela. Parece que ele também está em uma festa; ouço muito barulho, mas abafado.

— Você está bêbado e no banheiro também?

Ele ri.

— Sim, estou na casa de um amigo.

— Estou com saudades, Matt.

— Também estou com saudades. Desculpe por perder suas chamadas; está tudo muito agitado com a escola, a banda e tudo mais. Mas chega disso; como está meu namorado futuro universitário?

Coro.

— Ótimo! Muito bem. Estávamos conversando sobre o ensino médio, a faculdade, o baile de formatura e um monte de outras coisas. Matt, quer ir ao baile comigo?

— Ah, eu adoraria, mas não sei se consigo.

— Mas eu nem disse a data — digo, e ele dá de ombros.

— Mande a data por mensagem e eu vejo no calendário; mas o mês de maio inteiro está uma loucura. Temos duas apresentações da banda, e não quero perder meu próprio baile de formatura, claro. — Ele suspira. — Meu Deus, que saudade!

— Então, vamos planejar algo. Nem que seja para nos encontrarmos no meio do fim de semana.

— Isso! — diz ele, entusiasmado. — Se conseguirmos que nossos pais autorizem uma viagem de três horas. Mas acho que sim.

— Eu também acho — digo. — Queria que você estivesse aqui agora.

— Eu queria que você estivesse *aqui* agora — ele suspira, de novo. — A coisa só vai ficar mais complicada, né? Quando estivermos na faculdade, nossa vida será ainda mais corrida.

— Eu sei. Que ódio — digo. — Mas eu te amo.

Ouço umas batidas do outro lado da tela e ele olha para a porta.

— Merda, estou sendo expulso do banheiro. A gente conversa depois, tá bom? Parabéns de novo, estou muito orgulhoso de você!

Desligamos, e embora nada de muito ruim tenha acontecido, começo a chorar.

Depois de alguns minutos, Sal põe a cabeça para dentro. Ergo meus olhos turvos, e ele entra e fecha a porta depressa. Ele me tira da borda da banheira e me faz sentar no chão, em frente ao vaso sanitário. E se senta ao meu lado.

Logo estou com a cabeça em seu colo, e ele abraça minha cintura. Acaricia meus cabelos com a mão livre e fica repetindo: *Vai ficar tudo bem. Vai ficar tudo bem. Vai ficar tudo bem.*

E, apesar de tudo, uma parte de mim acredita nele.

CAPÍTULO 46

REESE

Como bebemos um pouco demais, a festa logo termina. Em questão de minutos, estamos os quatro jogados pelo porão. Sal e Gabriel ocupam os dois sofás, Heath e eu dividimos um colchão velho e uma manta de tricô.

Estamos longe dos outros, de modo que podemos roubar uns beijos no escuro sem achar que estamos dando um espetáculo. Estamos de shorts e, enquanto nos abraçamos forte, sinto grande parte dele me pressionando.

— Tomara que um dia a gente consiga passar a noite juntos e *sozinhos* — sussurro para Heath. — Porque, meu Deus, queria fazer tanta coisa com você agora!

Ele ri.

— É, eu sei, mas aqui não dá para fazer nada, porque Sal e Gabe com certeza ouviriam e nunca mais conseguiriam nos olhar nos olhos.

— Ué, a gente teve que aguentar os dois se pegando durante anos.

Ele beija suavemente todo meu rosto, subindo por uma bochecha, descendo pelo nariz, e finalmente parando nos lábios.

— Só que o que *eu* quero fazer é ir um pouquinho além da pegação.

— Eu também — digo, e deixo alguns centímetros de espaço entre nós. — Talvez possamos dar um jeito na noite do baile.

— Clichê demais — diz ele, num tom atrevido. — Mas estou começando a entender o porquê.

Esfrego a testa em seu peito e respiro fundo.

— Você está bem? — pergunta ele.

— E se nossa única oportunidade for o baile? E se olharmos para trás, no futuro, e descobrirmos que o ensino médio foi nosso auge? O auge de *nós dois*.

— Você tem mania de chorar pelas coisas antes de perdê-las — responde Heath, e sua sabedoria ébria me faz sentir sóbrio. — Temos todo o tempo do mundo, tá bom?

— Entrei na Parsons — digo. — Não contei a ninguém, nem às minhas mães. Sei que todo mundo vai achar importante, mas não consigo fingir que estou feliz neste momento.

— Ah... — diz ele. — Uau, bom... Humm... que ótimo! É seu sonho, não é? Por que não está feliz?

— Você *sabe* por quê — digo, encostando minha testa na dele.

Ele me puxa para um beijo.

— Não vamos falar da gente, ok? Vamos apenas comemorar por você. Amanhã, depois do treino de beisebol, vou te levar para jantar.

Eu coro, porque, mesmo depois de quatro meses namorando Heath, o friozinho na barriga só ficou ainda mais intenso. E isso é tão especial... Não é normal, certo? Significa que devemos ficar juntos, né? Independentemente de qualquer coisa.

— Te amo, Heath. — Eu me viro e ele me envolve em um abraço apertado. Ele se apoia no ombro machucado, mas nem parece, de tão seguro que me sinto em seus braços. — Não importa o que aconteça, você sabe que sempre vou te amar.

CAPÍTULO 47

HEATH

Eu o abraço o mais forte que posso, apesar de meu ombro começar a doer.

Não quero soltá-lo nunca. Sei que não quero. Mas também sei que, algum dia, terei que soltar. Aos poucos, a dor no ombro vai se impondo; mas mesmo assim não vou largá-lo.

A dor vale a pena.

CAPÍTULO 48

HEATH

— Pessoal — o treinador se dirige a todo o time de beisebol —, pedi à dra. Sands que viesse conversar com todos sobre como se aquecer com segurança, como evitar lesões e o que fazer se alguém se machucar durante a temporada.

— Obrigada por me receber. Roberts, você poderia me mostrar como costumam fazer o aquecimento?

— Em geral, começamos só dando voltas — diz James, e ganha um olhar zangado do treinador-assistente. — Desculpe, mas é verdade!

A médica ri.

— Ok, vou mostrar alguns aquecimentos que vocês devem fazer antes de cada treino. *Antes* de dar voltas.

Fazemos alongamentos das pernas, focando especialmente nos isquiotibiais. Ela nos ensina a respirar durante os alongamentos.

— Cada um escolha um parceiro e façam direitinho. Como vocês correm muito, esse tipo de alongamento ajudará a evitar dor nas canelas.

Depois, fazemos alongamentos de braço; faço o melhor que posso. Vejo os olhos dela em mim o tempo todo e fico meio envergonhado.

— Vou dar umas dicas individualmente aos lançadores, pois eles correm um risco maior de lesões. — Ela se vira para Roberts. — Faça o aquecimento com eles. Quero que se alonguem e, depois, corram, tá bom?

— Pode deixar — resmunga ele.

— Você. — Ela aponta para mim. — E você. — Aponta para o treinador Lee. — Vamos falar sobre esse ombro.

O treinador nos leva até sua sala e, assim que a porta se fecha, a médica solta um longo suspiro.

— Treinador, se você e seu assistente continuarem assim, vão acabar perdendo metade do time por lesões — diz ela. — Todo mundo acha que, para jogar beisebol, não precisa de muito alongamento, mas precisa de *mais ainda*. Nesse tipo de esporte, o jogador precisa estar o mais aquecido possível, pois vai de zero a cem cinquenta vezes por jogo.

— Hum — digo. — Acho que nunca aqueci assim.

— Percebi — diz ela, apontando para meu ombro. — Ok, tire a camiseta e vamos dar uma olhada nesse ombro.

Tiro a camiseta e me sento em uma cadeira em frente à mesa do treinador. Ela gentilmente puxa minha cabeça para um lado e empurra meu ombro. Apalpa o músculo do pescoço até meu ombro. Estremeço algumas vezes, mas ela ainda não acertou o lugar exato...

— *Aii!* — grito. — É aí.

Estou acostumado a ver o treinador sempre composto, mas, neste momento, ele está roendo as unhas, estremecendo junto comigo.

— Há quanto tempo está com dor? — pergunta ela.

— Há uns meses. Notei pela primeira vez no início de janeiro, acho. Treinei muito naquela semana.

— Quanto? — pergunta ela.

— Vejamos... Eu passava duas horas nas gaiolas de rebatida, umas três ou quatro vezes por semana. Depois, treinava arremessos com meu pai no parque duas vezes por semana. Depois, fazia musculação às segundas, quartas e sextas-feiras.

— Descansou durante esse tempo?

Sacudo a cabeça.

— É que tenho uma grande oportunidade de conseguir a bolsa de estudos da Vanderbilt.

— Adoro a Vanderbilt — diz ela. — Fiz minha residência lá; eles têm uma ótima clínica de medicina esportiva.

— Tipo, como a primeira faculdade?

Ela sacode a cabeça.

— Não, acho que não. É só um bom hospital e bons médicos de medicina esportiva. Mas você não precisa se formar em medicina esportiva de início. Eu fiz biologia. Depois, a gente aprende as coisas boas na especialização de medicina.

— Ah — digo. — Não sabia.

— Teve alguma semana em que você treinou todos os dias, sem intervalo?

Dou de ombros.

— Na maioria das semanas, acho. Às vezes, eu tirava um dia de folga, mas percebi que podia fazer um pouco de alguma coisa todos os dias.

Ela cutuca e cutuca um pouco mais; quando termina, joga minha camiseta para mim e se apoia na mesa do treinador enquanto me visto devagar, estremecendo quando levanto o braço.

— Se isto fosse uma consulta médica de verdade, o que não é, oficialmente — ela dá uma piscadinha para o treinador —, eu diria que você tem síndrome do excesso de treinamento. Vou falar com seu pai e sugerir que ele compre um relaxante muscular e uma almofada térmica, se é que você ainda não tem uma.

— Tenho uma aqui que ele pode usar — diz o treinador Lee, tirando-a de uma gaveta e a entregando a mim.

— Quero que você passe em meu consultório para tomar uma injeção de cortisona. Peça a seu pai para ver com o plano, porque vai ajudar na inflamação. Tire as próximas duas semanas de folga; nada de jogos, de treino, de musculação, nada — prossegue ela. — Use a almofada térmica conforme necessário, beba muita água e pegue leve. Se melhorar, ligue para mim e conversaremos sobre suas opções, e o treinador e eu falaremos sobre como reintroduzir lentamente o beisebol em sua rotina. Se não melhorar... — Ela hesita. — Você pode ter rompido o manguito rotador, e vai precisar de uma ressonância magnética para confirmar. Se for um rompimento pequeno, precisará de um pouco mais de folga. Injeções de corticosteroides podem ajudar, e tem mais algumas coisas que podemos tentar. Cirurgia não está fora de questão, mas acho que saberemos disso a tempo. Se você tivesse levado esta situação muito mais longe, esta conversa seria muito diferente.

Absorvo todas as informações e, a seguir, pergunto ao treinador.

— E a Vanderbilt?

— Terei que relatar a eles — diz. — Estão esperando suas estatísticas de meio de temporada.

— Isso vai me tirar da disputa pela bolsa de estudos?

Ele sacode a cabeça.

— Não, lesões acontecem, tenho certeza de que eles vão entender. Eles só querem saber se você pode jogar. Vou falar com os treinadores, confie em mim.

E embora ele me peça confiança, parece tão inseguro que não sei se consigo confiar nele. Mas não tenho escolha. Gostando ou não, vou oficialmente para a lista de reserva dos lesionados. Todo meu futuro será decidido pelo que acontecer nas próximas duas semanas.

— Heath — diz o treinador —, seria bom você consultar um psicólogo que trabalhe com atletas. Se bem que acho difícil encontrar um que atenda pelo plano. Mas você está sob muito estresse por causa da Vanderbilt, acho que foi isso que te levou a treinar demais. É totalmente natural ficar ansioso, mas a terapia pode ajudar. Posso sugerir isso a seu pai também?

— Posso falar com meu amigo primeiro? — Suspiro, e *não* digo que não temos a mínima condição de pagar por um psicólogo. — Não sei bem o que penso sobre a terapia, mas meu amigo faz toda semana e sempre diz coisas boas. Talvez ele consiga me convencer a fazer.

A doutora concorda.

— Você vai dar conta.

— Então, está dispensado — diz o treinador Lee. — Não quero ver você na musculação por duas semanas. Vai ficar no banco nos próximos jogos e James vai substituí-lo, já que é o melhor que temos. Vamos nos falando por mensagem sobre seu progresso, e seja honesto, tá bom? Vou falar com o pessoal da Vanderbilt.

Agradeço a ambos e me dirijo à porta.

O treinador grita atrás de mim:

— Vamos dar um jeito, carinha.

— Eu quase acredito nisso. — Sorrio. — Obrigado, treinador.

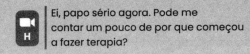

GABRIEL + HEATH

H: Ei, papo sério agora. Pode me contar um pouco de por que começou a fazer terapia?

G: Ah, claro! Comecei a perceber que estava muito ansioso quando entramos no ensino médio. No começo, ficava ansioso pouco antes das provas ou outras coisas estressantes, mas depois começou a ser o tempo todo. Eu tinha pensamentos sombrios e pessimistas, comecei a evitar eventos sociais.

H: E tudo melhorou depois que você começou a fazer terapia?

G: Quem dera. Passei muito tempo exercitando minhas experiências com a ansiedade e desaprendendo comportamentos que estavam me causando estresse. Mas algumas coisas ajudaram de cara, como uns aplicativos de meditação guiada que minha psicóloga indicou, que ajudam a me acalmar quando estou em momentos de pânico. Não é perfeito, mas ajuda muito. Você está querendo começar a fazer terapia?

H: Talvez. Não sei. Acho que tanta pressão assim está me afetando, e talvez esteja com uma lesão séria no ombro, e estou enlouquecendo com o lance da Vanderbilt e tudo mais. A médica disse que estou com síndrome do excesso de treinamento e que uma psicóloga que trabalhe com atletas pode me ajudar.

G: Bom, se precisar conversar sobre terapia, estou aqui. Talvez você ache estranho da primeira vez que for, mas vale a pena tentar.

H: Pois é, também acho.

CAPÍTULO 49

GABRIEL

Quando convoco a próxima reunião do Grupo de Defesa LGBTQIA+, começo a me perguntar qual o objetivo de tudo isso. Devido a "conflitos de agenda", somos só eu e Cassie, de novo, e não estamos nem perto de descobrir algo sobre a enigmática lista que surrupiamos da biblioteca.

— Talvez seja melhor eu a levar à sra. Camilleri — diz Cassie. — Ela é sempre extremamente formal perto de você, como se tivesse que provar que é uma profissional, não só a mãe de Sal.

— É, mas ainda teremos o mesmo problema: ela não será honesta conosco.

— Tentei pesquisar essa lista na internet, porque a bibliotecária poderia tê-la encontrado em algum lugar. Imaginei que talvez existisse uma rede clandestina de babacas que baniam livros compartilhando os títulos que precisassem investigar.

— Sério? — diz uma voz à porta.

Quando me volto para espiar, todo o sangue desaparece de meu rosto. A bibliotecária, srta. Orly, de cara fechada, fecha a porta e atravessa a sala até onde estamos Cassie e eu.

— Quanto você ouviu? — pergunto.

— Bastante. — Ela dá de ombros. — E é por isso que estou aqui. Que bom que podemos terminar esta conversa sem que vocês neguem que roubaram algo de mim.

— Mas nós não... — começa Cassie.

— Pode parar. A sra. Camilleri tem falado comigo há semanas sobre vocês dois, que não param de perguntar sobre os livros que tirei das prateleiras. E podem imaginar minha surpresa quando voltei da reunião e vi que minha lista tinha sumido. Sem falar que tenho certeza de que vi dois adolescentes saindo furtivamente da biblioteca.

— Você nos viu? — pergunto.

Cassie se inclina para a frente.

— E não nos denunciou?

— Ainda não — diz ela —, porque acho que vocês podem me ajudar. Eu sei que sou nova aqui, e provavelmente todos vocês eram amigos da última bibliotecária, mas isso não faz de mim uma inimiga.

— Mas você acabou de admitir que tirou os livros das prateleiras — digo.

— Tirei. Quem me deu essa lista foi o superintendente, que é uma das pessoas mais horríveis que já conheci. É uma lista que ele recebeu do prefeito. — Ela balança a cabeça. — A última bibliotecária foi demitida porque os pais reclamaram da postura dela, e estou fazendo de tudo para manter esses livros nas prateleiras.

— Então, por que não protestou, em vez de simplesmente tirá-los das prateleiras? — pergunta Cassie.

— Protestei, no começo, mas logo percebi o que ele estava pedindo. Eu precisava pegar todos os livros e revisá-los pessoalmente antes de colocá-los de volta nas prateleiras. — Ela joga as mãos para o alto. — Por isso tentei fazer por partes, para não tirar tudo ao mesmo tempo. Tenho que ler cada um e montar um relatório. É como se estivesse de novo no ensino médio, fazendo ficha de leitura. — Ela suspira. — Ser obrigada a isso faz meu sangue ferver, mas ele parece confiar em mim, e é por isso que alguns livros já voltaram. Só que ele fica mandando novas listas. Ele e o prefeito ficam procurando novos livros para "investigar". E só vai piorar, a menos que...

— A menos que o quê? — pergunto depois de um instante de silêncio.

— A menos que vocês encontrem uma maneira de vazar essa informação anonimamente.

Olho para Cassie, que dá de ombros.

— E se piorar? — pergunta Cassie.

— Vai, a princípio, mas isso precisa ir a público. Alguém está tentando banir esses livros, e vão *me* investigar quando tudo for divulgado. Mas se eu conseguir negar qualquer envolvimento de maneira convincente e eles não encontrarem nenhuma adulteração no meu computador, acho que ficarei bem.

— Sem dúvida, vou divulgar — digo. — Já estou me formando mesmo, então mesmo que cheguem a mim, o que podem fazer de pior?

— Te impedir de participar da formatura — diz Cassie, puxando-me de lado.

— Se for essa a razão de eu não poder participar, que ótimo. Para você, seu último ano pode virar um inferno, mas eu já estou com um pé na rua.

— Você não vai fazer isso sozinho — diz Cassie. — Talvez eu consiga entrar em contato anonimamente com alguns repórteres.

— Assim que for divulgado, a mãe de Sal saberá que fomos nós.

— Mas ela não vai ter nenhuma prova — diz a bibliotecária, interrompendo nossa discussão particular. — Mas saibam que ela está do nosso lado. Ela nem sempre demonstra, mas também está dividida entre fazer seu trabalho e resistir ao nosso superintendente terrível. Ela tem que parecer estar do lado da escola, mas, nos bastidores, já fez muita coisa. Mas enquanto ela parece feliz só de ficar remediando a situação, eu quero que uma mudança de verdade aconteça.

Pouco depois, a srta. Orly nos deixa sozinhos na sala.

— Acha que podemos confiar nela? — pergunto, por fim.

Cassie confirma.

— Eu gostaria de ter uma bibliotecária e uma vice-diretora que os enfrentasse publicamente, que não tivesse que ficar em cima do muro, porque é isso que elas estão fazendo.

— Pois é, agir nos bastidores, às vezes, significa que elas têm medo de fazer algo na frente das câmeras. — Dou um sorriso. — Mas ela nos deu permissão para jogar a merda no ventilador, e eu topo.

— Talvez, um dia, elas consigam lidar com as coisas sem que um bando de adolescentes tenha que cumprir a obrigação delas — diz ela, rindo. — Mas estou dentro. Vamos fazer uma denúncia anônima. Assim, ninguém vai poder tentar virar o jogo e argumentar que roubamos algo de propriedade da escola. Mas se você for lutar publicamente, também vou.

Batemos as mãos.

— Acho que nosso Grupo de Defesa em breve vai virar notícia.

CAPÍTULO 50

REESE

Todos os dias é a mesma rotina. Acordo, mando uma mensagem de bom-dia para Heath e passo meia hora no mundo do design. Às vezes, costurando mais uma parte do vestido em que estou trabalhando, às vezes desenhando.

Alguns dias, como hoje, só tenho energia para ficar olhando as redes sociais. Estou com o perfil *drag* no Instagram, que está começando a chamar um pouco de atenção. Nada viral, nada particularmente bem-sucedido, mas consigo mostrar alguns designs meus. Consegui algumas centenas de seguidores com isso, e espero ganhar mais; mas, por enquanto, só interajo com outros designers e mostro meu trabalho.

No último post, compartilhei alguns esboços do projeto em que estou trabalhando. Esse está meio fora de minha zona de conforto; é um *look* amarelo vibrante estilo Marilyn Monroe, uma silhueta clássica de Hollywood que me faz lembrar alguns projetos de meu colega de verão, Philip.

Quando pesquiso "Perucas Marilyn Monroe", surge um bilhão de resultados, e todos parecem iguais, mas tenho tido um pouco de dificuldade em encontrar boas perucas ultimamente. Mas não ando gastando muito dinheiro com elas, então deve ser por isso.

Não sei se tenho tecido suficiente para este vestido, mas resolvi postar o *look* mesmo assim, com a legenda: "Novidades! Esta garota acabou de entrar na The New School da Parsons Fashion Design BFA. Fiz outras inscrições, mas estou feliz com essa oportunidade".

Uso as *hashtags* que a faculdade sugeriu no e-mail, mostrando que entrei, e encerro o dia. Vou para o chuveiro, pois Heath chegará para me pegar em quinze minutos.

— Oi, gato — digo, quando ele abre a porta do carro para mim por dentro.

Quando ele puxa o braço, vejo-o estremecer.

— Reesey — diz, esboçando um sorriso rápido. — Tudo bem?

— Melhorou um pouco? — pergunto sobre o ombro. — Está descansando há uma semana, né?

Ele sacode a cabeça.

— Não melhorou, mas o treinador não parece preocupado. Ainda.

— Que bom que você está pegando leve.

— Não tenho escolha. — Ele dá de ombros e continua dirigindo para a escola. — O treinador disse que não poderei voltar se não fizer o que a médica mandou.

Andei pesquisado tanto no Google sobre lesões no manguito rotador que agora só vejo anúncios de analgésicos.

— É, o algoritmo sabe de tudo. — Rio, mas faz-se um silêncio constrangedor dentro da caminhonete. — Está preocupado?

Quando ele para em um semáforo, enxuga as mãos suadas na calça jeans. Vira-se para mim com um olhar neutro e diz:

— Sim, bem preocupado, na real. Mas vou começar a fazer terapia semana que vem.

— Que ótimo! Talvez descansar e lidar com o estresse seja tudo de que você precisa para ficar bom — digo.

Gostaria de poder dizer a ele que tudo vai dar certo, mas não sabemos disso. Então, apenas pouso a mão na perna dele e a deixo ali até que chegamos à escola.

O dia passa devagar; fico checando distraidamente as notificações do Instagram. Na hora do almoço, já posso dizer com segurança que meu último post começou a chamar a atenção; consegui uns dez seguidores novos usando as *hashtags* da The New School. Recebi algumas DMs de outros calouros me perguntando onde pretendo morar quando for para lá, que aulas farei e se podemos nos encontrar para um café em um dos dias de orientação.

Enquanto caminho pelos corredores, pela primeira vez percebo como são pequenos. Como, durante o ano letivo, toda minha vida se restringe a este edifício. No verão passado, pude ver como o mundo real é grande. E hoje mesmo, conversei mais com estranhos graças às *hashtags* da faculdade do que com gente aqui da escola.

Eu e esses estranhos... estamos fazendo a mesma coisa. Saindo do ensino médio para explorar algo mais emocionante, um curso feito sob medida para nós. E percebo que, daqui a alguns meses, talvez nunca mais veja muitas pessoas daqui.

Também percebo que, tirando os rapazes, estou cem por cento tranquilo com isso.

CAPÍTULO 51

SAL

— Já entrou? — pergunta minha mãe assim que entro em seu escritório.

— Ainda não — digo, equilibrando meu notebook em uma mão enquanto fecho a porta com a outra. — Mas Reese disse que colocaria assim que chegasse em casa.

Atualizo a página SalParaPrefeito.com de novo e de novo, mas só dá mensagem de erro. Assim que o site estiver no ar, minha campanha começará oficialmente.

Mamãe abre o frigobar, pega duas Cocas e me dá uma. Pego a lata e a abro. Vou precisar de tanta cafeína quanto possível. Não que *isso* signifique alguma coisa. Ainda temos que... saber divulgar o site para as pessoas. Mas, mesmo assim, é empolgante.

E minha mãe voltou a falar comigo. Ainda está me importunando por causa da faculdade, implorando para eu fazer alguma, já que ser prefeito de uma cidadezinha não é um trabalho de tempo integral. Mas está aceitando a ideia, pelo menos. E estou pensando em fazer algumas aulas na faculdade comunitária, aqui perto.

Estamos chegando a um consenso, algo que nunca esperei de nenhum de nós.

— Olhe de novo — diz ela, impaciente.

— Reese acabou de sair! — explico. — Dê um tempo a ele.

— Tudo bem. Tenho comunicados à imprensa para mandar por e-mail a todos os jornalistas que conheço.

Meu rosto queima de vergonha.

— Você acha que eles vão ficar se perguntando por que minha *mãe* está fazendo minha assessoria de imprensa?

Ela pensa por um segundo.

— Não, não acho. E mesmo que perguntem, é melhor que saibam que estou te ajudando. Às vezes, o silêncio fala mais do que mil palavras, então se eles descobrissem que não te ajudo publicamente, poderiam facilmente questionar se apoio sua decisão.

Concordo, pensando no plano pequeno, mas forte, que apresentei em meu site. Depois de discutir sobre isso com mamãe e Betty, reduzimos o plano a três pontos-chave.

> 1. Usarei minha experiência como presidente do conselho estudantil para resolver os muitos problemas que nossa cidade enfrenta. O atual prefeito não libera uma única licença há seis semanas, mas eu nunca deixarei que solicitações importantes se acumulem em minha mesa.

2. Em resposta ao aumento da população de nosso vilarejo, vou me esforçar para tornar Gracemont um lugar mais acolhedor, expandindo os recursos da área de diversidade e inclusão de nossa biblioteca, criando o primeiro Festival do Orgulho de Gracemont já no próximo mês de junho e muito mais.

3. Os parques de nossa cidade estão em mau estado. No primeiro ano no cargo, pretendo liderar e participar de um programa de voluntariado para limpá-los, trabalhar com cultivadores locais para plantar mais árvores e unir a comunidade. (Com a ajuda de Gabriel!)

Tranquilo. Eu tinha mais ideias, mas Betty me obrigou a me ater a três. Posso revelar mais durante a campanha, mas ela disse que focar em algumas mensagens-chave nos estágios iniciais deve me render as (trezentas) assinaturas de que precisarei para me lançar como candidato.

— E agora? — pergunta mamãe, e eu dou um grunhido.

Ela nunca foi impaciente, então tudo isto deve a estar afetando muito.

— Vamos ver. — Atualizo a página e surge meu logotipo *Sal para Prefeito*. — Está no ar!

— Deixe-me ver! — diz mamãe, e digita o link em seu navegador. — Vou ver aqui.

— Está acontecendo mesmo.

— Ficou bem profissional. Acho que nosso atual prefeito nem tem site. — Ela sorri. — Mas vai precisar de um, depois disso.

— Agora é sério, não é? — pergunto, e mamãe concorda.

Abaixamos a cabeça e, eu em meu computador e mamãe no dela, começamos a digitar rápido, e isso me lembra um pouco a energia do Congresso, só que sem todo o trauma e a linda arquitetura.

Mando links para os rapazes e os instruo *"Vamos! Vamos! Vamos!"*. Todos respondem na mesma hora, dizendo que já estão compartilhando com todo mundo que conhecem.

Meu celular vibra; é Gabe me ligando. Atendo à chamada.

— Sal! Só queria que você soubesse que já tem quatro assinaturas no formulário *on-line*.

Olho para minha mãe, espantado.

— Mas faz só dois minutos!

— Vou ler a lista para você: Gabe, Heath, Reese...

— E eu — diz mamãe, sorrindo.

— Foram quatro, faltam duzentos e noventa e seis! — digo.

— Duzentos e noventa e cinco! Minha irmã acabou de assinar. — Ele ri. — Reese e eu faremos nossa família inteira assinar. A pessoa só precisa fazer dezoito anos até novembro e morar aqui, não é?

— Isso — digo.
— Vamos conseguir rapidinho — diz mamãe.

Desligo e sinto um friozinho na barriga pela primeira vez desde que saí da capital. É algo que posso conquistar. A sensação é de que estou na direção certa.

Tudo... tudo parece certo.

• iMessage •
GABRIEL + SAL

Tô indo pra Pittsburgh agora me encontrar com o Matt (Eba!)
Não vou poder ficar conferindo as assinaturas, mas em uma semana, já conseguimos 185! É só a gente começar a bater em algumas portas e logo chegaremos a 300! | G

S | Obrigado, mas pare de ficar olhando! Você tá indo ver seu namorado, tá oficialmente de folga. Vá se divertir!

Nem acredito que tá rolando mesmo
Nem parece de verdade.
Nossa, como eu tô com saudade dele!
Desculpa! Exagerei? | G

[Sal está digitando...]

Sal? | G

S | Nada, é só que eu tô muito feliz por você.

CAPÍTULO 52

GABRIEL

São só umas três horas de carro até Pittsburgh, mas, ansioso, percebo que estou carregando o carro com tudo que eu poderia precisar. Estou de camiseta – está fazendo calor demais para o inverno, e isso me dá esperanças para a primavera –, mas jogo um moletom e uma blusa de lã no carro. (Processo de pensamento: se ficar com frio no carro, coloco o moletom; se ficar com frio no encontro, coloco a blusa de lã. Gênio.)

Mamãe e papai apontam para vários salgadinhos que eu poderia querer ou necessitar, e acabo pegando todos. Só por via das dúvidas. Fecho a mochila, aceno e começa minha viagem para encontrar Matt.

Minhas mãos já estão suadas. Penso em ligar para um dos rapazes, só para controlar o nervosismo, mas antes que eu possa fazer isso, recebo uma ligação de Cassie.

— Bem na hora — digo. — Acabei de pegar a estrada para Pittsburgh e já estou entediado.

Ela ri.

— Só queria falar em que pé está o lance da missão biblioteca.

— Diga.

Ela limpa a garganta.

— Ontem à noite, comecei a fazer uma lista de repórteres locais que já escreveram sobre questões escolares, de justiça social, esses rolês. A lista não é muito grande, mas, mesmo assim, mandei a todos um e-mail, de um endereço antigo que tenho, com um resumo do que está acontecendo.

— Deu sorte? — pergunto, esperançoso.

— Na real, sim. Eu ia criar um site para isso, mas parece que o Canal Quatro quer fazer uma matéria e concordou em postar a lista completa no site deles, sem revelar a fonte.

— Mas foi a srta. Orly que escreveu naquele pedaço de papel, não foi? Não ficará óbvio que foi ela que vazou a informação ou que alguém a roubou da biblioteca? — Engulo em seco. — E se eles decidirem olhar as fitas de...

Ela ri.

— Já resolvemos isso também. Concordei em mandar para eles uma foto da lista como prova e eles vão digitá-la.

— Legal, isso resolve. O que mais falta?

— A sra. Camilleri é meio que uma incógnita. Acho que ela conseguiria somar dois mais dois depressa. — Ela suspira. — Mas não teria provas, então acho que não pode fazer nada contra nós com base em um palpite, né?

Pego a rodovia, e o som do pisca-pisca preenche o silêncio enquanto penso na situação.

— A mãe de Sal pode fazer o que ela quiser, tenho certeza.

— Há outra coisa. Também tem a ver com a mãe dele.

— Diga.

— O repórter que está interessado na história é o mesmo que fez aquela reportagem quando a mãe de Sal se comprometeu a promover os direitos LGBTQIA+ na escola. Ele vai pedir um comentário dela, e o ângulo pode não a favorecer muito. Eu sei que Sal é seu amigo, por isso, queria que você soubesse.

— Entendo, mas acho que não temos escolha. É o ângulo mais forte que temos; ela prometeu lutar por nós, mas recuou. Agora, vamos ver se ela fica do lado do superintendente ou do nosso.

A pausa do outro lado da linha é longa; mas quando Cassie fala de novo, a incerteza já desapareceu de sua voz.

— Então vamos — diz.

— Vamos. Um brinde a uma possível expulsão!

Ela ri.

— Nem *brinque* com isso.

Desligamos e coloco uma das *playlists* de Reese. Essa se chama *Sonho Típico de Comédia Romântica,* ele a criou quando começou a namorar Heath. É uma graça, quase de arrepiar, e tem o tipo de alegria que preciso injetar em minhas veias agora.

Porque, pela segunda vez desde que nos despedimos no verão passado, vou ver meu namorado.

...

Paro em um estacionamento em Pittsburgh. Matt está me esperando na frente, então como minha barrinha de cereais, pego minha blusa de lã e vou para a entrada.

Ao sair, olho para cima e para baixo na rua, até vê-lo. Cabelo louro-avermelhado, olhos azuis penetrantes e o sorriso gentil que sempre me deixa com as pernas bambas. Não tem sido fácil, mas a emoção e alegria que sinto ao vê-lo em carne e osso é diferente de tudo que já senti antes.

Corro para ele e me jogo em seus braços, que instantaneamente me apertam. Enterro o rosto no ponto macio entre seu pescoço e ombro e, depois de um tempo, afasto-me para olhar para ele.

Ele me dá um beijo doce, e não consigo evitar o sorriso que acaba com minha expressão amuada.

— Você está aqui... — diz ele.

— E você também — respondo.
— Café?
— *Por favor* — imploro.

Caminhamos pelas ruas de Pittsburgh, passando por nada menos do que vinte pessoas com camisetas dos Pittsburgh Steelers, apesar de não ser temporada de futebol americano e ser um dia de semana. (Ou será que isso é considerado roupa de trabalho em Pittsburgh? Quem sou eu para julgar outras culturas?)

Quando finalmente encontramos uma cafeteria, Matt abre a porta para mim. Entro e jogo minha blusa de lã em uma poltrona de dois lugares perto da janela, enquanto Matt vai buscar nossas bebidas.

Ele me entrega a minha e eu a seguro com força, na esperança de que um pouco do calor retorne aos meus dedos. Foi uma viagem longa e costumo ficar nervoso mesmo quando a viagem não é particularmente estressante; por isso, o copo quente é fundamental para fazer o sangue voltar às minhas extremidades.

— Como foi na estrada? — pergunta ele.

Dou de ombros.

— Longa, mas tranquila. E a sua?

Ele suspira.

— Nada boa. Muitos acidentes hoje, e o trânsito está terrível.

— Putz... — Pouso a mão na dele e dou um sorriso. — Mas, pelo menos, estamos juntos agora, finalmente.

Ele sorri também, e tomamos o café em silêncio. Conversamos todos os dias, de uma forma ou de outra, e nunca temos problemas para arranjar assunto. Mas hoje está meio diferente; cheio de silêncios estranhos, das paradas e retomadas que tínhamos quando começamos a namorar.

— Lamento pelo baile de formatura — diz ele. — Pesquisei, e os nossos bailes serão no mesmo dia de maio; não teria como, de qualquer maneira. Imagino que você não gostaria de perder o último grande baile com os rapazes, e eu sinto o mesmo em relação aos meus amigos.

— Claro. Realista. — Forço uma risada seca.

— Tem falado com Art ou Tiffany? — pergunta ele, referindo-se aos nossos amigos do programa de voluntariado. — Não falo com eles há séculos. Mas acabei de falar com nossa chefe do Save the Trees, Ali. Ela vai escrever uma carta de recomendação para uma das faculdades em que me inscrevi.

— Que ótimo! — digo. — Eu pedi a Laura que escrevesse a minha quando me inscrevi na estadual de Ohio.

Ele levanta a xícara de café como se fosse um brinde.

— A propósito, parabéns.

— Obrigado. Enfim... não, faz tempo que não falo com Art ou Tiffany. É triste, não é? — Suspiro. — Aquelas pessoas foram nosso colete salva-vidas por três meses e, agora, é como se... tudo bem, voltamos à vida de antes.

— Faz parte da vida, eu acho. — Uma expressão triste surge em seu rosto. — As pessoas seguem a vida. Aquele verão foi especial, mas é difícil manter contato e se inscrever em faculdades e planejar o resto da vida.

— Pelo menos vejo o que Tiffany anda fazendo; mas Art não tem redes sociais. Como é que eu vou falar com ele? Por *e-mail*???

Matt ri.

— Poderíamos trocar mensagens, mas eles não curtiam muito isso naquela época.

A conversa acaba e Matt sugere uma volta em um parque. Ele dá um tapinha na mochila e pisca para mim, e isso me faz lembrar dos piqueniques que fazíamos com a turma toda.

Inclusive, nosso primeiro encontro foi em um parque.

— Será que todos os parques de cidade grande são iguais? — pergunto. — Sei que aqui não é Boston, mas as grandes árvores, os prédios altos... e você. Sei lá, tudo me parece muito familiar.

Encontramos uma parte de gramado com sol; Matt abre um cobertor e espalha as coisas de um almoço completo.

— Você trouxe frango à parmegiana?!

— Trouxe — diz ele, e ri. — Cheguei cedo e comprei comida em um restaurante a uns quilômetros de distância. Está tudo morno, claro, e nem é do nosso restaurante barato favorito de Boston, mas frango à parmegiana é frango à parmegiana.

Comemos, conversamos, rimos e trocamos beijos entre as garfadas. Tudo isso me faz lembrar por que me apaixonei por ele. Mas não consigo silenciar a voz de minha cabeça me lembrando de que logo o sol vai se pôr; de que tudo vai acabar de novo; de que nunca estaremos no mesmo lugar ao mesmo tempo.

— Você está bem? — pergunta Matt enquanto pega um potinho com frutas cortadas para a sobremesa.

Fico olhando para Matt enquanto ele leva um pedaço de melão à boca; sinto as lágrimas brotando de meus olhos. Assustado, ele vem para o meu lado do cobertor e, todo cuidadoso, passa um braço em volta de mim.

Não me pressiona nem fica perguntando o que foi; apenas me dá um tempo para respirar e entender por que estou triste. Sou grato por isso mais do que pelo piquenique.

— Eu te amo — digo.

— Eu também, mas tenho a impressão de que tem um "mas" aí...

— Não. Nada de más. — Suspiro. — Te amo e é por isso que tem sido tão difícil. É um saco.

— Este encontro? — pergunta ele.

— Não brinque — digo.

Ele me abraça com força.

— É, melhor não mesmo.

— Você é perfeito para mim — digo. — *Sério*, eu realmente acho que é.

— É aqui que entra o "mas"?

— É. Você é perfeito para mim, mas mora tão longe…

— Falando nisso — diz ele —, acho que agora é um bom momento para contar. A carta de recomendação que Ali escreveu foi para Berkeley. Eles têm um curso incrível de ciências ambientais na Faculdade de Recursos Naturais.

Olho para ele.

— Você não me disse que se inscreveu na Berkeley.

— Sendo bem sincero, eu achei que não ia entrar. — Ele dá de ombros. — Mas acabaram de me chamar para agendar uma entrevista virtual esta semana. Parece que estão me considerando de verdade. Se me aceitassem, eu iria.

— Puta que pariu! — digo. — Califórnia?

Olho para ele e vejo seus olhos marejados também. Em minha cabeça há só um *loop* infinito de *não, não, não*. Não pode ser verdade.

— Entrei na Pitt, mas acho que não quero estudar aqui. O mais longe que já estive de meus pais foi quando fomos para Boston. — Ele suspira. — Queria tanto ficar perto de você…

— Eu também.

— Mas esse não pode ser o fator decisivo.

Dou de ombros.

— E para você também não.

Ele encosta a cabeça na minha e ficamos assim por um tempo. Não dizemos nada, com medo de estragar o momento. Um momento perfeito e trágico neste encontro perfeito e trágico.

— E como a gente fica? — pergunta ele.

— Acho que nós dois sabemos. Podemos continuar juntos e ir nos afastando aos poucos…

— Ou começar a ficar ressentidos um com o outro.

— É, tem isso — digo. — Ou poderíamos…

— Pode não dizer isso, por favor? — diz ele. — Só não diga essas palavras. Agora não.

— Mas é verdade — respondo, triste.

Ele responde suavemente:

— É…

Até agora, evitamos demonstrações de afeto nas ruas de Pittsburgh para não ser vítimas de algum crime de ódio, mas andamos abraçados por todo o último quarteirão. A caminhada até o estacionamento é lenta e agonizante, e tudo começa a ficar mais real quando vejo meu carro.

Dou-lhe um último beijo e tento forçar meu cérebro a gravar tudo o que está acontecendo neste momento. Ele, o gosto de seus lábios, suas mãos nas minhas costas, o cheiro de seu perfume em meu nariz…

— Eu te amo — digo.

— Sem mas? — pergunta ele, e sorri quando nego com a cabeça. — Eu também te amo.

Fico agarrado nele mais alguns momentos, até que temos que nos despedir.

— Tchau — digo. — Vamos manter contato, tá bom? Nada desse negócio de "ando ocupado". Quero fazer parte da sua vida.

— Digo o mesmo — diz ele. — Tchau, Gabe.

• Garotos Dourados •
GABRIEL + HEATH + REESE + SAL

R | Como tá aí em Pittsburgh?

G | Já voltei.

R | Ah... viagem curta?

H | Tá tudo bem???

G | Acabou. Tá tudo bem. Partiu dos dois.

R | Sério? Pqp. Sinto muito. Precisa que a gente vá aí?

G | Não, só quero ficar sozinho.

S | Sinto muito, Gabe.

• Mobilização para amigo na fossa •
HEATH + REESE + SAL

H | a gente nem vai dar atenção pra esse papo furado de deixar ele sozinho, né?

S | De jeito nenhum.

R | Já tô procurando sorvete, hahaha.
Acho que tenho um pote no congelador.

S | Perfeito. Acho que tenho aquela carne seca favorita dele.

H | amo vocês, gente
pego vocês em 5 min

CAPÍTULO 53

HEATH

— Gabe? — chamo, batendo de leve na porta do quarto dele.

Olho para os rapazes, amontoados no corredor.

— Gabe, chegamos. Pode abrir?

— Eu disse que não precisava que vocês viessem — diz Gabe por trás da porta fechada.

— A gente te ignorou — diz Sal.

— Deixa a gente entrar! — exige Reese. — A menos que queira que todo este sorvete derreta.

Ele abre a porta e vamos nos amontoando no quarto, que cheira a luto – o que parece impossível, visto que eles terminaram há poucas horas. Mas a cama está totalmente desfeita, e as blusas de lã, petiscos e outras roupas aleatórias que estavam em sua mochila estão espalhados pelo chão do quarto.

Ele vai até a cama, pega o coração de pelúcia e o abraça.

— Estava chorando? — pergunta Reese.

— Não — diz ele. — Não consigo. Como posso estar *tão triste* e não conseguir derramar nem uma lágrima? Tem algo de errado comigo?

— Não tem nada de errado com você — diz Sal, para tranquilizá-lo.

— Para você é fácil falar; você é um robô, nunca chorou na nossa frente! — diz Gabe. — Nunca demonstra o que sente.

— Essa doeu! — diz Sal. — Achei que eu já tinha melhorado. Hum, foi mal?

— Tudo bem, só estou mal-humorado — diz Gabe.

— Ainda tem um pouco de sol lá fora — digo. — Quer ir ao campo de beisebol com a gente? Podemos levar nosso cobertor, como nos velhos tempos.

Ele olha para mim e concorda.

— Tudo bem, está resolvido — digo. — Reese, pegue todos os salgadinhos que puder aí do chão. Vou pegar potinhos, colheres e levo o sorvete.

— E eu faço o quê? — pergunta Sal, meio desesperado, sentando-se ao lado de Gabe na cama.

— Fique aqui comigo — diz Gabe, recostando-se nele.

— Ah… Tá bom. — Sal abre um leve sorriso. — Isso eu posso fazer.

. . .

Encho meu braço esquerdo com o máximo de salgadinhos que consigo, já que o direito está prejudicado, e conduzo o grupo até o campo de beisebol. Está frio, mas não congelando. Sobreviveremos com blusas de lã; se bem que sabemos que, com a imprevisibilidade de março, isso pode não ser suficiente depois que o sol se puser, especialmente tomando sorvete.

Ah, as coisas que fazemos por nossos amigos...

CAPÍTULO 54

REESE

Tudo parece estranhamente normal por aqui, com cada um sentado em seu canto do cobertor. É uma tradição nossa que sempre nos reconforta, por isso, quando Heath deu a ideia, todos concordamos. O bom é que o campo de beisebol fica praticamente no quintal de Gabriel, por isso, podemos ir a pé rapidinho.

Revezamos a colher para tomar o sorvete, ignorando as tigelas que Heath pegou. Em pouco tempo, Gabriel relaxa e começa a sorrir mais.

— Eu só queria que a gente tivesse tido mais tempo em Boston — diz. — Tipo, eu acho mesmo que a gente tinha algo especial. Pena que vocês não puderam ver.

— Eu vi um pouco — diz Sal. — Apesar de quase ter estragado tudo, eu soube que ele era uma boa opção para você. Ele gostava muito de você.

— Ainda gosta — diz Heath. — Ele já me mandou mensagem para saber se você estava bem.

Os olhos de Gabriel brilham.

— Acho que a gente realmente vai conseguir virar amigo. É difícil manter contato com as pessoas, mas nós temos os mesmos interesses, e ele vai ter uma vida incrível na Califórnia. Eu só... não vou fazer parte dela.

— Parece que partiu dos dois mesmo — digo. — Não que isso ajude muito, mas, enfim.

— Acho que poderíamos ter mantido a farsa por mais um tempo, mas acabaria doendo mais. Andamos tão ocupados ultimamente que passamos semanas sem ligar por vídeo. Eu ficava abraçando aquela almofada boba que Heath me deu, mas nunca a usávamos. Com tudo que estava acontecendo na biblioteca da escola, e pensando na estadual de Ohio, acho que ele deixou de ser uma prioridade para mim faz muito tempo. — Ele suspira. — E agora eu sei que não sirvo para namorar à distância. Pelo menos, não estou mais me enganando.

Heath e eu nos olhamos e noto uma expressão sombria em seu rosto. Com os olhos, ele me pergunta: *e nós, estamos nos enganando?* E eu gostaria de poder responder sinceramente que não.

Não posso comparar o que temos com o que Gabriel e Matt tinham, mas, sem dúvida, era algo especial.

Só espero que o que eu e Heath temos seja mais especial.

CAPÍTULO 55

SAL

Uma semana depois do término do namoro de Gabe, as coisas já voltaram ao normal. Ele está de boa com a maneira como acabou, mas ainda meio desapontado por terem precisado colocar um ponto-final no relacionamento. Tive que o consolar como amigo, mas tem sido difícil não fazer isso como fazíamos antes. Tivemos que reaprender a ser só amigos durante o verão, mas ficou mais difícil quando o ano letivo começou.

Mas estamos tranquilos. Finalmente.
Eu não cruzei a linha, e nem vou cruzar.
Mas bem que eu queria.

Pouco antes de começar a aula de física, o aluno assistente entregou a Heath e a mim um bilhete que dizia que não entrássemos na aula seguinte e fôssemos à sala da vice-diretora – minha mãe.

— O que será? — pergunta Heath.

— Ela nunca nos tirou da aula antes — digo, dando de ombros.

Sinto minha ansiedade aumentar pensando no que poderia fazer minha mãe chamar a mim e a Heath – e, presumivelmente, os outros rapazes – à sua sala. Será que fizemos besteira? Ou talvez seja uma coisa boa. Os oradores da turma serão anunciados em breve; talvez Heath e eu tenhamos sido escolhidos.

De qualquer maneira, fica difícil me concentrar na aula.

Quando o sinal toca, Heath e eu soltamos um longo suspiro. Enquanto nossos colegas correm para a aula seguinte, caminhamos lentamente pelo corredor em direção à sala de minha mãe. À nossa frente, vejo Reese e Gabriel abrirem a porta, e é aí que percebo que a convocação não tem nada a ver com o anúncio dos oradores oficiais.

— Esperem por mim! — diz Cassie, correndo atrás de nós. — O que está acontecendo? Vocês todos também foram chamados à sala da sra. Camilleri?

— Sim — diz Heath. — Todo o Grupo de Defesa LGBTQIA+.

— E Reese — digo.

— Isso não é bom — diz Cassie, que passa à nossa frente e abre a porta. — Vocês primeiro. Ela ama vocês, mas provavelmente vai me matar.

— A gente te protege — diz Heath, e ri.

Apesar da ansiedade, entramos.

Ficamos os cinco amontoados na sala, cada um em uma cadeira em frente à minha mãe. Ela sorri para nós, cansada, e me entrega um papel.

— O que é isto? — pergunto.

— Você deveria ler — diz ela —, mas vou resumir. Basicamente, um dos repórteres com quem falei sobre sua candidatura a prefeito decidiu cobri-la. Mas ele também foi procurado por um aluno anônimo que tinha provas de que acontece discriminação LGBTQIA+ em nossa escola. — Ela suspira. — O resultado foi essa matéria Frankenstein. Que, num geral, anuncia sua candidatura, mas joga o foco em mim: como eu poderia apoiar a campanha do meu filho, focada na diversidade e inclusão, se nos bastidores estou orquestrando, em segredo, a maior proibição de livros da cidade?

— Você... o quê? — pergunta Gabe. — Achei que fosse o superintendente.

— É o superintendente, mas, para alguns jornalistas, checar os fatos não é tão emocionante quanto publicar uma matéria como essa.

Termino de ler a matéria. É cheia de ironia e mostra minha mãe de uma maneira complicada. Pelo menos, não debocha de minha campanha. Inclusive a apoia.

Mas ao ler a lista de livros que foram retirados da biblioteca da escola, sinto meu rosto corar. Gabriel não estava brincando, tudo isso é muito errado.

— Quero saber quem vazou essa lista — diz mamãe. — Sei que foi um de vocês nesta sala, e preciso que me digam quem foi.

CAPÍTULO 56

GABRIEL

Quero mais é que se foda.

— Fui eu. Eu a roubei da srta. Orly e contei à imprensa. Ano passado, você prometeu proteger os alunos LGBTQIA+ desta escola e não cumpriu a promessa. Já era hora de alguém cobrar.

— Gabriel! — diz Sal.

— Não, não, deixe-o continuar — diz a mãe dele.

— Esses livros foram retirados durante o ano todo e você sabia. Tentou fazer Cassie e eu passarmos por mentirosos e paranoicos quando trouxemos a questão a você, além de discutir nossos direitos sobre o baile. — Suspiro. — Acha que estamos fazendo isso para chamar a atenção? Tem razão. Se gente que deveria nos ajudar não pode, ou não quer, esse tipo de atenção é a única coisa que vai funcionar.

— Heath, Sal, Reese — diz ela —, estão dispensados. Preciso falar com Gabriel e Cassandra a sós, agora que sei quem foi.

— Não vou sair — diz Sal. — Faço parte do Grupo de Defesa LGBTQIA+ *e* sou presidente do conselho estudantil, e…

— Sal, sei que você é o presidente, e eu sou sua mãe. Além disso, trabalho na escola. — Ela pigarreia. — Reese, Heath, por favor, deixem-nos conversar.

Eles saem depois que eu dou o ok.

— O superintendente toma essas decisões. Ele tem o apoio do prefeito, não há nada que possamos fazer, exceto o que venho tentando fazer desde o início. — Ela suspira. — O superintendente vai falar semana que vem sobre a atualização educacional anual. Geralmente, é quando ele começa a se gabar das notas dos exames, mas pretendo estar lá para cobrar umas coisas. E a srta. Orly também. Tenho tudo documentado meticulosamente. *Essa* é a maneira certa de agir.

— Com todo o respeito — digo, sentindo os olhos de Cassie e de Sal em mim —, não concordo. Às vezes, as coisas não podem ser resolvidas a portas fechadas. Às vezes, não é questão de lógica ou apelos pessoais. Às vezes, é questão de números. Depois de vazar essa informação, acho que teremos número suficiente para pressionar, talvez inclusive na reunião do conselho municipal. Todos nós iremos.

— Tenho uma ideia melhor — diz a mãe de Sal. — Vocês pediriam a seus pais que fossem? E a outros pais também, para dar apoio? Se o conselho escolar vir uma liga de pais contra o superintendente, talvez tenhamos uma chance.

— Então, não estou em apuros? — pergunto.

— Não vou puni-lo por isso — diz ela, rindo. — Não que você não mereça; roubo de propriedade da escola, acesso a e-mails privados... isso não é pouca coisa. Mas, para que dê certo, preciso dizer que não sei quem vazou a informação.

Depois de uma pausa, ela olha para Sal e prossegue:

— Você vai precisar responder a isso sozinho, talvez no Facebook. Eu não posso te dar instruções. Seja honesto e, se puder, faça um apelo para que os pais compareçam à próxima reunião para confrontar o conselho escolar.

— Farei isso. Inclusive, tenho uma lista de cem pessoas com quem posso falar sobre esse assunto.

Sal sorri para mim, e eu correspondo.

— Vamos fazer isso, então? — pergunto, e todos concordam sutilmente. — Então, vamos lá.

Sal para prefeito

Ao vilarejo de Gracemont:

    Muitos de vocês entraram em contato para falar da recente matéria do repórter Brandon Davis anunciando minha candidatura. Embora o artigo tenha focado na controvérsia, acredito que essa matéria capturou o espírito de minha campanha e detalhou meus objetivos para Gracemont com muita esperança. Sem dúvida, eu esperava críticas por minha idade e suposta falta de experiência, mas não imaginava que minha mãe seria o verdadeiro alvo dessa matéria. Acredito que nossa relação não foi retratada de forma justa, mas a questão levantada é importantíssima: por acaso as pessoas LGBTQIA+ são protegidas em nossa cidade e em nossas escolas?

    Ao contrário do prefeito Green, eu sei que proteger nossa juventude LGBTQIA+ significa manter livros de autores e temas com diversidade nas prateleiras, e quero que vocês lutem ao meu lado.

    Na próxima segunda-feira, minha mãe entrará com uma petição formal para acabar com essa vigilância constante de nossas bibliotecas e devolver todos os livros investigados às prateleiras. O prefeito, se concordar em abrir o caso para votação, vai querer ouvir a opinião dos pais preocupados. Sem dúvida, ele espera grande apoio a essas proibições, mas sei que há mais aceitação do que ódio por aqui. Por favor, compareçam à reunião da prefeitura na próxima terça-feira e, juntos, mostraremos ao prefeito Green que ele tem algo com que se preocupar: Gracemont se voltando contra ele em novembro.

Obrigado. Vejo vocês na terça-feira.
Sal

CAPÍTULO 57

HEATH

Papai e eu não conhecemos muito nossos vizinhos, porque, desde que nos mudamos, andamos reservados. Estou sempre entrando e saindo por causa do beisebol, e papai trabalha tanto que não temos tempo para sair por aí fazendo amigos.

E com base nos resultados de hoje, parece que estamos fazendo mais inimigos do que amigos.

— Obrigado por vir comigo pegar assinaturas para Sal — digo. — Eu não imaginava que o prefeito Green tinha tantos apoiadores ferrenhos aqui no prédio.

Papai concorda com a cabeça.

— Fico feliz por você fazer algo que não seja beisebol.

— Como assim? — pergunto. — Sempre achei que beisebol era tudo para você.

Ele olha para mim de um jeito estranho.

— *Você* é tudo para mim, carinha. Claro, adoro te ver jogar, e treinar com você, e reviver meus dias de glória nas arquibancadas, mas pode ter certeza de que o beisebol não é tudo para mim. Nem deve ser tudo para você.

— Não é — digo depressa.

Ele ri.

— Tudo bem. Sei que está nervoso por causa da bolsa de estudos, mas acho que você está melhor, não é?

— Sim. Já quase recuperei minha amplitude de movimento total. A injeção de cortisona ajudou, e a reabilitação também. Já gastamos muito dinheiro, acho que posso parar com a reabilitação; já sei todos os alongamentos e...

— Heath! — diz papai, de um jeito incomumente severo. — Está tudo bem, temos o dinheiro, eu garanto. Você precisa voltar à sua melhor forma.

— Tudo bem...

Batemos em outra porta, que se abre e revela Lyla, uma de minhas colegas que está no conselho estudantil com Reese.

— Já sei do que se trata — diz ela. — Mãe, venha aqui!

Entregamos o panfleto de Sal e falamos sobre sua visão para a cidade, tocando cuidadosamente em todos os pontos principais que ele quer que abordemos.

— Gostariam de assinar esta petição para que Sal possa concorrer? — pergunta papai. — O prefeito Green não tem oposição há mais de uma década, e achamos que já é hora de ele ser desafiado.

A mãe de Lyla olha lentamente para cada um de nós, até encarar meu pai.

— Acha mesmo que aquele garoto é capaz disso?

— Você vai ver — diz papai.

Lyla ri.

— Você precisa ver como ele conduz as reuniões do conselho estudantil, mãe! Lembra quando você solicitou alvará para pôr sua mesa de artesanato no mercado dos fazendeiros ano passado, e o prefeito não assinava, não retornava suas ligações e nem dava satisfações? Isso é algo que Sal nunca faria.

— É verdade — diz Heath. — Ele é muito organizado e está muito empenhado em ajudar esta cidade. Especialmente pequenas empresas como a sua.

Conversamos com as duas durante o processo de assinatura eletrônica da petição para que Sal possa concorrer. Depois dessa conversa positiva, nós nos despedimos. Suspiro de alívio antes mesmo de elas fecharem a porta.

— Finalmente, alguém normal — digo.

Papai concorda.

— E mais duas assinaturas.

Andamos por todo o condomínio. De novo, a conversa gira em torno de dinheiro, plano de saúde, consultas médicas, possível cirurgia... essas coisas.

— Podemos falar de outra coisa? — pergunta papai.

— Claro — digo. — Ah, esqueci de te contar. Liguei para tio Rick, ele me ensinou a consertar o cano da pia da cozinha que está vazando. Tudo resolvido, eu poderia consertar até com um braço só!

— Obrigado, carinha. — Papai suspira. — Lamento não passar mais tempo em casa. Nesta época, há muito movimento na fábrica, você sabe; tenho que trabalhar dez horas por dia e nos fins de semana, e ando muito cansado. Não é certo você ter que cuidar de tudo.

Dou de ombros.

— Que nada, tudo bem.

— Seus amigos não precisam fazer essas coisas, né? Eles não se preocupam com dinheiro como nós; não precisam se esforçar até cair para conseguir uma bolsa de estudos. Heath, eu não pude nem te ajudar a pagar o conserto da sua caminhonete. Me desculpa mesmo.

— Pai, tudo bem. Sério. — Olho para ele. — Eu não me comparo com eles desse jeito; não mais, pelo menos. Eu... eu gosto do que temos... não trocaria você, mamãe, Jeanie e Diana por nada do que eles têm. Às vezes é difícil, mas é o que sinto de verdade.

Os olhos de papai ficam marejados e ele tira os óculos de sol da cabeça e os coloca no rosto.

— Olha só, tem alguém ficando emocionado! — provoco. — Vamos procurar outra pessoa para gritar com a gente, tenho certeza de que isso vai nos trazer de volta à realidade.

Ele ri quando eu bato na porta ao lado.

CAPÍTULO 58

GABRIEL

Cassie e eu decidimos dar uma volta pela cidade, não muito longe de onde moro. Sal e Reese moram um pouco mais afastados, mas Cassie e eu moramos nas ruas mais densamente povoadas, perto da escola.

Sempre gostei desta área. A rua antiga de Heath era mortalmente silenciosa à noite, e a nova é barulhenta demais, por ficar na avenida principal. Aqui, só o que temos são latidos de cachorros e ocasionais transeuntes barulhentos.

— Isto é parecido com o que você fez durante o verão? — pergunta Cassie.

Concordo.

— Isso aqui parece até mais invasivo, na real. Eu parava as pessoas na rua quando estava angariando doações para a Boston Save the Trees Foundation; aqui, tenho que bater na porta da casa do povo. É um tipo totalmente novo de ansiedade.

Ela dá de ombros.

— Pelo menos, as pessoas têm sido legais até agora.

— Até conseguimos algumas assinaturas! Mas espero que consigamos mais.

— E vamos conseguir. Meus pais falaram com todos os amigos e conhecidos. Eles conhecem quase todo mundo, e acho que sabem que Gracemont está pronta para uma mudança. Estou muito chateada porque só terei dezessete anos no dia da eleição.

— Talvez quando ele concorrer à reeleição — digo, e rio. — Melhor pensar em uma coisa de cada vez.

Vamos de casa em casa, interrompendo o dia das pessoas. Algumas nos convidam a entrar, ouvem o que temos a dizer e nos oferecem água, mesmo que não assinem na hora. Outras batem a porta na nossa cara. A sensação de rejeição e de sucesso parece com Boston, sim, e meu coração se aperta quando penso em Matt.

— Ah, não, você está triste de novo! — Cassie me leva até um banco, perto de uma trilha onde nunca estive. — Fale comigo.

— Nada novo. Só coisas básicas de término de namoro.

— Acha que vocês realmente viraram a página? Ainda sou novata nessa coisa de namoro, mas ouvi dizer que isso é meio importante.

— Sim e não — digo. — Foi bom que terminamos pessoalmente. E *foi* mútuo. É uma merda, e acho que nenhum dos dois sabe como podemos ser só amigos. Mas tudo bem, porque estou empenhado em ajudar Sal a se eleger e garantir que a reunião na prefeitura ocorra sem problemas. Tenho um discurso preparado, uma apresentação e...

— Gabe, Sal disse que não podemos interferir. A luta é nossa, eu sei que é nossa, mas, neste momento, o prefeito atual não dá a mínima para o que nós falamos. Precisamos conseguir que nossos pais e os amigos deles apareçam em peso. Se o prefeito Green entrar na sala e encontrar pelo menos uma dúzia de pais furiosos, talvez tenha que recuar. Mas ele já mostrou que não se importa com os adolescentes.

Suspiro.

— Mas eu acho que poderia fazê-lo entender.

— Gatinho, ninguém pode fazer aquele homem entender nada. Ele está naquele lugar, confortável como prefeito sem oposição, há muito tempo e não nos vê como uma ameaça. Mas se tivermos um bom apoio, isso vai mudar. Já viu os comentários no post de Sal? Parece que grande parte da cidade está em alvoroço.

— Eu vi — digo. — É que eu queria poder fazer mais, sabe?

— A gente está literalmente fazendo isso agora. Convencendo as pessoas a entrar no site de Sal, a se informar mais sobre a campanha, a assinar para que ele possa concorrer. Mudança não é fácil, mas parece que já começou, e temos que pegar essa onda.

Dou uma risada.

— Acho essa terminologia do surf muito apropriada para uma menina que vai arrasar na Califórnia.

— Nossa, é *tudo* mesmo! — diz ela, imitando o sotaque de garota de Valley e jogando o cabelo. — Desculpe, foi bem vergonha alheia.

Sacudo a cabeça.

— Que nada, tudo isso aqui é vergonha alheia. Mas vamos continuar. Ele está chegando bem perto de trezentas assinaturas, acho que conseguiremos a aprovação da candidatura hoje mesmo.

CAPÍTULO 59

REESE

Enquanto os outros tentam captar assinaturas neste lindo dia ensolarado, Sal e eu estamos presos dentro de casa.

— Então, aqui estão os recursos...

— O quê? — pergunta Sal.

— As imagens, logos, essas coisas — explico. — Os recursos visuais para sua campanha. Também coloquei nesta pasta os panfletos, placas de jardim, banners e qualquer coisa de que possamos precisar. Claro, vamos precisar de mais doações para poder pagar outra coisa além dos panfletos, mas temos tempo.

— Então, posso começar a disparar minha *newsletter*, né? Gabriel me ajudou a criar o conteúdo. Só quero ter certeza de que está tudo correto antes de enviar.

Entro e ajusto o código do e-mail, coloco o logotipo no topo, mudo a fonte para a "fonte oficial de campanha" que escolhi, e me certifico de que as cores sugerem as afiliações políticas de Sal sem ficar muito na cara.

— Está perfeito — diz ele.

— Nem acredito que sua tia está organizando uma festa para arrecadar fundos para você — digo enquanto leio o e-mail com os detalhes. — Não vou à casa dela faz anos. Ela ainda tem aquela piscina?

— Teoricamente, sim, mas estava toda suja da última vez que a vi, e cheia de rachaduras. Não haverá mais festas na piscina para nós, acho.

Suspiro.

— Nossa, era muito divertido quando éramos crianças.

— Está começando a parecer de verdade, não é? — pergunta ele. — Tipo, de verdade mesmo.

— É porque é — digo, e rio.

— Não, eu sei, mas parece que estamos já no próximo nível. Eu não poderia ter feito nada disso sem vocês. Nem sei como agradecer.

— Agradeça vencendo — digo. — Vamos checar a contagem de novo e ver se os rapazes e Cassie já conseguiram operar a magia. Estava em... quanto? Duzentos e vinte e cinco esta manhã?

— Duzentos e vinte e sete — corrige ele.

Abro a petição oficial e rolo até o fim para ver quantos assinaram. O número que surge nem parece real.

— Trezentos e quatro? Puta merda, Sal. Trezentos e quatro!

Olho para ele e nem consigo decifrar sua expressão.

— Acho que meu cérebro entrou em curto-circuito. Eu... *a gente* conseguiu. Sou candidato. Caral...

— Entendo que sua mãe incutiu em sua alma essa coisa de não falar palavrão, mas agora é a melhor hora.

— *Caralho!*

• **Garotos Dourados** •
GABRIEL + HEATH + REESE + SAL

R | Vocês vão poder ver o meu show de drag hoje à noite? Vou fazer uma live no Instagram com um cara que entrou na Parsons, e ele, tipo, tem uns 5 mil seguidores.

H | pqp! você sabe que não vou perder
mas todo mundo aqui vai no jogo primeiro né?
finalmente fui liberado para fazer uns lançamentos!!

S | Eu não perderia por nada.
(Nem o jogo nem o show)

G | Acho que vou comer nachos. Ou um pretzel?
Graças a Deus você vai voltar a jogar, Heath.
As lanchonetes são tudo!

H | algum de vocês iria nos jogos se não tivesse comida?

R | Provavelmente.

G | Talvez.

S | Não. 🖤

CAPÍTULO 60

HEATH

O sol está quente, e o cheiro de terra e grama inunda meu nariz quando entro em campo pela primeira vez em semanas. Segui as recomendações à risca. Tomei os anti-inflamatórios, não evitei ir ao médico, mas é inacreditável que tudo de que eu realmente precisava era um pouco de descanso. Ah, e uma injeção de cortisona.

Faço o aquecimento, que consiste nos mesmos movimentos que venho fazendo para me recuperar da lesão. Ainda sinto certa rigidez; algo estranho, que me provoca um pouco de insegurança. Uma pitada de ansiedade.

— Tudo certo aí? — pergunta James, e me dá um tapinha não tão suave no ombro.

Eu me encolho por hábito, esperando pela dor. Mas ela não chega, e respiro aliviado.

— James, preciso que você preste atenção em qual ombro vai bater da próxima vez.

Ele afasta a mão.

— Puta que pariu, desculpe, mano. Mas você não gritou nem me deu um soco, então, deve estar bem, não?

— Sim. — Dou uma risada. — Veremos.

O técnico-assistente Roberts lidera o time nos aquecimentos que, normalmente, em dia de jogo, duram apenas uns cinco minutos, mas agora são mais completos; parece que ele deu ouvidos à advertência da médica. Todos entram em campo e começam a passar a bola de um para o outro; alguns receptores mais fortes se aquecem com pesos no bastão.

— Heath, tem um segundo? — pergunta o treinador, e eu respondo que sim.

Vamos até o banco e nos sentamos. Ele sempre fica meio instável antes dos jogos; dá comandos e muda de ideia no meio do aquecimento. Mas sua presença está firme hoje, o que agradeço.

— Vamos devagar e sempre hoje. É um jogo importante para nós, mas não quero que você force e se machuque.

Aceito. Mesmo meio decepcionado, não esperava mesmo jogar os seis tempos logo após uma lesão.

— James será o lançador inicial hoje, e você vai entrar lá pelo quarto tempo. Nos últimos treinos você ficou bem, mas se sentir alguma dor, avise que o tiro imediatamente. Promete que vai avisar.

— Pode deixar, treinador.

Antes de o jogo começar, pego minha mochila e olho o celular; recebi várias mensagens dos rapazes me desejando boa sorte. Aqui do banco, não vejo bem as arquibancadas, mas sei que papai e Reese estão lá, e os outros devem passar aqui mais tarde.

No final do terceiro tempo, o treinador me dá um sinal e começo o aquecimento com um dos lançadores reserva. Quando entro em campo, ouço aplausos estrondosos; todos os rapazes estão na arquibancada. Coro, aceno, e me concentro nos arremessos.

Minha amplitude de movimento não é como antes, mas está melhorando. Minhas bolas rápidas são um pouco menos rápidas, mas mais rápidas que da maioria. Não acerto a bola curva exatamente onde queria, mas não me saio tão mal assim. Provavelmente não será meu melhor jogo, mas sei que no final da temporada poderei impressionar a Vanderbilt e garantir minha bolsa de estudos.

De repente, é hora. O treinador vai até o monte de arremesso, o árbitro também, e James pisca para mim. A ansiedade toma conta de mim e penso nas muitas, *muitas* coisas que podem dar errado. E se meu braço começar a doer de novo? E se minhas bolas rápidas, agora lentas, piorarem a cada arremesso?

E se eu fracassar na frente de todo mundo?

Quando sigo em direção ao monte, os aplausos bloqueiam parte dessa ansiedade, mas minhas mãos estão suadas demais. Estou respirando superficialmente. Não vou conseguir. Respiro fundo algumas vezes, pensando no conselho que recebi na primeira sessão de terapia.

Minha mente se acalma quando tomo meu lugar no monte e cravo as chuteiras na borracha dura. Enquanto o árbitro volta para seu lugar, atrás do receptor, observo a multidão. É um público intimidante, o maior da temporada até agora, graças ao clima quente. Na quinta fileira do fundo está Reese, com um cachorro-quente na mão, acenando freneticamente.

Aceno discretamente para ele. Quando me volto para o receptor, tento pensar só em Reese. Se eu pensar nele e em nosso relacionamento, que está indo bem, não vou ficar nem um pouco preocupado. Mas isso me faz lembrar que estamos perto da formatura. E que o futuro do nosso relacionamento está no ar.

Não consigo puxar ar suficiente, mas preciso lançar *agora*.

Eu me aprumo e jogo o peso do corpo para a perna traseira. Puxo o braço para trás e, usando todo meu peso, lanço a bola na direção do receptor.

Imediatamente, percebo que há algo errado. Uma labareda de dor explode em meu ombro e meu corpo todo pulsa de dor. Como meu cérebro ficou bloqueado e não consegue pensar em nada além de *dor filha da puta do caralho*, o impulso me leva para a frente e caio.

Vou raspando o rosto no chão e, nesse momento, perco toda a vergonha e, apesar de tudo, grito:

— Não, não, não, não, não, n...

Muito barulho. Chuteiras batendo no gramado, vozes preocupadas de meus colegas de equipe que se aproximam, sons de equipamentos de beisebol caindo no chão macio. Ofego de dor e ouço Reese gritar:
— Heath!
Quero me levantar e lhe mostrar que estou bem. Aperto os dentes e faço força, como sempre. Mas não consigo.
Deixo a dor tomar conta e apago.

CAPÍTULO 61

REESE

Os médicos chegam depressa. Pelo menos, acho que chegam. Sendo bem sincero, não sei quanto tempo se passou desde que vi Heath desabar no chão. Estou preso aqui, me agarrando ao banco como se minha vida dependesse disso.

Quando tudo aconteceu, Sal entrou em ação. Disse que há sempre paramédicos a postos durante os jogos, em caso de lesão. Eu nunca notei; nunca pensei no beisebol como um esporte particularmente perigoso. Mas Sal sabia exatamente onde eles estavam.

— Você está bem? — pergunta Gabriel, passando o braço em volta de mim.

— Ele simplesmente... caiu. Nunca vi nada parecido. Nunca pensei que alguma coisa poderia derrubar alguém como ele.

Ele é a pessoa mais forte que conheço, tanto mental quanto fisicamente. Ele é a parte de fora da conchinha, o tipo de cara carinhoso que, independentemente do que aconteça, faz você sentir que tudo vai ficar bem. E ele simplesmente... apagou como uma lâmpada.

— Ele está consciente, pelo menos — diz Gabriel, mas é difícil confirmar com o time inteiro ao redor de Heath. — Olha, os médicos estão falando com ele.

— Preciso levantar — digo.

— Não vão deixar você entrar no campo.

— Eu sei — exclamo, irritado, mas logo sacudo a cabeça. — Desculpe, eu não quis...

— Tudo bem — diz ele. — Vamos ver se conseguimos chegar mais perto.

Descemos os degraus até a frente das arquibancadas. Há um caminho pavimentado entre as arquibancadas, a grade, a rede e o campo, que dá para o bairro.

— Heath vai ficar bem — digo com a voz hesitante.

— Vai, sim — confirma Gabriel.

Quando chegamos à cerca – o mais perto possível de Heath sem atrapalhar –, sinto uma mão em volta de minha cintura. Sal, Gabriel e eu nos abraçamos. Ou talvez eles estejam me segurando. Mas estamos aqui, sem poder fazer nada, vendo Heath se levantar, trêmulo.

Improvisaram uma tipoia para o braço dele e o estão levando para o portão. Arranhões e queimaduras marcam seu rosto, devido à maneira como caiu na terra dura; ele mal consegue manter os olhos abertos, por causa da dor. Seu pai vai à frente, e abre o portão enquanto o treinador de Heath o ampara. Os paramédicos de plantão explicam as coisas em termos médicos para o grupo, mas ninguém parece estar prestando atenção.

Porque todo mundo sabe o que isso significa: uma lesão que vai acabar com a carreira dele, cirurgia... E o futuro de Heath na Vanderbilt parece impossível agora.

Deixo os rapazes e sigo atrás do grupo. Vejo o treinador encostar a testa na de Heath com lágrimas nos olhos, e tenho a impressão de que ele está se culpando pelo que aconteceu. Uma vez que Heath está na ambulância, seu pai entra. Eu me aproximo, querendo apenas poder olhar nos olhos dele mais uma vez.

Eles vão fechar as portas, mas Heath sai do estupor causado pela dor e grita:

— Onde ele está?

Lentamente, todos os olhos se voltam para mim. Não posso dizer nada, porque qualquer coisa que eu diga vai fazer as lágrimas rolarem de meus olhos.

— Reese — diz o pai de Heath —, quer ir ao hospital com a gente?

Concordo com a cabeça depressa e enxugo meu nariz escorrendo com um guardanapo dobrado que, por sorte, tenho no bolso. Entro na ambulância. Heath e eu nos olhamos enquanto o preparam para uma injeção intravenosa. Ele não se mexe quando a agulha entra em sua veia, mas eu sim.

— Sinto muito — digo.

Seu pai pousa a mão em minhas costas e, por um momento, eu me sinto parte da família *dele*.

• • •

A espera no hospital é excruciante, mas passo o tempo conversando com o pai dele, nervoso. Nunca ficamos sozinhos, e esta pode não ser a melhor circunstância para isso; mas, pelo menos, não estamos esperando cada um sozinho.

Por fim, a médica sai e pede que a acompanhemos. Vamos até o quarto onde Heath está. Quando entro, quase desmaio. Ele está ligado a um monte de máquinas, de camisola de hospital e parece muito fraco.

Fico meio alheio no início da conversa, mas me recupero assim que afasto os olhos dele.

— Olha, você é jovem e o tecido de seu tendão é forte e saudável — explica a médica a Heath. — A ressonância magnética mostrou uma ruptura bastante substancial, que só vai piorar com o tempo. — Ela suspira. — Sei que você não quer ouvir isso, mas se quiser que o beisebol volte a fazer parte de sua vida, precisará fazer uma cirurgia, e nas próximas semanas.

Heath fica em choque.

— Papai, temos o suficiente para...

— Isso não é coisa para você se preocupar — ele diz depressa. — Sua saúde vem em primeiro lugar e ponto-final. Vamos marcar a cirurgia.

— Muito bem — diz a médica —, podemos agendar para semana que vem.

Heath arregala os olhos e me encara.

— Mas o baile é semana que vem!

— Tudo bem — digo, mesmo que ver meu sonho de ir ao baile de formatura com Heat, o amor da minha vida, morrer assim esteja acabando comigo. — Isso é mais importante.

— Não é — diz ele. — Podemos marcar para segunda-feira, logo depois do baile?

A médica sorri.

— Uma semana a partir de segunda-feira, tudo bem. Até lá, você vai ficar de tipoia, e vestir o smoking vai doer bastante. Mas uma semana a mais não vai fazer muita diferença; você já vai perder o resto da temporada.

Eles ficam organizando tudo por um tempo. A seguir, a médica sai e diz que outro profissional de controle da dor virá para falar de como serão os próximos dias. Heath pede licença ao pai e ficamos sozinhos.

— Desculpe — diz ele —, ouvi você gritar.

Dou a volta, me sento na cama com ele e apoio a cabeça em seu ombro bom.

— Não se desculpe. Estou feliz por você estar bem.

— Nossa, já são sete? Você não tem o show de *drag* esta noite?

Sacudo a cabeça.

— Vão aparecer outras oportunidades. Isto é mais importante.

— Mas é seu futuro — diz ele. — Não quero atrapalhar.

Passam-se segundos de silêncio. Essas palavras têm um duplo significado, e parece que foi de propósito. Ele não quer atrapalhar minha vida nova e empolgante em Nova York, e não está falando só do show de hoje.

— Mas você é meu presente. *E* meu futuro — digo.

Ele sorri por um instante, mas logo fica triste de novo.

Acho que é porque nós dois sabemos que isso não é exatamente verdade.

CAPÍTULO 62

SAL

Sinceramente, não imaginava que Gabe e eu estaríamos juntos na cama de novo.

Claro, não *desse* jeito, mas, mesmo assim, fiz um grande esforço para definir meus limites e respeitar os dele. Sinto um conforto familiar deitado ao lado dele assim, ombro com ombro, quadril com quadril, só olhando para meu teto.

— Lembra quando a gente tinha dez anos e você tentou escalar aquela árvore enorme? — pergunto. — Acho que foi a última vez que um de nós se machucou. Tipo, a ponto de ter que chamar a ambulância.

— Eu ainda culpo você por aquilo — diz ele.

— Por te fazer cair? — pergunto com ironia.

— Você ficou me desafiando a ir mais alto — diz ele. — Eu só queria te impressionar.

Rolo e me apoio no cotovelo para encará-lo. Ele nunca me disse isso. Eu me senti meio culpado depois, mas achava que o estava incentivando a ir mais alto porque ele queria ir mais alto.

— Você não tem que me impressionar — digo.

Ele ri.

— Bom, *agora* eu sei disso. Eu vivia tentando chamar sua atenção quando éramos mais jovens, antes de começarmos a... você sabe. Demorei muito para deixar de depender da sua aprovação. Até o verão passado, na verdade.

— Como assim?

Ele suspira e passa a mão pelo cabelo curto.

— Meu terapeuta... a gente anda falando muito de você nos últimos tempos. O que você e eu tínhamos não era exatamente tóxico, mas éramos muito codependentes; era como se sua aprovação fosse tudo que importasse para mim. Só você era capaz de me tirar da concha; e você só contava seus problemas para mim.

— Nossa... — Engulo em seco. — Desculpe, eu jamais quis que...

— Eu sei, tudo bem. Era coisa minha.

— Mas eu me aproveitei. No verão passado, quando tive aquele colapso nervoso, precisei de sua ajuda e sabia que você largaria tudo para ficar comigo.

— Sim, mas você estava um caco e pediu desculpas, e não posso fingir que não gostei de ficar aquele tempo com você. Claro, eu deveria ter te colocado para fora... e acabei colocando. Mas Matt entendeu. — Ele se vira para mim, e ficamos os dois de lado nos olhando. — Então, não faz mal.

— Você está bem? — pergunto. — Não tivemos oportunidade de falar sobre você e ele.

Sinto de novo o anseio no peito quando menciono Matt. É um ciúme irritante que me acompanhou durante todo o relacionamento deles. Eu sou o protetor de Gabe, ele é meu garoto. Mas, por baixo de tudo, estou lutando contra a verdade, que é que talvez isso não seja proteção, e sim um sentimento de verdade.

— Estou triste — diz ele. — Claro que estou triste. Passei uma semana inteira abraçando aquele coração esperando que brilhasse mais uma vez, só para me mostrar que ele estava pensando em mim. E assim, claro que a gente se falou por mensagen, mas sempre de um jeito bem formal e esquisito. Como se fôssemos amigos distantes.

Ele passa o braço por meu ombro e todo meu corpo se ilumina. É um toque como os de antigamente, mas diferente ao mesmo tempo.

Para mim, esse sentimento é real. *Merda.*

— Acho bom perguntar a Reese como o Heath está — digo, tirando rapidamente sua mão de cima de mim.

— Ah! — Ele se senta na cama depressa. — Claro.

— Vou começar uma conversa só com nós três

— Sal — diz Gabe, e aponta para meu ombro. — Eu não estava...

— Não, óbvio, sim... claro, certo. — Saio da cama. — Eu só estava pensando em Heath.

Ele olha para mim, e são tantas as emoções que passam por seu rosto. Confusão, hesitação e uma pitada de prazer. O nervoso nunca sou eu, e aqui estou, agindo como se fosse um adolescente apaixonado.

Nossos olhos se encontram e soltamos uma risada estranha. Nossa amizade nunca deu certo. É uma amizade complicada. Mas só deus sabe como eu não trocaria isso por nada no mundo.

CAPÍTULO 63

GABRIEL

Foi muito *estranho*. Não que alguma coisa entre nós já tenha sido normal.

Já em casa, eu me sento na cama e fico olhando meu quarto. Tenho quase tudo que vende na loja virtual da faculdade estadual de Ohio: camisetas, bandeiras e até os copos de shot de minha irmã. Mas minha escrivaninha está coberta de adesivos de justiça social, bandeiras do orgulho LGBTQIA+ e um monte de coisas de quando fiz estágio na Boston Save the Trees.

Olhar para minha mesa de cabeceira já é um pouco mais difícil. Tem três coisas: uma foto minha e de Matt nos beijando em uma de nossas noites de cinema ao ar livre no parque, o coração que antes brilhava todas as noites antes de dormir – um sinal de que Matt estava pensando em mim – e a pulseira com o pingente de mudinha que Reese fez para mim no verão.

Não a uso desde que Matt e eu terminamos. Eu usava essa pulseira para me lembrar de meus melhores amigos, mas me faz lembrar aquele verão: Matt, Sal e das novas experiências que mudaram toda minha vida.

Sei que não deveria ligar para Matt, mas sinto que nossa amizade está se esvaindo. E talvez isso deva acontecer mesmo, mas talvez eu possa impedir. Pego o celular e procuro nossa chamada de vídeo mais recente; meu coração quase para quando vejo que está perto do fim da lista.

Ele atende quase imediatamente.

— Gabe! Como vai o meu... amigo de Ohio favorito? — Ele ri. — Comecei a frase sem saber como ia terminar. Mas acho que é verdade; não conheço muito mais gente que mora em Ohio.

— Obrigado, eu acho...

— Bom, ainda bem que esse papo não está nada esquisito — diz ele em tom sarcástico. — Como você está, am...

Ele sacode a cabeça e fica vermelho.

— Você por acaso quase me chamou de amor? — digo, e sinto meu coração derreter um pouco.

Nesse relacionamento bizarro que tivemos, que foi de uma aventura de verão a uma paixão e um namoro à distância, foi fácil me convencer de que eu significava menos para Matt do que ele para mim.

— Estou tentando te superar — diz ele —, mas nem sempre é fácil.

— Sei exatamente como é.

— Posso perguntar uma coisa que está me incomodando? Tipo, transparência total, sem julgamento, só quero expressar meus pensamentos. — Concordo, então ele prossegue. — Você acha que um dia seremos só amigos?

— Acho — digo. — Acho que uma amizade à distância será ainda mais difícil, mas acho que a gente consegue.

Conversamos mais, falamos sobre a vida de cada um; reservo um tempo para falar da lesão de Heath, da candidatura de Sal à prefeitura, e obrigo Matt a seguir o perfil de *drag* de Reese enquanto conversamos.

Enquanto ele me conta sobre sua vida, seus amigos, a preparação para a faculdade, percebo que o que eu disse antes é verdade. O que tivemos aconteceu muito depressa, fomos de estranhos a namorados, tudo em um verão; mas, apesar de tudo isso, estou empolgado para conhecê-lo como amigo. É uma dinâmica nova para nós, e muito menos complicado que o que eu tinha – tenho – com Sal.

— Vou ficar pensando em você — diz Matt antes de desligar.

Faz um tempo que terminamos, mas esta ligação parece o verdadeiro início de uma nova amizade. Acho que vai dar certo.

Ponho meu celular para carregar, desligo o abajur, me enterro embaixo das cobertas e, pela primeira vez em um bom tempo, sou tomado por um sentimento de paz. Foi um dia dramático, mas Heath vai ficar bem, Sal e eu estamos bem e posso dizer sinceramente que tenho um novo amigo.

O coração de pelúcia começa a brilhar, e o sorriso que surge em meu rosto é tão repentino e intenso que quase dói. Estendo a mão e o aperto, para que Matt saiba que estou pensando nele também.

CAPÍTULO 64

GABRIEL

Faltam três horas para o baile; estamos todos no porão dando os toques finais em nossas roupas. A minha é bem simples; um smoking marrom com camisa preta. Sal me emprestou uma gravata floral (não gravata-borboleta), que combina muito mais com o *look* do que a branca de seda que veio com o smoking que aluguei.

Sal e Reese estão impecáveis, claro. Sal está de smoking verde-esmeralda com lapelas pretas, uma camisa clássica branca e uma gravata-borboleta preta simples. Apesar dos vários níveis de formalidade das pessoas que conheço que alugam smokings e ternos, Sal parece muito adulto. Muito adulto, apesar de ser o único de nós que ainda tem dezessete anos!

Reese está com um smoking azul brilhante com estampa de caxemira. Encontrou-o em um brechó no início deste ano e, depois de alguns ajustes, serviu perfeitamente. Ele deu seu toque pessoal, aplicando pedraria na estampa para destacá-la. Sua camisa é branca, simples e limpa, e está abotoada até o alto, mas sem gravata.

Heath está com o velho smoking do pai. É simples, mas tem uma cor ocre metálica que o torna muito mais *vintage* do que é. Tudo nele é clássico, desde a gravata-borboleta preta até a camisa canelada. Até a tipoia dele está combinando, mas só porque Reese encontrou um tecido e a fez para ele.

— Por que vocês dois não estão combinando? — pergunto a Heath enquanto tiro um pelinho do ombro dele.

Heath dá de ombros.

— Eu queria usar o smoking de papai e Reese queria usar as coisas dele. Todo mundo já sabe que estamos namorando.

— Exatamente — diz Reese, e se aproxima para beijá-lo. — Trouxe uma coisa que combina, sim, mas você vai ter que esperar a festa na casa de Cassie para ver o outro *look*.

Sal ri.

— Reese, você é o único ser humano que conheço que tem duas roupas de baile.

— Você está com inveja por não ter pensado nisso antes — diz ele. — Além do mais, esta roupa é superjusta; se vamos dançar a noite toda, quero poder respirar um pouco.

— Faz sentido — digo, e rio. — Pessoal, se não subirmos logo, nossos pais vão nos matar.

Lá de cima, ouço os sinais de uma pequena festa para os adultos. Nossos pais raramente se encontram, mas nosso baile de formatura é meio especial, eu acho. Quando estamos todos prontos, subimos a escada e ouvimos oohs e aahs deles, e o assobio agudo de minha irmã.

Reviro os olhos.

— Por que você veio mesmo?

— Eu não poderia perder o baile de formatura do meu irmãozinho! — diz ela alegremente, e se inclina e sussurra. — Além disso, *alguém* está com o porta-malas cheio de bebidas para certa festa da escola.

— Shhh — digo. — Você vai levar mais tarde, não é?

— Claro. — Ela me abraça. — Você está lindo, mano. Estou muito orgulhosa de você, sabia?

— Por estar de smoking? Qualquer um pode fazer isso.

Ela me dá um soco no braço.

— Você era tão... dependente! De mim, de seus amigos, especialmente de Sal, mas sei lá, mudou alguma coisa. Agora é tão confiante. Você sempre quis lutar pelas pessoas, mas tinha muito medo de se expor.

Quero responder, dizer a ela que ainda não sei como me posicionar quando é necessário, que sem dúvida não sou mais criança, mas também não sou exatamente um adulto. Mas não consigo, porque, de repente, os adultos começam a pedir fotos de nós arrumados.

Reese vai comigo até a frente.

— Mami vai tirar umas cinquenta fotos, pode se preparar.

— Acho que todos os pais vão.

O pai de Heath e os de Reese tiram dezenas de fotos deles lado a lado. Depois, Heath passa o braço bom pelo ombro de Reese e eles ficam mais à vontade na sessão de fotos.

Todos nós tiramos fotos sozinhos. Fico olhando para Sal o tempo todo. Ele está um gato de smoking, e isso me lembra de quando ele usou terno no Congresso e ficava mandando selfies lindas e ensolaradas dele de paletó, gravata-borboleta e óculos escuros.

— Uma com Sal e Gabriel! — diz minha irmã, quase nos empurrando. — Ou devo te chamar de Gabe? Parece que todo mundo te chama assim agora.

Olho para ela, surpreso, e então percebo que em algum momento durante os últimos meses, eu me *tornei* Gabe. O sujeito ousado e confiante que eu queria ser no verão passado.

— É. Pode me chamar de Gabe — digo, e passo o braço em volta de Sal e o puxo para perto para a foto.

— Você vai amassar meu smoking! — diz ele, rindo.

Mas eu o abraço com força mesmo assim.

Depois das fotos, entramos na caminhonete de Heath, e Reese pula no banco do motorista. Heath tem dirigido o carro do pai ultimamente, mas Reese aprendeu a dirigir carro com câmbio manual para este momento. Mas como ele deixou a caminhonete morrer umas oito vezes desde que saímos, talvez tenhamos cometido um erro.

As mães de Reese se ofereceram para alugar uma limusine para nós, como outros alunos fizeram, mas nós achamos que seria demais. Se este será nosso último grito de guerra, queremos que seja como nos velhos tempos.

— Estou a fim de devorar uns palitos de muçarela — diz Heath. — O que é lamentável, já que mal caibo no velho smoking de papai assim.

— Que bom que estamos indo a uma lanchonete para isso — digo, e rio.

— James e a namorada estão no Olive Garden — diz Heath. — Disse que todo mundo está vestido para o baile e a espera é de mais de uma hora.

— Ai, meu Deus. Cassie disse que o pessoal dela está indo para lá também.

— Não faz sentido na minha cabeça — diz Sal. — O Olive Garden é ótimo, mas quantas pessoas vão sujar a roupa alugada com molho de macarrão?

Todo mundo ri.

— Não sei se eu riria; estamos todos prestes a ficar cobertos de graxa.

CAPÍTULO 65

SAL

Chegamos ao instituto de arte, onde o baile está rolando; parece adequado que cheguemos em uma caminhonete velha e com a barriga cheia de comida gordurosa. Sendo um grupo cem por cento *queer*, podemos escolher quais tradições significam mais para nós.

Heath e Reese não quiseram vir combinando. E daí? Eles vão ficar se pegando a noite toda, então todo mundo saberá que estão juntos. Não quisemos alugar uma limusine. Pois eu repito: e daí?

Quando chegamos, fica claro que nos superamos este ano. A música atinge nossas orelhas quando entramos no museu e, depois de entregarmos nossos convites para a srta. H, seguimos lentamente pelo corredor em direção ao salão de baile, sentindo o som do baixo ecoar em nossos sapatos enquanto caminhamos.

Bustos, pinturas e várias peças de arte se alinham pelos corredores. A empolgação aumenta à medida que vamos chegando mais perto. Gabe pega minha mão e a aperta quando nos aproximamos.

Entramos no salão de eventos do instituto de arte e olho para Reese, que murmura:

— Meu Deus!

Hoje mais cedo, eu, ele e o resto do conselho estudantil começamos a preparar o salão. Enquanto mamãe e eu cuidávamos da parte operacional – reunião com fornecedores, DJ e equipes de áudio, vídeo e iluminação, Reese cuidava dos voluntários da decoração, que começaram a pendurar os cordões de luzes, cobrir a parede dos fundos com uma paisagem urbana parisiense e montar a cabine de fotos. Com as luzes acesas e o resto pela metade, eu não sabia se daria certo e certamente não sentia a magia parisiense. Mas agora, com nossa ideia totalmente executada, as luzes do átrio apagadas e as da festa acesas, está tudo... perfeito.

— Caralho, ficou ótimo — diz Heath, e dá uma piscadinha. — Tenho certeza de que está igual a Paris. Bom trabalho, gente.

Claro, é meio brega e não parece de verdade que estamos em Paris, mas também não parece Gracemont, Ohio. Olho para Reese e sorrio. É o resultado de nossas experiências de verão combinadas: a inspiração em design dele, minha experiência com planejamento de eventos, tudo junto. Por sorte, nossa classe vem guardando dinheiro para isto há anos, porque barato *não* foi.

Nós quatro passamos os primeiros trinta minutos, mais ou menos, perto das comidas, esperando que mais pessoas cheguem. Por fim, o diretor Gallagher pega o microfone e dá as boas-vindas a todos, recita uma lista de regras e avisa em que momento os candidatos a realeza do baile terão que subir ao palco. De nós, Heath é o único que tem que se preocupar com isso, mas ainda vai demorar um pouco.

As luzes se apagam, e dançamos. No começo, ainda meio em panelinhas, até que as pessoas começam a se soltar, a conversar e a vibrar, como se fôssemos todos melhores amigos.

— Tem algo estranho rolando — diz Gabe. — Notou que todo mundo anda legal ultimamente? Com a gente e com todo mundo. Lyla veio me dizer que vai sentir muito minha falta, e só me lembro de ter falado com ela uma vez na vida. E foi sobre a tarefa de matemática.

— Deve ter sido uma conversa bem impactante — digo, e rio.

— Acho difícil. Mas está todo mundo muito sentimental e nostálgico. Viu a apresentação de slides quando entramos? Juro que vi uns caras do futebol chorando enquanto assistiam.

— É. E notou que nenhum de nós estava naqueles slides? Eu deveria saber que deixar a apresentação de slides com nosso principal *quarterback* seria um erro. — Dou uma risada. — Quando eu for prefeito, talvez seja mais esperto ao delegar as coisas.

Gabe dá de ombros.

— Dane-se, deixe que se divirtam. A gente pode fazer nossos próprios slides.

— Mas você tem razão, é o fim de uma era mesmo — digo.

Ainda estamos dançando uma música animada, mas meu coração não está totalmente aqui. Estou meio nostálgico, com a sensação de que nosso tempo está acabando. Ando tão focado na campanha para prefeito e no que acontecerá depois que não sei se dediquei tempo suficiente para valorizar o que tinha aqui.

— É verdade — diz Gabriel. Uma música lenta começa, a primeira da noite, e os alunos começam a formar casais, abraçados na pista de dança. — E também é o começo de algo novo.

Ele passa o braço por minha cintura e me olha com uma expressão que não vejo há muito tempo. Lágrimas brotam de meus olhos e olho para a mão dele em meu quadril.

— Vamos dançar? — pergunta ele, e eu aceito.

Ele guia, para variar, e eu me entrego a seu abraço. Passo os braços em volta de seu pescoço e o encaro nos olhos. Mexemos o corpo, dois para lá, dois para cá, só o suficiente para parecer uma dança, e eu aninho a cabeça em seu pescoço.

Ele passa as mãos por minhas costas e me puxa para mais perto. Olho para ele, que lambe os lábios. Vejo a pergunta em seus olhos. Aceno com a cabeça e sorrio, e ele cola seus lábios nos meus. E nos beijamos, e beijamos, e beijamos, como se não houvesse mais tempo.

Mas, na verdade, temos todo o tempo do mundo.

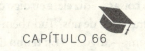

CAPÍTULO 66

REESE

— Não acredito que eles estão fazendo isso de novo — digo, apontando para Sal e Gabe, que estão dando uns amassos. — Acha que é sério desta vez?

Heath ri.

— Com esses dois, nunca se sabe.

Dançamos o melhor possível com o braço de Heath na tipoia. O outro braço dele está em volta de mim, e o meu em volta de sua cintura. Pode parecer estranho, mas para nós, é natural. Dançamos, mas, para nós, é um momento para nos abraçarmos como se fôssemos só nós dois aqui, como se estivéssemos colocando nosso amor na vitrine.

— Verdade — digo.

— Então... me conte dessa sua outra roupa — diz Heath, e pela maneira como semicerra os olhos, acho que talvez ele desconfie qual é a surpresa.

— Você vai ver mais tarde. — Dou uma risada. — Mas combina com sua roupa amarela da Vanderbilt.

Assim que as palavras saem de minha boca, eu me arrependo. Vínhamos conseguindo muito bem não tocar no assunto, mas quanto mais a formatura se aproxima, mais difícil fica. Heath só consegue pensar em seu futuro incerto na Vanderbilt. E eu só penso em meu futuro em Nova York.

Não pensamos em nosso futuro juntos, porque pode ser que ele não exista. Quando olho para ele para tentar mudar de assunto, o reflexo nos olhos brilhantes de Heath me surpreende.

— Heath, você está...

— Estou — diz ele, entre soluços. — Deve ser efeito dos analgésicos. Eles me deixam meio doido, às vezes.

— Você não está "doido", Heath.

Lágrimas começam a rolar por suas bochechas, e eu aninho meu rosto em seu peito enquanto as lágrimas brotam dos meus olhos também. Ele me abraça forte com a mão boa, com tanta força que talvez arranque algumas pedras da minha roupa. Mas não me importo.

— Nosso tempo está acabando, não é? — pergunto.

— Não — ele diz depressa. — Não pode acabar.

— Mas está! — Puxo seu queixo para cima para que ele me olhe nos olhos. — Vai chegar uma hora em que não poderemos mais continuar ignorando isso; temos que fazer um plano, que...

— Posso perguntar uma coisa? — diz ele, e eu digo que sim. — No seu diário, você tem uma lista de prós e contras de... de nós? Tudo bem se tiver, eu só quero saber.

— Você me conhece bem — digo. — Eu tenho listas para tudo.

— Quanto a ficarmos juntos depois de formados, tem mais prós ou contras?

Aninho meu rosto em seu peito de novo, mas ele se afasta.

— Por favor — diz ele. — Dá para a gente ser sincero agora?

— Tá bom. Tem muitos contras. — Nossos olhos se encontram. — Mas os prós são mais importantes, porque significam que ainda posso ficar com você. Eu queria isto há muito tempo, somos ótimos juntos, e eu te amo tanto...

Ele sorri, mas é um sorriso tão triste que desvio os olhos.

— Eu te amo — diz ele.

— Assim, eu peguei um avião até a *Flórida* para confessar meu amor. Você é tão especial, e é perfeito. Sei que todo mundo diz que o primeiro amor nunca é o verdadeiro, mas e se *for* para nós?

Voltamos a dançar e, apesar do papo, percebo que estou sorrindo. Até Heath começar a falar de novo.

— Eu acho que é verdadeiro — diz. — Mas, tipo, olha Gabe e Matt; talvez seja verdadeiro para eles também, mas isso não significa que vai dar certo.

— Ué, então a gente vai fazer dar certo — digo.

Ele me abraça forte.

— Eu te amo, mas...

— Sem mas.

— *No entanto...* — corrige.

— Heath!

— Reese! Não posso te prender! Você será uma estrela, e quero que você viva sua vida sem ficar atrelado a mim. Poderíamos tentar de tudo: namoro à distância, relacionamento aberto, separação total, poderíamos até planejar nossa vida inteira juntos, se a gente quisesse, mas todas as opções são péssimas.

— Eu só quero ficar com você — digo.

— O suficiente para desistir dos seus sonhos?

A resposta, obviamente, é não. Se desistisse dos meus sonhos para ficar com ele, eu me odiaria por isso e poderia até ficar ressentido com ele, o que levaria a uma separação, de qualquer maneira. Apoio a testa na dele, em vez de responder.

— Eu sinto o mesmo — diz ele. — Odeio isso, mas sinto! Não quero ir para Nova York, pelo menos agora. Se eu conseguir entrar no time da Vanderbilt depois de me recuperar, quero ver até onde o beisebol vai me levar. Estou até pensando em fazer biologia para, quem sabe, fazer medicina depois. Pesquisei tanto sobre recuperação de lesões que acho que posso realmente querer ser médico esportivo, ortopedista ou alguma coisa assim.

— Você escolheu uma carreira? — digo. — Isso é demais, Heath!

— Posso mudar de ideia, mas estou inclinado a isso. E estou animado com o futuro. Mas odeio estar animado com um futuro sem você do meu lado.

Começa a tocar um hino pop mais recente, e começam a se formar rodas de amigos para dançar e cantar aos berros. Mas Heath e eu ficamos no dois para cá, dois para lá.

— Não quero que seja o fim para a gente — digo por fim. — Talvez não tenhamos que ter todas as respostas agora.

— Acho que temos todas as respostas — diz Heath. — Mas talvez possamos ignorá-las por mais algumas semanas.

Dançamos ao som da música, em nossa ignorância forçada e abençoada, abraçando-nos cada vez mais, um com medo de soltar o outro primeiro.

CAPÍTULO 67

HEATH

A primeira metade do baile foi bem dramática, mas tudo começou a melhorar quando os rapazes nos convenceram a parar de dançar devagar ao som de rap e músicas pop e dançar como pessoas normais.

Reese deixou Gabe e eu na casa de Cassie e voltou para vestir a segunda roupa da noite. Também voltou para trocar de carro, já que serei o motorista da noite, e dirigir com câmbio manual com uma mão só é... bom, complicado, para dizer o mínimo. Também é complicado tomar analgésicos para dirigir, por isso tomo agora para me ajudar a aguentar a noite. Vou ficar meio desconfortável, mas valerá a pena.

Cassie nos recebe em sua casa. Após breves apresentações a seus pais, ela nos conduz até o quintal enorme. Montes e montes de galhos compridos, de 60 cm por 1,20 cm, e pedaços aleatórios de madeira formam uma grande pilha no meio do quintal.

— Gabe me disse que você é bom em fazer fogueiras — diz Cassie.

— Ele é o melhor — diz Gabe, entrando na conversa.

— Podem começar, então? Tenho que preparar os coolers, inclusive aquele especial que a irmã de Gabe fez para nós. O pessoal vai começar a chegar a qualquer momento.

— Claro — digo. — Quem mais vem?

— Todo mundo que já participou de alguma reunião dos nossos grupos — responde Gabe. — E mais algumas pessoas. Mas nenhum homofóbico.

— Os homofóbicos podem ir ao pós-baile oficial — diz Cassie, e ri. — É o que eu prefiro que aconteça.

Ela vai arrumar os coolers e Gabe me entrega o fluido de isqueiro. Começo a acender o fogo, mas um pouco mais devagar do que o esperado, devido ao uso de um braço só. Então, Gabe se torna meu segundo braço.

— Então, você e Sal, hein? — digo.

Sinto que preciso dizer alguma coisa, pelo menos para ter detalhes suficientes para fofocar com Reese mais tarde; mas não sei como perguntar se é só... a mesma coisa de antes.

— Não sei bem o que rolou, mas parece certo, desta vez.

— E vocês dois vão continuar em Ohio depois da formatura — digo. — Não falo com ressentimento, só quero dizer que vocês terão tempo para descobrir. Diferente de Reese e... bom, talvez tenha um pouco de ressentimento, sim.

— Vocês dois foram feitos um para o outro — diz Gabe. — Só o momento foi errado, eu acho.

— Pode ser. Mas, falando sério, se for de verdade, se dedique, viu? — Enxugo uma lágrima dos olhos. — Vocês têm uma chance, e eu só...

Gabe me envolve num abraço.

— Eu só queria que eu e Reese tivéssemos também — digo, enterrando meu rosto em seu ombro. — Desculpe.

Ele me deixa chorar um pouco. O bom é que aqui é tranquilo e remoto e a única pessoa que pode nos encontrar é Cassie; ninguém mais apareceu ainda.

— Obrigado — digo. — Espero que você saiba que não estou com raiva de vocês nem nada. Só... com um pouco de inveja, talvez.

— Vocês vão dar um jeito, eu sei que vão. — Ele suspira e me entrega uma caixa de fósforos compridos. — Enquanto isso, vamos queimar essa merda toda.

• • •

Em trinta minutos, a festa está a toda. Gabe colocou umas *playlists* de músicas de festa que Reese fez, mas ele e Sal ainda não voltaram. Mas outras pessoas chegaram. Como James, que me manteve informado sobre o beisebol que perdi esta semana e tem centenas de perguntas sobre minha cirurgia na segunda-feira.

— Não sei como você aguentava tanta pressão — diz ele. — Sei que você não lançava em todos os jogos, mas mesmo assim. Como lançador substituto, minha tarefa era bem clara: encerrar o jogo. Mas agora, tenho que controlar todo o ritmo do jogo e, cada vez que alguém rebate meus arremessos, fico mais tenso.

Rio e aponto para minha tipoia.

— Não aguentei muito a pressão, obviamente. Mas você não pode assumir toda a responsabilidade. Somos um time, e você está fazendo o melhor que pode. O treinador Lee disse que você está indo bem.

Ficamos conversando sobre beisebol, e outros vão se juntando a nós. Olho em volta e vejo Cassie e outra menina do segundo ano sentadas em um banco perto do fogo, meio perto demais para serem só amigas. Fico maravilhado de ver que todos aqui estão muito à vontade sendo quem são de verdade.

Será que a vida depois do ensino médio é assim? Será que todos encontraremos grandes grupos de pessoas que não ligam para quem somos, e não teremos mais que nos limitar a esses pequenos nichos rurais de aceitação?

Alguém abaixa o som e, do outro lado da fogueira, vejo Sal perto do alto-falante. Meu peito vibra, porque se Sal já chegou, Reese deve ter chegado também.

— Pessoal, é hora do show!

Deveria ser uma surpresa, mas tenho uma forte suspeita de que sei o que vai acontecer. Gabe e Cassie começam a gritar e, aos poucos, todos se juntam a eles, apesar de ninguém mais saber exatamente por quê.

E então o vejo. Vejo *ela*.

— Temos uma convidada *muito* especial esta noite — anuncia Sal. — Reesey Piecey!

— Meu Deus, Sal, esse não é meu nome *drag*! — grita Reese da escuridão. — Que vergonha! É só Reese!

Sal diz em um tom debochado.

— Seus fãs estão esperando, srta. Piecey!

Ouço Reese resmungar e respirar fundo. Vou em direção a ele assim que o vejo começar a descer a faixa de terra que leva à fogueira. A primeira coisa que noto é o flash de sapatos de salto brancos a cada passo. *Desde quando Reese sabe andar de salto alto?!*

Percebo imediatamente que o vestido que ele está usando é do mesmo tecido de minha tipoia. Meio amarelo dourado e meio laranja queimado, o vestido chega abaixo do joelho e flui atrás enquanto ele caminha – não, enquanto *desfila* na passarela.

A forma de seu corpo está totalmente diferente; parece estar com enchimento nos quadris, mas o vestido flui da parte de baixo mesmo assim. Tem um decote em V, que é corrugado em cima e tem pregas na frente. A peruca cor de caramelo à altura dos ombros salta junto com ele.

Ele para em frente ao fogo e todos irrompem em aplausos. Está cativante, mostrando que *drag* é realmente uma arte. Mas há muita arte no vestido também, sei que ele o fez do zero.

Sal pigarreia.

— E agora, em uma maravilhosa dublagem do mais novo sucesso de Dua Lipa, aqui está R...

— *Não diga esse nome!*

— Tudo bem — diz Sal, suspirando. — Aqui está Reese. Só Reese.

Ele não mostra muito seu trabalho para nós; só o que vemos é o que ele posta no perfil *drag* do Instagram.

Mas isto é diferente. Reese se apresenta e o vejo vivo, com aquele fogo que todos nós sabíamos que estava dentro dele. Esse fogo que o levará longe em Nova York, ou Paris, ou aonde quer que ele vá.

James se aproxima e pousa a mão em meu ombro bom.

— Um dia, ele vai ser uma *drag queen* famosa e você, um jogador famoso. Vai ser o máximo. Tipo, não tem como um casal ser mais poderoso do que isso.

Dou uma risada.

— É, talvez.

Não consigo tirar os olhos de Reese enquanto ele gira, e perde o equilíbrio naqueles saltos só uma ou duas vezes durante o show inteiro. Todo mundo está curtindo. Gabe até achou algumas notas de um dólar na carteira e as jogou em Reese, que revirou os olhos... mas as pegou e as enfiou no vestido.

Depois da apresentação, Reese se senta ao meu lado e se aquece perto do fogo, aninhado em mim.

— Esquisito demais? — pergunta ele, e eu rio.

— Ah, é esquisito para caramba. Esquisito é você ter escondido *uma apresentação inteira da gente!*

Ele ri.

— Sal e eu estávamos trabalhando nisso há algum tempo.

— Você está maravilhoso — digo, e lhe dou um selinho.

— E agora, estamos combinando.

• iMessage •
HEATH + REESE

> Oi, amor. Não sei quando você vai ver esta mensagem, espero que antes do procedimento, mas não sei, talvez já tenham tirado seu celular. Só quero que você saiba que estarei ao seu lado assim que puder. Vai dar tudo certo na cirurgia e você vai voltar a lançar rapidinho. Uau, esta deve ser a mensagem mais longa que já mandei. Acho melhor parar. Enfim, te amo! — R

> já volto
>
> também te amo, Reesey. — H

CAPÍTULO 68

HEATH

Quando acordo, tudo parece... difuso. Esquisito. Errado.
Por que não consigo abrir os olhos? Que bipe é esse? Tento dizer as palavras em voz alta, mas meus lábios não se mexem direito. Estou bêbado? Não pode ser... Não pude beber na festa por causa dos analgésicos que estava tomando.
É isso mesmo, não bebo desde muito antes da lesão.
Meu ombro! Fiz cirurgia hoje!
Faço força para abrir os olhos, mas vejo tudo meio embaçado. O monitor de frequência cardíaca perto de mim começa a apitar mais rápido, o que chama a atenção de uma enfermeira.

— Heath... acordou, meu bem? — pergunta ela, e eu confirmo tanto quanto posso, o que... não é lá grandes coisas. — Vou chamar o médico.

Ela sai e eu volto a cochilar umas duas ou três vezes no tempo que leva para o médico chegar com papai.

— Pai! — digo, mas sai como um sussurro já que minha garganta está áspera.

— Sua garganta vai doer um pouco por causa do tubo — diz o médico. — Mas não se preocupe, a cirurgia foi perfeita. Você vai precisar de alguns dias de repouso na cama, e depois poderá começar a seguir a vida.

Ele recita uma lista de coisas que não posso fazer (tomar banho, mexer o braço, erguer qualquer coisa) e de coisas que posso ("viver a vida normalmente"... só mais fedorento, eu acho). Ele continua falando, mas eu caio no sono. Sinto a leve pressão de meu pai segurando minha mão enquanto descanso e, embora sinta a dor começar a irradiar do meu ombro, há um breve momento em que sinto que vai ficar tudo bem.

. . .

Deixo o hospital e volto para casa; papai me ajuda a sair do carro e entrar no apartamento. Quando entramos, Diana e Reese pulam do sofá e se aproximam, já me fazendo um milhão de perguntas.

— Eu falei que vocês poderiam vir com uma condição — diz papai. — Qual era?

— Que não sobrecarregássemos Heath — diz Reese.

Ele e Diana recuam, mas eu sorrio para os dois.

— Amor! Você já tomou anestesia? É... tão esquisito.

— Não vai nem me dar oi? — diz Diana, e bufa.

— Oi, prima — digo, e vou para meu quarto, meio instável. — Espere aí, você não mora aqui!

— Ele ainda está meio tonto por causa dos remédios — diz papai, e eu faço careta, em protesto.

Já estou na cama quando Diana e Reese entram no meu quarto para conversar. Eu disse que *não* ia dormir porque acabei de ter o sono induzido mais profundo de minha vida e não precisaria.

— Acho que estou começando a ficar mais... qual é a palavra mesmo... lúcido? — digo.

— Tudo bem, tudo bem — diz Diana. — Como foi tudo?

Sinto Reese apertando meu pé e sorrio. Ele está tentando me dar espaço, mas me lembrando de que está aqui. É um fofo mesmo.

— Bom, é óbvio que estou totalmente curado. — Eu rio, mas eles não. — Ah, gente, nem vem, foi engraçado. Enfim, religaram meu ombro no... hmmm... ombro. Agora, não posso tomar banho por três semanas.

— Acho melhor pedir detalhes ao pai dele — diz Reese, e todos rimos.

— Só boas notícias, né?

Heath confirma.

— Vou ficar bem. Eles me encaminharam para um lugar que faz reabilitação de atletas, então vou ficar novinho em folha. Algum dia. Quando parar de doer. Diana, você viu Reese com aquele vestido? Ele ficou tão lindo.

Reese aperta meu pé com mais força e olho para ele.

— Que foi? Ficou mesmo!

— Ele postou no Instagram, você sabe que eu vi. E fui a primeira a comentar!

— Você sempre é a primeira a comentar — diz Reese.

Diana dá de ombros.

— Um dia desses, terei que competir com seus fãs, e será um prazer dizer que fui a primeira a te apoiar.

— Estou feliz por você estar aqui — digo, interrompendo os dois. — Estou... estou feliz por vocês dois estarem aqui.

Depois que começo a ficar um pouco mais lúcido, Diana me conta sobre a viagem, e diz que tirou a semana inteira de licença da escola para vir porque convenceu os professores de que um parente próximo havia feito uma cirurgia e ela precisava cuidar dele. Não é exatamente mentira, mas também não é exatamente verdade.

A campainha toca e não consigo esconder a surpresa. Os outros rapazes estão ocupados, apesar de terem mandado um bilhão de mensagens. Minha mãe me ligou enquanto eu estava no carro, e ela ainda estava em Novo México; mas disse que vem para a formatura. Tia Jeanie não veio com Diana e papai e Reese estão em casa comigo.

Vejo papai passar pela porta de meu quarto. Ouço uma breve conversa, mas não identifico a voz.

— Heath, está pronto para outra visita? — pergunta papai. — O treinador Lee veio te ver.
— Treinador? Ah... claro.
Diana e Reese saem do quarto pouco antes de o treinador entrar. Ele se senta na beira de minha cama e fica me olhando por um segundo. Sei que devo estar péssimo, porque ele fica pálido.
— Heath, lamento muito por tudo isso. Se eu não tivesse te pressionado tanto, ou se tivéssemos feito mais alongamentos...
— Está tudo bem, treinador, não é culpa sua. Eu forcei a barra. Estava com dor, mas fiquei forçando. — Suspiro. — Não acredito que estraguei tudo.
Ele me olha nos olhos.
— Você não estragou nada. Parece que vai poder jogar daqui a uns meses; depois da temporada, claro, mas não vai atrapalhar a faculdade.
— Se eu conseguir entrar no time — digo. — Ou se arranjar dinheiro depois de perder a bolsa de atleta.
— Falando nisso — diz o treinador —, você não perdeu a bolsa. Andei conversando com a comissão técnica de lá e eles querem fazer uma oferta formal. O valor é o que falamos antes. Eles têm uma clínica de medicina esportiva muito boa em Vanderbilt e, assim que você se mudar, vai começar a reabilitação completa lá. Eles viram seu talento ano passado, ficaram impressionados com suas estatísticas deste ano até agora e querem que você saiba que estão oferecendo a bolsa com base nisso. Eles sabem o quanto você é dedicado; só precisam que você não se afobe, que volte devagar. E você estará mais do que pronto na próxima primavera.
Lágrimas inundam meus olhos.
— É verdade?
— É verdade.
Atrás do treinador, vejo Reese assomar a cabeça no quarto. Ele deve ter ouvido tudo; procuro algum sinal de tristeza em seus olhos por saber que agora, sem dúvida, vou para a Vanderbilt.
Mas não há nenhum. Só pura alegria.
Ele só mexe os lábios, mas entendo o que está dizendo: *Você conseguiu!*

CAPÍTULO 69

GABRIEL

— Queria estar com Heath agora — digo enquanto entramos no estacionamento da prefeitura. — Pelo menos, sei que Reese e Diana estão cuidando dele.

— Eu também — diz Sal. — Mas ele foi bem claro: quer que levemos o problema dos livros até o fim.

Caminhamos lado a lado no corredor. Já estive aqui algumas vezes; há pouco tempo tenho vindo para insistir que o prefeito Green criasse uma iniciativa para limpar os parques, compromisso com o qual ele se comprometeu, mas nunca fez.

Sal esteve aqui algumas vezes e, graças às pesquisas que fez sobre o funcionamento das reuniões, sei que ele entende o processo muito mais que eu.

Quando entramos no salão, fico surpreso com a quantidade de pessoas presentes. Muito mais que da última vez em que vim.

— Vamos pegar um lugar aqui — diz Sal, indicando uma fileira de assentos no fundo.

— Na fila de trás? — digo baixinho. — E se precisarmos subir?

— Não vamos subir — diz Sal.

Sentamo-nos, mas eu o olho com desconfiança.

— O que quer dizer com isso?

Ele suspira.

— Eu... confio em minha mãe. Ela disse que cuidaria disso, e se interferirmos ou fizermos parecer que ela não nos apoia o suficiente, podemos prejudicar ainda mais nossas chances. O conselho escolar está presente e eles vão querer resolver o conflito da maneira mais tranquila possível. Mamãe acha que, apresentando uma frente unida com todos os pais que vieram, vai dar certo.

— E você acredita nela? — pergunto da maneira mais gentil que consigo. — Ela está basicamente dizendo para a gente não se preocupar e deixar os adultos cuidarem de tudo. Só que, sendo bem sincero, os adultos não andam cuidando das coisas direito.

Sal pega minha mão, aperta-a e a coloca em seu colo.

— Preciso confiar nela — diz. — Mas, para mim, vai ser a última chance dela.

— Então, vamos ficar calados?

— Não vou impedir você de falar, se quiser. Mas dê uma chance à minha mãe primeiro, tá bom?

Concordo. Isso eu posso prometer. Por mais que eu odeie deixar que os adultos conduzam a situação, sei que este é um momento importante para Sal também. Se alguém como ele consegue ficar em segundo plano, talvez eu também consiga.

Mais pessoas chegam. Mamãe e papai se sentam mais à frente; as mães de Reese se sentam ao lado deles. O pai de Heath até se ofereceu para vir, mas todos nós afirmamos que cuidar de Heath era mais importante. Os pais de Cassie entram acompanhados de alguns rostos familiares que vi ao longo dos anos.

Inclusive, um rosto que não estou exatamente *animado* em ver.

— É o repórter que fez aquela matéria bosta sobre sua mãe — digo. — Já que não vai me deixar falar aqui, posso pelo menos dizer o que penso a esse cara?

Sal ri, me dá sinal verde e eu desço a escada. Quando vou dar um tapinha no ombro do sujeito e começar a falar, a mãe de Sal para diante dele.

— Brandon Davis — diz ela, educada, mas firme. — É sempre um prazer.

— Rachel Camilleri — diz ele, meio desconfortável.

— Que bom que aceitou meu convite para vir e me ouvir falar nesta reunião. Entendo que sofra muita pressão para obter a história completa, mas acho que isto será útil para seus leitores.

— Você o convidou? — pergunto, e ambos se viram para mim.

— Ah, vocês já se conhecem? Gabriel, este é o sr. Davis. Brandon, Gabriel é o líder do novo Grupo de Defesa LGBTQIA+ da Gracemont High.

— Prazer em te conhecer — diz ele, ainda meio confuso. — Acho que já vai começar... posso te entrevistar depois da reunião? Eu adoraria ter sua perspectiva sobre o assunto.

— Com prazer — digo. — Chamarei Cassie, minha colega, para participar também.

Nós nos despedimos e ele se senta. A sra. Camilleri olha para mim e diz:

— Nem sempre se pode confiar na imprensa, Gabriel. Aprendi isso quando era relações públicas. Seja honesto com ele, mas fique atento. Você é um garoto esperto; até acho que ele está do nosso lado, mas tome cuidado. Você viu o que ele é capaz de fazer.

— Pode deixar — digo. — Obrigado.

— Obrigada, Gabriel. Sei que não foi fácil para nenhum de nós, mas hoje tudo será revelado. Não sei como vai acabar, mas de qualquer forma, acho que encerraremos esse caso.

— Ok — digo com um leve sorriso. — Boa sorte.

Volto ao meu lugar no instante em que o prefeito entra no recinto. Sinto a tensão no ar, e até o prefeito Green parece meio desorientado. Nunca vi tanta gente comparecer a uma reunião como esta. Com base nos comentários no post de Sal, muita gente o apoia nesta cidade e muitos pais vieram. Mas também há muita resistência.

E estamos todos juntos num mesmo lugar.

— Obrigado a todos por terem vindo. Cancelamos o resto da agenda hoje, de modo que se estão aqui esperando resposta a uma solicitação de alvará, terão que esperar mais um pouco.

Sal sussurra para mim, com ironia:

— Esse homem faz qualquer coisa para não trabalhar.

— Se vieram fazer uma reclamação, será um prazer encaminhá-la a meu adversário político — diz ele com um sorriso malicioso. — Tenho certeza de que ele dará uma resposta logo, se a mãe dele arranjar uns gizes de cera.

Eu me contorço na cadeira, mas Sal pousa a mão em meu joelho.

— Prefeito Green — diz a mãe de Sal com firmeza, levantando-se, na primeira fila —, como está nesse cargo há décadas, deve saber que é contra o estatuto de nossa cidade falar de uma próxima eleição ou de seus candidatos.

— Foi só uma piadinha — diz ele, presunçoso. — Além do mais, quem aqui fará cumprir essa lei?

A mãe de Sal sacode a cabeça lentamente e se senta.

— Por que sua mãe se calou? — pergunto, ainda furioso, até que Sal aponta para Brandon Davis, que está digitando furiosamente em seu iPad.

— O prefeito acabou de dizer que está acima da lei — diz, e sorri.

Pouco depois, o prefeito abre a discussão sobre a retirada dos livros da biblioteca. Deixa o superintendente falar primeiro; ele faz um discurso retórico de dez minutos sobre como *proteger nossas crianças*. Nada do que ele diz faz sentido, mas é recebido com aplausos bem claros de metade do público.

A ansiedade aperta meu peito de novo, e eu me sinto como um pária aqui. Dançando com Sal no baile, eu me senti muito seguro nesta cidade, mas aqui a história é totalmente diferente. Esses tubarões sentem o cheiro de sangue na água e estão atacando. Eu me viro para Sal, que parece meio preocupado; mas ele simplesmente pega minha mão e a aperta com força.

O prefeito Green abre a palavra para comentários do público, e a mãe de Reese pula imediatamente para pegar o microfone. Ela explica, em detalhes, que nunca teve esse tipo de livros quando era pequena e que o pretexto de proteger as crianças nada mais é que homofobia. A seguir, passa o microfone para a esposa, que reforça tudo o que ela disse.

O microfone é passado de um lado para o outro, e parece que há uma divisão equilibrada de opiniões. Até que a srta. Orly toma a palavra.

— Revisei cada um dos livros que o superintendente Charles indicou. Ele e o prefeito afirmaram que cada um deveria ser investigado e retirado das prateleiras. Tenho uma cópia de todos os relatórios que enviei a ele, e nela não há um livro sequer que fosse "pornográfico" ou "indecente", citando as preocupações do sr. Charles. — Ela pigarreia. — Sei que falar aqui coloca meu emprego em risco, mas só posso contar os fatos: nenhum desses livros tem nada de censurável, a menos que alguém conteste o fato de que pessoas LGBTQIA+ existem, claro.

E então, ela desce do palco. Ouvimos mais alguns discursos, até tarde da noite. Esta deve ser a reunião mais longa da história de nossa cidade. A mãe de Sal fala por último.

— Está quase na hora de o conselho municipal votar se esses livros devem ser retirados de nossas prateleiras, mas falo com vocês agora como administradora da Gracemont High. Se quiserem proteger nossas crianças, mantenham esses livros nas prateleiras.

Então, o prefeito Green abre a palavra para votação. Ele vota primeiro, escolhendo – claro – retirar permanentemente os livros da biblioteca. Um a um, os vereadores votam.

— Precisamos só de quatro votos — diz Sal.

Os dois primeiros votos, porém, apenas reforçam os interesses do prefeito. Mas, apesar de os vereadores serem todos próximos do prefeito, ocorre uma virada. Os últimos quatro membros do conselho votam para que os livros permaneçam. Tudo é muito rápido, e fica evidente que evitam olhar para o prefeito o tempo todo.

— Bom, tudo resolvido. Quatro a três, os livros continuarão nas prateleiras, por enquanto. — Ele olha ao redor da sala. — Mas confiem em mim, vou ficar de olho. De acordo com os estatutos do condado, revisaremos esse problema o mais rápido possível, daqui a seis meses.

— Logo após o dia da eleição — diz Sal, sorrindo.

CAPÍTULO 70

SAL

Por um momento, é como se eu estivesse na capital de novo. Horas de reuniões e debates seguidas de um evento para angariar fundos. Só que, desta vez, é o *meu* evento. Gabe e eu chegamos à casa de minha tia e vemos uma dúzia ou mais de carros na frente. Com certeza não será como as festas a que fui quando era estagiário do senador. Só espero que tia Lily tenha finalmente desmontado a árvore de Natal.

— Foi uma boa virada, né? — digo.

— Sem dúvida — diz Gabe. — A festa está só começando. Vai aparecer mais gente, ainda mais depois daquele espetáculo.

Sinto meu peito se apertar.

— Posso ser sincero com você? — Ele confirma e eu prossigo: — Achei que não daria certo.

— Foi tudo graças à sua mãe — diz Gabe diz.

— Ora, se você e Cassie não a tivessem pressionado, se não tivessem roubado essa lista da srta. Orly, não haveria como o assunto ter chegado à votação.

Ele fica vermelho.

— É, acho que você tem razão. Foi um trabalho em equipe.

— E não só nosso, mas da cidade inteira — digo enquanto subimos pela entrada de cascalho.

Ficamos de mãos dadas e me sinto reconfortado com ele ao meu lado. Ele vai desempenhar muitos papéis esta noite: o namorado do político que ganha todo mundo no papo, o arrecadador de fundos que pede doações para a campanha, o organizador de eventos, a pessoa com quem ensaio meus discursos...

E então, percebo que ele é meu tudo.

— Obrigado — digo. — Muito obrigado.

Ele cora de novo e me dá um empurrãozinho.

— Por favor nada de sentimentalismo agora!

Entramos na casa de minha tia e, por um momento, não reconheço o lugar. A mobília foi rearranjada e há uma plataforma improvisada onde antes ficava a árvore de Natal. Está tudo impecável. Quando atravesso o pátio, vejo a piscina. Totalmente restaurada, limpa e cheia de água azul cristalina.

— Gabriel me prometeu que vocês a usariam no verão — diz tia Lily atrás de mim.

— Tia Lily! — digo, e lhe dou um abraço. — Você se superou.

— Sua mãe e eu trabalhamos durante dias para deixar tudo pronto. — Ela sorri. — Parece que ela finalmente concordou com seu plano.

— E eu com o dela, mas ainda não contei. — Rio. — Eu me inscrevi na faculdade comunitária de Mansfield. Acho que, enquanto estiver fazendo campanha aqui e morando com mamãe, terei tempo para fazer algumas aulas.

— Isso me parece um uso inteligente de seu tempo. Mas chega disso; estamos pensando em você interagir uns trinta minutos com as pessoas, depois subir na plataforma para fazer seu discurso, e depois mais ou menos uma hora para o pessoal fazer suas doações antes que comecemos a expulsar todo mundo.

Sorrio.

— Ótimo para mim. Estou pronto.

Sozinho, vou interagindo com as pessoas. Falo brevemente com as mães de Reese e elas comentam que ficaram tão inspiradas pela reunião da prefeitura que estão pensando em concorrer a um cargo no conselho.

— Será uma longa batalha — digo. — Mas é como Gabriel sempre diz: não podemos ser complacentes, temos que continuar lutando.

— Lutaremos, e sabemos que você também.

Converso mais longamente com o sr. Davis, o repórter que publicou aquele artigo horrível sobre minha mãe, mas que parece apoiar minha candidatura. Conversamos em *off* por um tempo, e ele diz que, embora ainda esteja bem cético de que um jovem de dezoito anos possa ser um prefeito eficaz, estou começando a fazê-lo mudar de ideia.

Antes de meu grande discurso, encontro Gabriel perto da plataforma.

— Preparado? — pergunta ele.

Dou-lhe um beijo rápido.

— Mais, impossível.

Minha mãe sobe na plataforma e me apresenta, e só pela maneira como fala, sinto o orgulho dela por mim como nunca senti antes. Acho que é porque ela não se orgulha apenas de uma versão minha que criou em sua cabeça; ela finalmente vê meu verdadeiro eu e, melhor ainda, o apoia totalmente.

Tiro meu discurso impresso do bolso do paletó, ajeito minha gravata-borboleta e subo à plataforma sob aplausos estridentes.

• **Garotos Dourados** •
GABRIEL + HEATH + REESE + SAL

DIA DA FORMATURAAAAAAA |H

S| Finalmente!
Nem acredito que finalmente chegou!!!

G| Não consigo parar de chorar a gente conseguiu!!!

R| Sal, Heath, tão com os discursos prontos?

mais ou menos. Se meu discurso ficar uma merda,
posso usar a cirurgia como desculpa

mas se o discurso de Sal for uma merda ele não
tem desculpa! ele é presidente do conselho estudantil
e discursa na formatura desde que foi eleito |H

S| Obrigado pelo voto de confiança...

G| Vocês dois vão arrasar!

CAPÍTULO 71

REESE

— Não acredito que chegou — diz Heath quando entra com cuidado em meu carro. Sinto um aroma adocicado e me viro para ele, surpreso.

— Que cheiro bom! Considerando que você não toma banho desde a noite do baile.

— Eu me lavei com um paninho com o máximo de capricho que você possa imaginar. — Ele sacode a cabeça. — Meu Deus, por favor, não imagine isso, não foi *nada* sexy.

— Tarde demais! E concordo, nada sexy.

Ele faz careta, e acenamos para o pai de Heath enquanto saio do estacionamento do prédio deles. Os pais vão nos encontrar na cerimônia, mas como os alunos precisam chegar horas mais cedo para o ensaio, vamos todos juntos para o local, em ônibus escolares. No começo, achava que seria superbrega, mas andar de ônibus escolar pela última vez será divertido.

Chegamos à escola e entramos em um dos ônibus. Sal e Gabe chegaram cedo para guardar as duas últimas fileiras para nós. Sentamo-nos em dois grandes bancos verdes.

Dá para sentir o peso deste momento. Em poucas semanas, eu me mudarei para Nova York, para um minúsculo apartamento em Hell's Kitchen que dividirei com mais três calouros do curso de design. Nós nos conhecemos pelo Instagram, de modo que quem sabe se vamos nos dar bem? Mas vai ser legal ter com quem compartilhar essa nova experiência.

E então, Heath partirá para a Vanderbilt. Eles querem que ele vá mais cedo para o campus para treinar um pouco e garantir que esteja na melhor forma na primavera, quando começa a temporada de beisebol. Ele não está muito triste com isso, pois prefere experimentar coisas novas em vez de ficar em Gracemont sentindo minha falta – palavras dele, não minhas.

E Gabe irá para seu dormitório na faculdade estadual de Ohio no final do verão. Ainda acho estranho chamá-lo de Gabe, mas é quem ele é hoje, e está feliz. Ele e Sal são inseparáveis de novo. Mesmo que seja algo que me deixava doido quando eu amava Heath em segredo, não posso negar que eles combinam mais agora. Seja o que for que tenham, é de verdade, especial e... tá, tá bom, estou com um pouco de inveja, sim.

Sal será o último a partir, mas é porque não vai a lugar nenhum. Ele anda trabalhando na campanha, passa as semanas na prefeitura pressionando por mais mudanças e ganhando mais apoiadores. Os jornais ainda não parecem convencidos de que ele terá uma chance, e talvez Sal também não acredite nisso; mas, segundo a última matéria de Brandon Davis, "fontes dizem" que a campanha de Sal assustou o prefeito Green e o fez aprovar licenças depressa. Então, de certa forma, Sal já mudou Gracemont para melhor.

Heath está ao meu lado e passa o braço em volta dos meus ombros.

— Finalmente chegou a hora — diz.

— Você não respondeu à minha mensagem. Está preparado para o discurso?

Ele ri.

— Acho que sim. Infelizmente, foi escrito sob a influência de analgésicos, então, o que eu disser não poderá ser usado contra mim, combinado?

— Combinado — digo. — Independentemente do que você diga, terei muito orgulho de dizer que meu namorado é o orador da turma.

Ele me abraça com mais força.

— Está chegando nossa hora, hein? Vamos todos dominar a porra do mundo, Reese, eu sei disso.

Eu o beijo, suavemente no começo, mas logo com mais intensidade. Isso até eu abrir os olhos e ver Sal e Gabe pendurados nas costas do banco deles.

— Beijando no ônibus escolar? — diz Sal. — Estão onde? No sétimo ano?

— É o que *vocês dois* faziam no sétimo ano — diz Heath, rindo. — A gente está só recuperando o tempo perdido.

— Ei, todos trouxeram as pulseiras? — pergunta Gabe.

Heath, Sal e eu mostramos a nossa. São as pulseiras de cobre do ano passado, que eu dei a eles pouco antes do verão, quando tudo mudou. Vejo os pingentes das pulseiras dele e fico impressionado, porque já pouco têm a ver conosco.

A gravata-borboleta de Sal mostrava como ele queria se apresentar ao mundo: uma pessoa perfeita e polida. Mas este ano ele não foi nada disso. Suas notas caíram, ele encontrou uma nova paixão e está angariando votos para prefeito por causa dela, não de suas gravatas-borboleta.

A fogueira de Heath ainda faz sentido, mas ele é muito mais do que isso agora. Está decolando sozinho; não é mais um fogo contido, é um incêndio violento que vai dominar o mundo. Meu pingente tinha os quatro pontinhos de meu diário; e embora eu ainda escreva no diário e faça esboços nele, não planejo mais minha vida toda. E Gabe? Ele não é mais uma mudinha; é uma árvore adulta.

Mas é bom recordar onde começamos.

Damos as mãos, como se fôssemos cantar como os atletas antes dos jogos. Mas ficamos só assim, de mãos dadas, durante um dos momentos finais.

O ônibus para diante do local da cerimônia e todo mundo, de beca na mão, começa a descer pela porta. E então, nós quatro nos separamos.

— É hora da formatura — diz Sal.

— Vamos lá! — grita Gabe.

Heath pigarreia.

— Abram caminho para o orador da turma!

Rio.

— E seja o que deus quiser.

CAPÍTULO 72

SAL

Chegamos ao local e, apesar do entusiasmo, a manhã é cheia de coisas chatas. Fazemos um ensaio geral da formatura, o que não leva muito tempo, já que a turma de formandos tem só oitenta alunos. Quando termina o ensaio geral, somos conduzidos ao salão de baile vazio para vestir a beca e ficar conversando, nervosos, até a hora.

Ouço sons de sapatos atrás de mim e me viro. Encontro minha mãe ao lado da deputada Caudill, a oradora convidada para as cerimônias de hoje. Dou um abraço rápido na deputada – ou, melhor dizendo, em Betty – e olho para mamãe. Aponto para minha beca e abro um grande sorriso.

— Preparado para seu discurso? — pergunta ela, enxugando uma lágrima. — Acho que vai se sair muito bem. Mas lembre-se: não pode mencionar a eleição. Sei que você vai ter vontade, mas eu me veria em problemas, pois é contra o...

— Mãe — digo —, não se preocupe. Vou inspirar o público com meu discurso para que eles não tenham escolha senão votar em mim. Mas o foco não será eu. Tenho só cinco minutos, lembra? Heath ficou com o discurso grande.

— É, eu sei.

Paro por um instante e perguntou:

— E... tudo bem para você?

Ela dá de ombros.

— Acho que interferi muito durante seu ensino médio. Sei que este é o pior momento para chegar a essa conclusão, mas você tem sonhos muito interessantes para seu futuro, e saiba que te apoio cem por cento. Tá bom?

— Obrigado, mãe — digo, e a abraço.

— Também estou ansiosa para ouvir seu discurso — diz mamãe a Betty. — Nada de política você também, viu?

Ela ri e me dá uma piscadinha.

— Parece que você não confia muito em nós, políticos.

— Tudo bem, façam o que quiserem. Preciso falar com o diretor para que comecemos logo.

Mamãe sai e Betty pousa a mão em meu ombro.

— Estou muito orgulhosa de você, Sal. E sei que sua mãe também está, apesar de não expressar muito. — Ela suspira. — Quero que saiba que estou observando sua campanha e acho que vai se sair muito bem. Ah, e se quiser um emprego de meio período enquanto cuida da cidade, o senador Wright vai anunciar em breve sua campanha para presidente, e sei que o gabinete local vai precisar de ajuda. Não será o pesadelo do verão passado, mas pode te ajudar a descobrir mais coisas sobre suas aspirações profissionais.

Sorrio.

— Eu adoraria. Muito obrigado.

Um professor entra na sala e bate palmas para chamar nossa atenção. Formamos fila em ordem alfabética – pelo sobrenome –, e quando Gabe passa por mim, puxo-o e lhe dou um beijo.

— Te amo — digo.

Ele sorri.

— Te amo.

CAPÍTULO 73

HEATH

— Obrigado ao diretor, sr. Gallagher, à vice-diretora, sra. Camilleri, e a todo o corpo docente da Gracemont High por me darem a oportunidade de fazer este discurso hoje. Eu lanço uma bola a 150 quilômetros por hora; sou um bom receptor também. No beisebol, sempre foi fácil saber o que fazer, como melhorar, que decisões tomar. Mas cometi tantos erros ano passado que parecia que não sabia nem o básico do esporte. Vocês devem ter notado que estou usando esta tipoia elegante, mas não é só para ganhar risadas de simpatia do público. Treinei demais, me machuquei várias vezes, e acabei rompendo o manguito rotador logo no primeiro treino do ano... e se olharem bem para meu rosto, verão que me machuquei quando caí de cara no chão, depois do arremesso que poderia ter encerrado minha carreira. A propósito, esse arremesso foi um *strike*.

"Mas acho que todos nós acabamos fazendo muito isto: indo longe demais, achando que temos só uma chance de vencer, que podemos planejar, debater e definir nosso caminho para a vida perfeita. Mas não é assim que funciona. É preciso dedicação, é preciso flexibilidade.

"Alguém mais, aqui, quer que tudo que desejam aconteça imediatamente? Quem vai querer esperar pela parte boa se puder simplesmente pular para ela? Estou feliz por não ter pulado. Eu me apaixonei por meu namorado quando éramos crianças, mas só percebi isso no verão passado, quando estávamos a milhares de quilômetros de distância. Agora, claro, vamos para lugares diferentes. Mas se tivéssemos ficado juntos quando eu tinha 13 anos, não teríamos nos tornado as pessoas que somos hoje. E eu adoro quem somos hoje.

"E... é, já deu da minha vida pessoal. Pois é, estou vermelho, mas vamos deixar isso para lá. Eu sei que todos nós temos muita pressa de chegar ao resto de nossa vida. E com razão! Não importa para onde vamos, temos que ir rumo ao futuro com coragem, sem ficar presos ao passado. Sem deixar que o passado atrapalhe quem podemos ser.

"Sem dúvida, para mim, é meio esquisito estar aqui e dizer: 'Façam boas escolhas, meus queridos!', e depois façam faculdade; mas é muito importante que mantenhamos o coração aberto durante todo o caminho.

"Meus amigos mais próximos e eu somos algumas das pessoas mais ambiciosas que existem. Sempre achei que eles eram muito mais inteligentes, mais legais e melhores do que eu, mas vejam só quem foi escolhido como orador da turma?

Haha! Mas me dei conta de que nós quatro simplesmente éramos empolgados pela vida. Ter amigos como esses é raro, especialmente sendo quatro garotos *queer* em uma cidade rural; mas como tínhamos um ao outro, podíamos continuar nos apoiando.

"Portanto, meu conselho é que não mirem nas estrelas nem tentem ser presidente ou coisas do tipo. Meu conselho é que se cerquem de bons amigos, do tipo que os façam querer ser uma pessoa melhor. Com quem queiram passar todos os bons e maus momentos, e todos os momentos nesse entremeio, mesmo que às vezes eles os enlouqueçam.

"Se não fizeram muitos amigos no ensino médio, abram-se para fazer novos amigos no mundo real. Se forem à faculdade, entrem em todos os grupos extracurriculares que puderem e encontrem pessoas parecidas com vocês, mas também aquelas que não poderiam ser mais diferentes. Aprendam uns com os outros. Edifiquem-se mutuamente. Celebrem as vitórias uns dos outros. Sei que eu celebro a vitória de cada pessoa que está se formando esta noite. Porque, Gracemont High, nós merecemos."

. . .

A adrenalina ainda corre por meu sangue quando volto para meu lugar; o som abafado de aplausos e vivas, os tapinhas nas costas, tudo me faz sentir que arrasei. Sim, ainda há muita programação pela frente, por isso, fico me remexendo desconfortavelmente na cadeira, com todos os outros, enquanto ouvimos o discurso de nosso superintendente, que parece mais um péssimo show de *stand-up*; depois uma apresentação de coral e mais dois discursos.

A vice-diretora Camilleri sobe ao palco e fica pensativa, olhando para nós – presumivelmente, procurando Sal. Faz um leve aceno com a cabeça e a banda começa a tocar "Pompa e Circunstância". Os pelos de minha nuca se arrepiam, porque sei que *chegou a hora*. Mas também sei que ainda há muita espera, e não posso deixar de pensar que prefiro sair com meus amigos e passar nossos últimos dias juntos do que ficar aqui.

Mas penso em mamãe, papai, Jeanie e Diana, ali na plateia em algum lugar, e sorrio. Minha formatura é tão importante para eles quanto para mim, acho.

A mãe de Sal lê os nomes em ordem alfabética – de novo, pelo sobrenome –, e um fluxo constante de becas azuis com prateado faz fila para cumprimentá-la, apertar a mão da administração, sorrir para as câmeras e depois voltar a seus lugares.

Salvatore Camilleri

A voz dela treme quando lê o nome do filho. Sal está com um sorriso enorme no rosto e corre para dar um grande abraço na mãe. Ela ri e o abraça, e sem que tenham combinado, Reese, Gabe e eu o ovacionamos quando ele se curva teatralmente diante da multidão.

Reese Hoffman-Russo

Reese se levanta e acena para a multidão, ostentando o capelo todo estilizado. A luz dos holofotes reflete nos *strass*, e pontinhos de luz se espalham pela sala. Ele caminha devagar para receber o diploma e acena timidamente para a multidão. E se volta para mim e me joga um beijo.

Gabriel... desculpem... Gabe Kroeger

Confiante – talvez até demais –, Gabe sobe ao palco para receber seu diploma. Ele tem dois cordões de honra, mas vejo que adicionou um terceiro, das cores do arco-íris, em algum momento nos últimos minutos. Faz uma reverência teatral quando sai e ouço na multidão o canto fraco de sua família entoando *O-H! I-O!*

Minhas mãos estão suadas, mas quanto mais perto está meu nome, mais pronto me sinto para acabar logo com isso. Para ser sincero, tudo isso para pegar um pedaço de papel é meio demais, mas não posso evitar me entregar à alegria do momento.

Heath Shepard

Pego o diploma sem muito aprumo nem alarde. Já tive meu momento no palco, então simplesmente dou um aceno rápido para a multidão – especialmente para acalmar Diana, que fica gritando meu nome – e volto. Passo pelos outros rapazes e dou um sorriso para cada um deles. Quando passo por Reese, que está no canto da fila à minha frente, ele me segura e me puxa para me dar um beijo rápido.

— Te amo — diz.

Sorrio.

— Também te amo.

Tiramos centenas de fotos com a família, amigos e quase todo mundo no estacionamento do local da formatura; mas, depois de um tempo, fica claro que nossos pais estão ficando impacientes.

— Vou tentar passar na casa de vocês — digo a todos.

Gabe suspira.

— Por que nossas festas de formatura têm que ser todas ao mesmo tempo?

— Porque... são feitas depois da formatura — diz Sal. — Quando mais seriam?

— Acho que foi uma pergunta retórica — diz Reese, cutucando Sal com o cotovelo.

Sal ri.

— Eu sei, estou só enchendo o saco dele.

Um silêncio constrangedor se segue e ficamos nos olhando. Não posso deixar de pensar que eles estão lindos de capelo e beca, e no quanto tivemos que batalhar para chegar a este momento. Sem dúvida, o que nos espera será maior e mais emocionante, mas é difícil acreditar que qualquer um de nós esquecerá o peso deste momento – de nós, aqui e agora.

Nos unimos em um último abraço em grupo, e eu os aperto o mais forte que minha lesão permite. As coisas vão mudar daqui para a frente, tenho certeza, mas acho que nenhum de nós tem medo dessa mudança agora.

Vamos a lugares diferentes, mas, pelo menos, estamos crescendo juntos.

EPÍLOGO

GABRIEL

— Hora de atividade! — grito, boiando na piscina da tia de Sal.

Está fazendo uns trinta graus neste dia ensolarado de fim de junho, e eu não poderia estar mais feliz. Quando sinto calor demais, dou um mergulho. Quando sinto frio, tomo sol como um lagarto nas pedras. A mãe de Sal fez piña colada virgem para todos nós – observação: as nossas com certeza não são mais virgens, mas ela não precisa saber disso.

— Isto aqui é uma atividade — diz Sal. — Estamos na piscina, o que mais você quer?

— E é um exercício eficaz — diz Heath, girando lentamente o braço dentro da piscina.

Ele parte amanhã para Vanderbilt para começar a reabilitação e os treinamentos, mas nosso ânimo está lá em cima. Há muito tempo, quando estávamos todos nervosos com a possibilidade de um verão nos separar ou imaginando como faríamos tudo sozinhos, tínhamos muito com que nos preocupar. Mas, hoje, tudo parece certo. Como se estivéssemos exatamente onde deveríamos estar. Cada um de nós.

— Qual é a atividade? — pergunta Reese.

Eu pigarreio.

— Qual seria? Quero saber a rosa e o espinho de cada um durante o ano letivo.

— Poderíamos falar só das rosas — diz Heath. — Acho que já tivemos espinhos suficientes por um século.

— Tudo bem, só rosas — digo. — Todo mundo concorda?

Depois que os outros concordam com meu jogo sentimental, eu começo.

— Minha rosa foi o show de *drag* de Reese, acho — digo, surpreendendo a mim mesmo. — Muitas coisas boas aconteceram este ano, mas, naquele momento, percebi como nossa comunidade é receptiva. Tinha tanta gente lá, e sabíamos que todos eram *queer* ou aliados; e quando Reese subiu ao palco e todos começaram a aplaudir, tive vontade de chorar de tão feliz. Aposto que foi o primeiro show de *drag* de Gracemont.

Reese ri.

— Para mim também foi muito emocionante. Acho que minha rosa foi a primeira vez que Sal me ajudou a me maquiar, naquela loja em Paris. Tirei fotos, que nunca compartilhei com ninguém, mas vou mandar para vocês. Foi a primeira vez que olhei para meu rosto e o vi como uma tela em branco, e foi como se o mundo inteiro simplesmente tivesse se... desbloqueado.

— Gostei de nossos encontros de maquiagem — diz Sal. — Minha rosa foi o discurso de Heath na formatura. Ouvimos tantos discursos ruins e egocêntricos ao longo dos anos, que revisei o meu muitas vezes com medo de estar fazendo o mesmo. Mas ver alguém finalmente receber o crédito que merecia e, naquele momento, transformar isso em um discurso sobre amizade foi sinceramente inspirador.

— Às vezes, eu me sentia o estranho do grupo — admite Heath. — Não percebia como era inseguro por causa de meu contexto de vida, até que pareceu que tudo estava desmoronando. Mas este ano me mostrou que eu estava errado. Minha rosa foi você, Reese. Cada minuto que passamos juntos. Todas as vezes que choramos imaginando como faríamos dar certo. Os altos mais altos e os baixos mais baixos. Não posso escolher só uma rosa. Com você, é um buquê inteiro.

Ficamos em silêncio por um tempo, até que Sal finge que vai vomitar.

— Vocês dois me dão nojo — diz.

Heath joga água nele.

— Uma pergunta sentimental só pode ter uma resposta sentimental.

E mesmo que esta seja a última vez que nós quatro estaremos juntos sabe-se lá por quanto tempo, não estou preocupado. Porra, acho que nenhum de nós está preocupado. A amizade que temos é mais que proximidade, e quando um de nós muda, o resto cresce junto. Porque ser melhores amigos é isso.

Então, não se preocupe com a gente.

Somos Garotos Dourados.

AGRADECIMENTOS

Escrever o primeiro livro desta duologia, *Garotos Dourados,* foi a empreitada mais desafiadora de minha carreira de escritor... até que tive que escrever a sequência. Planejar, escrever e editar quatro arcos de personagens interligados em uma série de dois livros foi diferente de tudo que já fiz antes, e sou muito grato por ter tido a oportunidade de passar mais tempo em Gracemont, Ohio, com esses rapazes. Como sempre, alguns agradecimentos são necessários:

Ao meu agente, Brent Taylor. A carreira de escritor tem muitas incertezas, mas sua orientação sempre me mantém focado e lúcido, e eu não poderia fazer nada disso sem seu trabalho árduo e apoio constante.

À minha editora, Mary Kate Castellani, por me resgatar (mais que algumas vezes) enquanto eu tentava concluir esta ambiciosa duologia. Desde nossa primeira ligação sobre *Garotos Dourados* até às edições finais de *Esplendor,* você nunca duvidou que eu era capaz.

Agradeço à minha equipe da Bloomsbury por todo o empenho para levar este livro às mãos de leitores do mundo todo: Lily Yengle, Lex Higbee, Phoebe Dyer, Erica Barmash, Beth Eller, Kei Nakatsuka, Donna Mark, John Candell, Laura Phillips, Diane Aronson, Pat McHugh, Jill Amack, Katie Ager, Bea Cross e Mattea Barnes.

A May van Millingen, que ilustrou a capa dos Estados Unidos, e Patrick Leger, que ilustrou a do Reino Unido.

Aos meus amigos escritores, por manterem meus pés no chão quando os prazos me deixavam maluco. E aos meus amigos não escritores, por me lembrar em que, às vezes, tudo bem parar de escrever, sair das redes sociais e respirar.

E por fim, a Jonathan, por tudo. Tenho muita sorte por ter você ao meu lado em nossas muitas, muitas aventuras.

LEIA TAMBÉM:

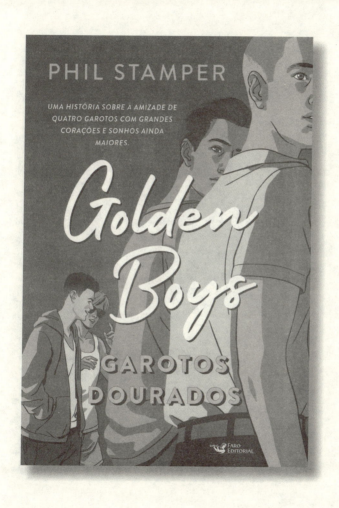

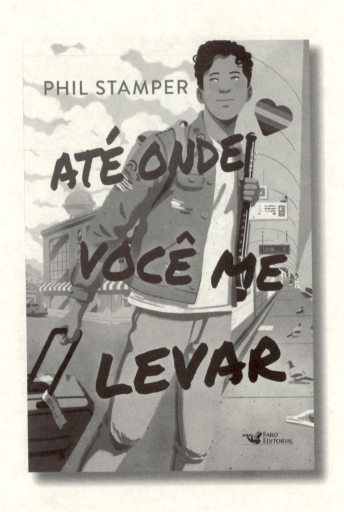

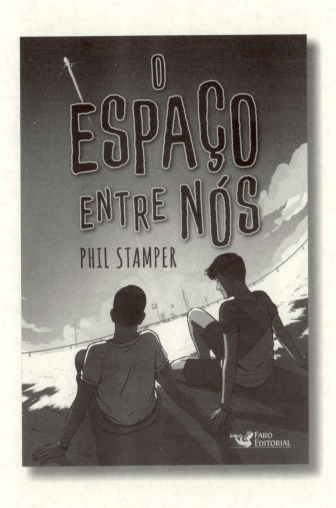

ASSINE NOSSA NEWSLETTER E RECEBA INFORMAÇÕES DE TODOS OS LANÇAMENTOS

www.faroeditorial.com.br

CAMPANHA

Há um grande número de pessoas vivendo com HIV e hepatites virais que não se trata. Gratuito e sigiloso, fazer o teste de HIV e hepatite é mais rápido do que ler um livro.
FAÇA O TESTE. NÃO FIQUE NA DÚVIDA!

ESTA OBRA FOI IMPRESSA EM FEVEREIRO DE 2024